人生修行，贵在心境

老舍 著

长江出版社

图书在版编目（C I P）数据

人生修行，贵在心境 / 老舍著 .
— 武汉：长江出版社，2020.6
ISBN 978-7-5492-6948-8

Ⅰ . ①人… Ⅱ . ①老… Ⅲ . ①散文集—中国—现代②
短篇小说—小说集—中国—现代 Ⅳ . ① I216.2

中国版本图书馆 CIP 数据核字（2019）第 083402 号

人生修行，贵在心境 / 老舍　著

出　　版　长江出版社
（武汉市解放路大道 1863 号　邮政编码：430010）
选题策划　天河世纪
市场发行　长江出版社发行部
网　　址　http://www.cjpress.com.cn
责任编辑　罗紫晨
印　　刷　北京楠萍印刷有限公司
版　　次　2020 年 6 月第 1 版
印　　次　2020 年 7 月第 1 次印刷
开　　本　710mm×1000mm　1/16
印　　张　19
字　　数　230 千字
书　　号　ISBN 978-7-5492-6948-8
定　　价　45.00 元

生活是种律动，须有光有影，有左有右，有晴有雨，滋味就含在这变而不猛的曲折里。

有喜有忧，有笑有泪，有花有果，有香有色。既须劳动又长见识，这就是养花的乐趣。

哲人的智慧，加上孩子的天真，或者就能成个好作家了。

经验是生活的肥料，有什么样的经验便变成什么样的人，在沙漠里养不出牡丹来。

一个真认识自己的人，就没法不谦虚。谦虚使人的心缩小，像一个小石卵，虽然小，而极结实。结实才能诚实。

一个人爱什么，就死在什么上。

才华是刀刃，辛苦是磨刀石，再锋利的刀刃，苦日久不磨，也会生锈。

才华是刀刃，辛苦是磨刀石，再锋利的刀刃，苦日久不磨，也会生锈。

看生命，领略生命，解释生命，你的作品才有生命。

骄傲自满是我们的一个可怕的陷阱，而且，这个陷阱是我们自己亲手挖掘的。

真正美丽的人是不多施脂粉，不乱穿衣服。

目录

第四章　人间烟火，最抚人心

第五章　嬉笑怒骂，皆成文章

第一章

宇宙万物，皆是良药

如果不随时注意观察，随时记下来，哪怕你走遍天下，还是什么也记不真确，什么东西也写不出。

落　花　生

我是个谦卑的人。但是，口袋里装上四个铜板的落花生，一边走一边吃，我开始觉得比秦始皇还骄傲。假若有人问我："你要是做了皇上，你怎么享受呢？"简直都不必思索，我就答得出："派四个大臣拿着两块钱的铜子，爱买多少花生吃就买多少！"

什么东西都有个幸与不幸。不知道为什么瓜子比花生的名气大。你说，凭良心说，瓜子有什么吃头？它夹你的舌头，塞你的牙，激起你的怒气——因为一咬就碎；就是幸而没碎，也不过是那么小小的一片，不解饿，没味道，劳民伤财，布尔乔亚！你看落花生：大大方方的，浅白麻子，细腰，曲线美。这还只是看外貌。弄开看：一胎儿两个或者三个粉红的胖小子。脱去粉红的衫儿，象牙色的豆瓣一对对地抱着，上边儿还结着吻。那个光滑，那个水灵，那个香喷喷的，碰到牙上那个干松酥软！白嘴吃也好，就酒喝也好，放在舌上当槟榔含着也好。写文章的时候，三四个花生可以代替一支香烟，而且有益无损。

种类还多呢：大花生，小花生，大花生米，小花生米，糖饯的，炒的，煮的，炸的，各有各的风味，而都好吃。下雨阴天，煮上些小花生，放点盐；来四两玫瑰露；够作好几首诗的。瓜子可给诗的灵感？冬夜，早早地躺在被窝里，看着《水浒》，枕旁放着些花生米；花生米的香味，在舌上，在鼻尖；被窝里的暖气，武松打虎……这便是天国！冬天在路上，刮着冷风，或下着雪，袋里有些花生使你心中有了主儿；掏出一个来，剥了，慌忙往口中送，闭着嘴嚼，风或雪立刻不那么厉害了。况且，一个二十岁以上的人肯神仙似的，无忧无虑的，随随便便的，在街上一边走一边吃花生，这个人将来要是做了宰相或度支部尚书，他是不会有官僚气与贪财的。他若是做了皇上，必是朴俭温和直爽天真的一位皇上，没错。吃瓜子的照例不在街上走着吃，所以我不给他保这个险。

至于家中要是有小孩儿，花生简直比什么也重要。不但可以吃，而且能拿它们玩。夹在耳垂上当环子，几个小姑娘就能办很大的一回喜事。小男孩若找不着玻璃球儿，花生也可以当弹儿。玩法还多着呢。玩了之后，剥开再吃，也还不脏。两个大子儿的花生可以玩半天；给他们些瓜子试试。

论样子，论味道，栗子其实满有势派儿。可是它没有落花生那点家常的“自己”劲儿。栗子跟人没有交情，仿佛是。核桃也不行，榛子就更显得疏远。落花生在哪里都有人缘，自天子以至庶人都跟它是朋友；这不容易。

在英国，花生叫作“猴豆”——Monkey nuts。人们到动物园去才带上一包，去喂猴子。花生在这个国里真不算很光荣，可是我亲眼看见去喂猴子的人——小孩就更不用提了——偷偷地也往自己口中送这猴豆。花生和苹果好像一样的有点魔力，假如你知道苹果的典故；我这儿确是用着典故。

美国吃花生的不限于猴子。我记得有位美国姑娘，在到中国来的时候，把几只皮箱的空处都填满了花生，大概凑起来总够十来斤吧，怕是到中国吃不着这种宝物。美国姑娘都这样重看花生，可见它确是有价值；按照哥伦比亚的哲学博士的辩证法看，这当然没有误儿。

花生大概还跟婚礼有点关系，一时我可想不起来是怎么个办法了；不是新娘子在轿里吃花生，不是；反正是什么什么春吧——你可晓得这个典故？其实花轿里真放上一包花生米，新娘子未必不一边落泪一边嚼着。

载于1935年1月20日《漫画生活》第五期

小动物们

鸟兽们自由地生活着，未必比被人豢养着更快乐。据调查鸟类生活的专家说，鸟啼绝不是为使人爱听，更不是以歌唱自娱，而是占据猎取食物的地盘的示威；鸟类的生活是非常艰苦的。兽类的互相蚕食是更显然的。这样，看见笼中的鸟，或柙中的虎，而替它们伤心，实在可以不必。可是，也似乎不必替它们高兴；被人养着，也未尽舒服。生命仿佛是老在魔鬼与荒海的夹间儿，怎样也不好。

我很爱小动物们。我的“爱”只是我自己觉得如此；到底对被爱的有什么好处，不敢说。它们是这样受我的恩养好呢，还是自由地活着好呢？也不敢说。把养小动物们看成一种事实，我才敢说些关于它们的话。下面的述说，那么，只是为述说而述说。

先说鸽子。我幼时，家中很贫。说出“贫”来，为是声明我并养不起鸽子；鸽子是种费钱的活玩意儿。可是，我的两位姐丈都喜欢玩鸽子，所以我知道其中的一点儿典故。我没事儿就到两家去看鸽，也不短随着姐丈们到鸽市去玩；他们都比我大着二十多岁。我的经验既是这样来的，而且是幼时的事，恐怕说得不能很完全了；有好多鸽子名已想不起来了。

鸽的名样很多。以颜色说，大概应以灰、白、黑、紫为基本色儿。可是全灰全白全黑全紫的并不值钱。全灰的是楼鸽，院中撒些米就会来一群；物是以缺者为贵，楼鸽太普罗。有一种比楼鸽小，灰色也浅一些的，才是真正的“灰”；但也并不很贵重。全白的，大概就叫“白”吧，我记不清了。全黑的叫黑儿，全紫的叫紫箭，也叫猪血。

猪血们因为羽毛单调，所以不值钱，这就容易想到值钱的必是杂色的。杂色的种类多极了，就我所知道的——并且为清楚起见——可以分作下列的四大类：点子、乌、环、玉翅。点子是白身腔，只在头上有手指肚大的一块黑，或紫；尾是随着头上那个点儿，黑或紫。这叫作黑点子和紫点子。乌与点子相近，不过是头上的黑或紫延长到肩与胸部。这叫黑乌或紫乌。这种又有黑翅的或紫翅的，名铁翅乌或铜翅乌——这比单是乌又贵重一些。还有一种，只有黑头或紫头，而尾是白的，叫作黑乌头或紫乌头；比乌的价钱要贱一些。刚才说过了，乌的头部的黑或紫毛是后齐肩，前及胸的。假若黑或紫毛只是由头顶到肩部，而前面仍是白的，这便叫作老虎帽，因为很像二十年前通行的风帽；这种确是非常地好看，因而价值也就很高。在民国初年，兴了一阵子蓝乌和蓝乌头，头尾如乌，而是灰蓝色儿的。这种并不好看，出了一阵子风头也就拉倒了。

环，简单得很：全白而项上有一黑圈者叫墨环；反之，全黑而项上有白圈者是玉环。此外有紫环，全白而项上有一紫环。“环”这种鸽似乎永远不大高贵。大概可以这么说，白尾的鸽是不易与黑尾或紫尾的相抗，因为白尾的飞起来不大美。

玉翅是白翅边的。全灰而有两白翅是灰玉翅；还有黑玉翅、紫玉翅。所谓白翅，有个讲究：翅上的白翎是左七右八。能够这样，飞起来才正好，白边儿不过宽，也不过窄。能生成就这样的，自然很少，所以鸽贩常常作假，硬插上一两根，或拔去些，是常有的事。这类中又有变种：玉翅而有白尾的，比如一只黑鸽而有左七右八的白翅翎，同时又是白尾，便叫作三块玉。灰的、紫的，也能这样。要是连头也是白的呢便叫作四块玉了。四块玉是比较有些价值的。

在这四大类之外，还有许多杂色的鸽。如鹤袖，如麻背，都有些价值，可不怎么名贵。在北平，差不多是以上述的四大类为主。新种随时有，也能时兴一阵，可都不如这四类重要与长远。

就这四大类说，紫的老比别的颜色高贵。紫色儿不容易长到好处，太深了就遭猪血之诮，太浅了又黄不唧的寒酸。况且还容易长“花了”呢，特别是在尾巴上，翎的末端往往露出白来，像一块癣似的，把个尾巴就毁了。

紫以下便是黑，其次为灰。可是灰色如只是一点，如灰头、灰环，便又可贵了。

这些鸽中，以点子和乌为“古典的”。它们的价值似乎永远不变，虽然普通，可是老是鸽群之主。这么说吧，飞起四十只鸽，其中有过半的点子和乌，而杂以别种，便好看。反之，则不好看。要是这四十只都是点子，或都是乌，或点子与乌，便能有顶好的阵容。你几乎不能飞四十只环或玉翅。想想看吧：点子是全身雪白，而有个黑或紫的尾，飞起来像一群玲珑的白鸥；及至一翻身呢，那黑或紫的尾给这轻洁的白衣一个色彩深厚的裙儿，既轻妙而又厚重。假若是太阳在西边，而东方有些黑云，那就太美了：白翅在黑云下自然分外白了；一斜身儿呢，黑尾或紫尾——最好是紫尾——迎着阳光闪起一些金光来！点子如是，乌也如是。白尾巴的，无论长得多么体面，飞起来没这种美妙，要不怎么不大值钱呢。铁翅乌或铜翅乌飞起来特别地好看，像一朵花，当中一块白，前后左右都镶着黑或紫，它使人觉得安闲舒适。可是铜翅乌几乎永远不飞，飞不起，贱的也得几十块钱一对儿吧。玩鸽子是满天飞洋钱的事儿，洋钱飞起却是不如在手里牢靠的。

可是，鸽子的讲究不专在飞，正如女子出头露脸不专仗着能跑五十米。它得长得俊。先说头吧，平头或峰头（峰读如凤；也许就是凤，而不是峰），便决定了身价的高低。所谓峰头或凤头的，是在头上有一撮立着的毛；平头是光葫芦。自然凤头的是更美，也更贵。峰——或凤——不许有杂毛，黑便全黑，紫便全紫，掺着白的便不够派儿。它得大，而且要像个荷包似的向里包包着。鸽贩常把峰的杂毛剔去，而且把不像荷包的收拾得像荷包。这样收拾好的峰，就怕鸽子洗澡，因为那好看的头饰是用胶粘的。

头最怕鸡头，没有脑勺儿，愣头磕脑的不好看。头须像算盘子儿，圆乎乎的，丰满。这样的头，再加上个好峰，便是标准美了。

眼，得先说眼皮。红眼皮的如害着眼病，当然不美。所以要强的鸽子得长白眼皮。宽宽的白眼皮，使眼睛显得大而有神。眼珠也有讲究，豆眼、隔棱眼，都是要不得的。可惜我离开鸽子们已二十多年，形容不上来豆眼等是什么样子了；有机会到北平去住几天，我还能把它们想起来，到鸽市去两趟就行了。

嘴也很要紧。无论长得多么体面的鸽，来个长嘴，就算完了事。要不怎么，有的鸽虽然很缺少，而总不能名贵呢；因为这种根本没有短嘴的。鸽得有短嘴！厚厚实实的，小墩子嘴，才好看。

头部以外，就得论羽毛如何了。羽毛的深浅，色的支配，都有一定的讲究。老虎帽的帽长到何处，虎头的黑或紫毛应到胸部的何处，都不能随便。出一个好鸽与出一个美人都是历史的光荣。

身的大小，随鸽而异。羽毛单调一些的，像紫箭等，自然是越大越蠢，所以以短小玲珑为贵。像点子与乌什么的，个子大一点也不碍事。不过，嘴儿短，长得娇秀，自然不会发展得很粗大了，所以美丽的鸽往往是小个儿。

大个子的，长嘴儿的，可也有用处。大个子的身强力壮翅子硬，能飞，能尾上戴鸽铃，所以它们是空中的主力军。别的鸽子好看，可供地上玩赏；这些老粗儿们是飞起来才见本事，故而也还被人爱。长翅儿也有用，孵小鸽子是它们的事：它们的嘴长，“喷”得好——小鸽不会自己吃东西，得由老鸽嘴对嘴地“喷”。再说呢，喷的时候，老的胸部羽毛便糙了；谁也不肯这么牺牲好鸽。好鸽下的蛋，总被人拿来交与丑鸽去孵，丑鸽本来不值钱，身上糙旧一点也没关系。要做鸽就得美呀，不然便很苦了。

有的丑鸽，仿佛知道自己的相貌不扬，便长点特别的本事以与美鸽竞争。有力气戴大鸽铃便是一例。可是有力气还不怎样新奇，所以有的能在空中翻跟头。会翻跟头的鸽在与朋友们一块飞起的时候，能飞着飞着便离群而翻几个跟头，然后再飞上去加入鸽群，然后又独自翻下来。这很好看，假若它是白色的，就好像由蓝空中落下一团雪来似的。这种鸽的身体很小，面貌可不见得美。它有个标志，即在项上有一小撮毛儿，倒长着。这一撮倒毛儿好像老在那儿说：“你瞧，我会翻跟头！”这种鸽还有个特点，脚上有毛儿，像诸葛亮的羽扇似的。一走，便扑喳扑喳的，很有神气。不会翻跟头的可也有时候长着毛脚。这类鸽多半是全灰、全白或全黑的。羽毛不佳，可是有本事呢。

为养毛脚鸽，须盖灰顶的房，不要瓦。因为瓦的棱儿往往伤了毛脚而流出血来。

哎呀！我说“先说鸽子”，已经三千多字了，还没说完！好吧，下回接着说鸽子吧，假若有人爱听。我的题目《小动物们》，似乎也有加上个“鸽”的必要了。

载于 1935 年 3 月《人间世》第二十四期

猫

猫的性格实在有些古怪。说它老实吧，它的确有时候很乖。它会找个暖和的地方，成天睡大觉，无忧无虑。什么事也不过问。可是，赶到它决定要出去玩玩，就会走出一天一夜，任凭谁怎么呼唤，它也不肯回来。说它贪玩吧，的确是呀，要不怎么会一天一夜不回家呢？可是，及至它听到点老鼠的响动啊，它又多么尽职，闭息凝视，一连就是几个钟头，非把老鼠等出来不拉倒！

它要是高兴，能比谁都温柔可亲：用身子蹭你的腿，把脖儿伸出来要求给抓痒，或是在你写稿子的时候，跳上桌来，在纸上踩印几朵小梅花。它还会丰富多腔地叫唤，长短不同，粗细各异，变化多端，力避单调。在不叫的时候，它还会咕噜咕噜地给自己解闷。这可都凭它的高兴。它若是不高兴啊，无论谁说多少好话，它一声也不出，连半个小梅花也不肯印在稿纸上！它倔强得很！

是，猫的确是倔强。看吧，大马戏团里什么狮子、老虎、大象、狗熊、甚至于笨驴，都能表演一些玩意儿，可是谁见过耍猫呢？（昨天才听说：苏联的某马戏团里确有耍猫的，我当然还没亲眼见过。）

这种小动物确是古怪。不管你多么善待它，它也不肯跟着你上街去逛逛。它什么都怕，总想藏起来。可是它又那么勇猛，不要说见着小虫和老鼠，就是遇上蛇也敢斗一斗。它的嘴往往被蜂儿或蝎子蜇得肿起来。

赶到猫儿们一讲起恋爱来，那就闹得一条街的人们都不能安睡。它们的叫声是那么尖锐刺耳，使人觉得世界上若是没有猫啊，一定会更平静一些。

可是，及至女猫生下两三个棉花团似的小猫啊，你又不恨它了。它是那么尽责地看护儿女，连上房兜兜风也不肯去了。

郎猫可不那么负责，它丝毫不关心儿女。它或睡大觉，或上屋去乱叫，有机会就和邻居们打一架，身上的毛儿滚成了毡，满脸横七竖八都是伤痕，看起来实在不大体面。好在它没有照镜子的习惯，依然昂首阔步，大喊大叫，它匆忙地吃两口东西，就又去挑战开打。有时候，它两天两夜不回家，可是当你以为它可能已经远走高飞了，它却瘸着腿大败而归，直入厨房要东西吃。

过了满月的小猫们真是可爱，腿脚还不甚稳，可是已经学会淘气。妈妈的尾巴，一根鸡毛，都是它们的好玩具，耍上没结没完。一玩起来，它们不知要摔多少跟头，但是跌倒即马上起来，再跑再跌。它们的头撞在门上，桌腿上和彼此的头上。撞疼了也不哭。

它们的胆子越来越大，逐渐开辟新的游戏场所。它们到院子里来了。院中的花草可遭了殃。它们在花盆里摔跤，抱着花枝打秋千，所过之处，枝折花落。你不肯责打它们，它们是那么生气勃勃，天真可爱呀。可是，你也爱花。这个矛盾就不易处理。

现在，还有新的问题呢：老鼠已差不多都被消灭了，猫还有什么用处呢？而且，猫既吃不着老鼠，就会想办法去偷捉鸡雏或小鸭什么的开开斋。这难道不是问题吗？

在我的朋友里颇有些位爱猫的。不知他们注意到这些问题没有？记得二十年前在重庆住着的时候，那里的猫很珍贵，须花钱去买。在当时，那里的老鼠是那么猖狂，小猫反倒须放在笼子里养着，以免被老鼠吃掉。据说，目前在重庆已很不容易见到老鼠。那么，那里的猫呢？是不是已经不放在笼子里，还是根本不养猫了呢？这须打听一下，以备参考。

也记得三十年前，在一艘法国轮船上，我吃过一次猫肉。事前，我并不知道那是什么肉，因为不识法文，看不懂菜单。猫肉并不难吃，虽不甚香美，可也没什么怪味道。是不是该把猫都送往法国轮船上去呢？我很难做出决定。

猫的地位的确降低了，而且发生了些小问题。可是，我并不为猫的命运多担什么心思。想想看吧，要不是灭鼠运动得到了很大的成功，消除了巨害，猫的威风怎会减少了呢？两相比较，灭鼠比爱猫更重要得多，不是吗？我想，世界上总会有那么一天，一切都机械化了，不是连驴马也会有点问题吗？可是，谁能因担忧驴马没有事做而放弃了机械化呢？

载于 1959 年 8 月《新观察》第十六期

耍　　猴

去年的“华北运动会”是在济南举行的。开会之前忙坏了石匠瓦匠们。至少也花了十万元吧,在南围墙子外建了一座运动场。场子的本身算不上美观，可是地势却取得好极了。我不懂风水阴阳，只就审美上看是非常满意的。南边正对着千佛山的山凹，东南角对着开元寺上边的那座“玄秘”塔，东边列着一片小山。西边呢，齐鲁大学的方灯式的礼堂石楼，如果在晚半天看，好像是斜阳之光的暂停处。坐在高处往北看，济南全城只是夹着几点红色的一片深绿。

喜欢看人们运动，更喜欢看这片风景，所以借个机会，哪怕只是个初级小学开会练练徒手操呢，我总要就此走上一遭。

爱到这里来的并不止于我个人，学生是无须说了，就是张大娘、李二嫂、王三姑娘——三位女性，一律小脚——也总和我前后脚的扭上前来。于是，我设若听不到“内行”的评论，比如说哪项竞走是打破了某种纪录，哪个选手跳高的姿势如何道地，我可是能听到一些真正的民意，因为张大娘等不仅是张着嘴看，而且时常批评或讨论几句呢。

去年“华北”开会的第二天，大家正“敬”候着万米长跑下场，张大娘的一只小公鸡先下了场，原来张大娘赴会时顺便买了只鸡在怀中抱着，不知是为要鼓掌还是要剥落花生吃，而鸡飞矣。张大娘，于是，连同李二嫂，一齐与那鸡赛了个不止百码！童子军、巡警、宪兵也全加入捉鸡竞走，至少也有五分钟吧——不知是打破哪项纪录——鸡终被擒。张大娘抱鸡又坐好，对李二嫂发了议论：咱们要是也像那些女学生，裤子只护着腚，大脚片穿着滚钉板的鞋，还用费这么大事捉一只鸡？李二嫂看了旁边的小脚王三姑娘；王三姑娘猛然用手遮上了眼，低声而急切地说：她们，她们，真不害羞，当着这么多老爷儿们脱裤子！果然，有几位女运动员预备跳栏正脱去长裤。于是李二嫂与张大娘似乎后悔了，彼此点头会意；姑娘到底不该大脚片穿钉鞋，以免当着人脱肥裤。

今年九月二十四举行全省运动会，为是选拔参加“华北”的选手。我到了，张大娘李二嫂等自然也到了。而且她们这次是带着小孩子与老人。刚一坐下，老人与小孩便一齐质问张大娘：姑娘们在哪儿呢？看不见光腿的姑娘啊！张大娘似乎有些失信用，只好连说别忙别忙。扔花枪、扔锅饼、跳木棍、猴爬竿、推铁疙瘩，老人小孩与张大娘都不感觉兴趣，只好老人吸烟，小孩吃栗子，张大娘默祷快来光腿的姑娘以恢复信用。看，来了！旁边一位红眼少年，大概不是布铺便是纸店的少掌柜，十二分恳挚地向张大娘报告。忽——大家全站起来了。看那个黑劲！那个腿！身上还挂着白字！咦！咦！蹦，还蹦打呢！大筒子又响了，瞎嚷什么！唉！唉！站好了，六个人一排，真齐啊！前面一溜小白木架呢！那是跳的，你当是，又跑又跳！真！快看、趴下了！快放枪了，那是！……忽——全坐下了。什么年头，老人发了脾气，耍猴儿的，男猴女猴！大家走！可是小孩不走，张大娘也不肯走，好的还在后面呢，等会儿，还跑二十多圈呢！要看就看跑二十多圈的，跑一小骨节有啥看头；跑那么近，还叫人搀着呢，不要脸！二十多圈的始终没出来，张大娘既不知道还有秩序单其物，而二十多圈的恰好又列在次日。偶尔向场内看一眼，其余的工夫全消费在闲谈上。老人与另一老人联盟；有小孩决不送进学堂去，连跑带跳，一口血，得；况且是老大不小的千金女儿呢！张大娘一定叫小孩等着看跑二十多圈的，而小孩一定非再买栗子吃不可。李二嫂说王三姑娘没来，因为定了婆家。红眼青年邀着另一位红眼青年：走，上席棚那边看看去，姑娘都在那儿喝汽水什么的呢。巡警不许我们过去呀？等着，等着机会溜过去呀！

载1932年10月29日《华年》周刊第1卷第29期

小　麻　雀

雨后，院里来了个麻雀，刚长全了羽毛。它在院里跳，有时飞一下，不过是由地上飞到花盆沿上，或由花盆上飞下来。看它这么飞了两三次，我看出来：它并不会飞得再高一些，它的左翅的几根长翎拧在一起，有一根特别地长，似乎要脱落下来。我试着往前凑，它跳一跳，可是又停住，看着我，小黑豆眼带出点要亲近我又不完全信任的神气。我想到了：这是个熟鸟，也许是自幼便养在笼中的。所以它不十分怕人。可是它的左翅也许是被养着它的或别个孩子给扯坏，所以它爱人，又不完全信任。想到这个，我忽然很难过。一个飞禽失去翅膀是多么可怜。这个小鸟离了人恐怕不会活，可是人又那么狠心，伤了它的翎羽。它被人毁坏了，而还想依靠人，多么可怜！它的眼带出进退为难的神情，虽然只是那么个小而不美的鸟，它的举动与表情可露出极大的委屈与为难。它是要保全它那点生命，而不晓得如何是好。对它自己与人都没有信心，而又愿找到些倚靠。它跳一跳，停一停，看着我，又不敢过来。我想拿几个饭粒诱它前来，又不敢离开，我怕小猫来扑它。可是小猫并没在院里，我很快地跑进厨房，抓来了几个饭粒。及至我回来，小鸟已不见了。我向外院跑去，小猫在影壁前的花盆旁蹲着呢。我忙去驱逐它，它只一扑，把小鸟擒住！被人养惯的小麻雀，连挣扎都不会，尾与爪在猫嘴旁耷拉着，和死去差不多。

瞧着小鸟，猫一头跑进厨房，又一头跑到西屋。我不敢紧追，怕它更咬紧了可又不能不追。虽然看不见小鸟的头部，我还没忘了那个眼神。那个预知生命危险的眼神。那个眼神与我的好心中间隔着一只小白猫。来回跑了几次，我不追了。追上也没用了，我想，小鸟至少已半死了。猫又进了厨房，我愣了一会儿，赶紧地又追了去；那两个黑豆眼仿佛在我心内睁着呢。

进了厨房，猫在一个铁筒——冬天生火通烟用的，春天拆下来便放在厨房的墙角——旁蹲着呢。小鸟已不见了。铁筒的下端未完全扣在地上，开着一个不小的缝儿，小猫用脚往里探。我的希望回来了，小鸟没死。小猫本来才四个来月大，还没捉住过老鼠，或者还不会杀生，只是叼着小鸟玩一玩。正在这么想，小鸟忽然出来了，猫倒像吓了一跳，往后躲了躲。小鸟的样子，我一眼便看清了，登时使我要闭上了眼。小鸟几乎是蹲着，胸离地很近，像人害肚痛蹲在地上那样。它身上并没血。身子可似乎是蜷在一块，非常地短。头低着，小嘴指着地。那两个黑眼珠！非常黑，非常大，不看什么，就那么顶黑顶大地愣着。它只有那么一点活气，都在眼里，像是等着猫再扑它，它没力量反抗或逃避；又像是等着猫赦免了它，或是来个救星。生与死都在这俩眼里，而并不是清醒的。它是糊涂了，昏迷了；不然为什么由铁筒中出来呢？可是，虽然昏迷，到底有那么一点说不清的，生命根源的，希望。这个希望使它注视着地面，等着，等着生或死。它怕得非常地忠诚，完全把自己交给了一线的希望，一点也不动。像把生命要从两眼中流出，它不叫，不动。

小猫没再扑它，只试着用小脚碰它。它随着击碰倾侧，头不动，眼不动，还呆呆地注视着地面。但求它能活着，它就决不反抗。可是并非全无勇气，它是在猫的面前不动！我轻轻地过去，把猫抓住。将猫放在门外，小鸟还没动。我双手把它捧起来。它确实没受了多大的伤，虽然胸上落了点毛。它看了我一眼！

我没主意：把它放了吧，它准是死；养着它吧，家中没有笼子。我捧着它好像世上一切生命都在我的掌中似的，我不知怎样好。小鸟不动，蜷着身，两眼还那么黑，等着！愣了好久，我把它捧到卧室里，放在桌子上，看着它，它又愣了半天，忽然头向左右歪了歪，用它的黑眼瞟了一下；又不动了，可是身子长出来一些，还低头看着，似乎明白了点什么。

载于1934年10月《文学评论》第一卷第二期

母　　鸡

一向讨厌母鸡。不知怎样受了一点惊恐，听吧，它由前院嘎嘎到后院，由后院嘎嘎到前院，没完没了，而并没有什么理由；讨厌！有的时候，它不这样乱叫，可是细声细气的，有什么心事似的，颤颤巍巍的，顺着墙根或沿着田坝，那么扯长了声如怨如诉，使人心中立刻结起个小疙瘩来。

它永远不反抗公鸡。可是，有时候却欺侮那最忠厚的鸭子。更可恶的是它遇到另一只母鸡的时候，它会下毒手，乘其不备，狠狠地咬一口，咬下一撮儿毛来。

到下蛋的时候，它差不多是发了狂，恨不能使全世界都知道它这点成绩，就是聋子也会被它吵得受不下去。

可是，现在我改变了心思！我看见了一只孵出一群小雏鸡的母鸡。

不论是在院里，还是在院外，它总是挺着脖儿，表示出世界上并没有可怕的东西。一个鸟儿飞过，或是什么东西响了一声，它立刻警戒起来：歪着头儿听；挺着身儿预备作战；看看前，看看后，咕咕的警告群雏要马上集合到它身边来！

当它发现了一点可吃的东西它咕咕地紧叫，啄一啄那个东西，马上便放下，教它的儿女吃。结果，每一只鸡雏的肚子都圆圆地下垂，像刚装了一两个汤圆儿似的，它自己却消瘦了许多。假若有别的大鸡来找食，它一定出击，把它们赶出老远；连大公鸡也怕它三分。

它教给鸡雏们啄食，掘地，用土洗澡；一天教多少多少次。它还半蹲着——我想这是相当劳累的——教它们挤在它的翅下、胸下，得一点温暖。它若伏在地上，鸡雏们有的便爬在它的背上，啄它的头或别的地方，它一声也不哼。

在夜间若有什么动静，它便放声号叫，顶尖锐，顶凄惨，使任何贪睡的人也得起来看看，是不是有了黄鼠狼。

它负责，慈爱，勇敢，辛苦，因为它有了一群鸡雏。它伟大，因为它是鸡母亲。一个母亲必定就是一位英雄！

我不敢再讨厌母鸡了！

载 1942 年 5 月 30 日《时事新报》

养　花

我爱花，所以也爱养花。我可还没成为养花专家，因为没有工夫去做研究与试验。我只把养花当作生活中的一种乐趣，花开得大小好坏都不计较，只要开花，我就高兴。在我的小院中，到夏天，满是花草，小猫儿们只好上房去玩耍，地上没有它们的运动场。

花虽多，但无奇花异草。珍贵的花草不易养活，看着一棵好花生病欲死是件难过的事。我不愿时时落泪。北京的气候，对养花来说，不算很好。冬天冷，春天多风，夏天不是干旱就是大雨倾盆；秋天最好，可是忽然会闹霜冻。在这种气候里，想把南方的好花养活，我还没有那么大的本事。因此，我只养些好种易活、自己会奋斗的花草。

不过，尽管花草自己会奋斗，我若置之不理，任其自生自灭，它们多数还是会死了的。我得天天照管它们，像好朋友似的关切它们。一来二去，我摸着一些门道：有的喜阴，就别放在太阳地里，有的喜干，就别多浇水。这是个乐趣，摸住门道，花草养活了，而且三年五载老活着、开花，多么有意思呀！不是乱吹，这就是知识呀！多得些知识，一定不是坏事。

我不是有腿病吗，不但不利于行，也不利于久坐。我不知道花草们受我的照顾，感谢我不感谢；我可得感谢它们。在我工作的时候，我总是写了几十个字，就到院中去看看，浇浇这棵，搬搬那盆，然后回到屋中再写一点，然后再出去，如此循环，把脑力劳动与体力劳动结合到一起，有益身心，胜于吃药。要是赶上狂风暴雨或天气突变哪，就得全家动员，抢救花草，十分紧张。几百盆花，都要很快地抢到屋里去，使人腰酸腿疼，热汗直流。第二天，天气好转，又得把花儿都搬出去，就又一次腰酸腿疼，热汗直流。可是，这多么有意思呀！不劳动，连棵花儿也养不活，这难道不是真理吗？

送牛奶的同志，进门就夸“好香”！这使我们全家都感到骄傲。赶到昙花开放的时候，约几位朋友来看看，更有秉烛夜游的神气——昙花总在夜里放蕊。花儿分根了，一棵分为数棵，就赠给朋友们一些；看着友人拿走自己的劳动果实，心里自然特别喜欢。

当然，也有伤心的时候，今年夏天就有这么一回。三百株菊秧还在地上（没到移入盆中的时候），下了暴雨。邻家的墙倒了下来，菊秧被砸死者约三十多种，一百多棵！全家都几天没有笑容！

有喜有忧，有笑有泪，有花有实，有香有色，既须劳动，又长见识，这就是养花的乐趣。

西　红　柿

所谓番茄炒虾仁的番茄，在北平原叫作西红柿，在山东各处则名为洋柿子，或红柿子。想当年我还梳小辫，系红头绳的时候，西红柿还没有番茄这点威风。它的价值，在那不文明的时代，不过与“赤包儿”相等，给小孩子们拿着玩玩而已。大家做“娶姑娘扮姐姐”玩耍的时节，要在小板凳上摆起几个红胖发亮的西红柿，当作喜筵，实在漂亮。可是，它的价值只是这么点，而且连这一点还不十分稳定，至于在大小饭铺里，它是完全没有份儿的。这种东西，特别是在叶子上，有些不得人心的臭味——按北平的话说，这叫作“青气味儿”。所谓“青气味儿”，就是草木发出来的那种不好闻的味道，如楮树叶儿和一些青草，都是有此气味的。可怜的西红柿，果实是那么鲜丽，而被这个味儿给累住，像个有狐臭的美人。不要说是吃，就是当“花儿”看，它也是没有“凉水茄”，“番椒”等那种可以与美人蕉、翠雀儿等草花同在街上售卖的资格。小孩儿拿它玩耍，仿佛也是出于不得已；这种玩意儿好玩不好吃，不像落花生或枣子那样可以“吃玩两便”。其实呢，西红柿的味道并不像它的叶子那么臭恶，而且不比臭豆腐难吃，可是那股青气味儿到底要了它的命。除了这点味道，恐怕它的失败在于它那点四不像的劲儿：拿它当果子看待，它甜不如果，脆不如瓜；拿它当菜吃，煮熟之后屁味没有，稀松一堆，没点“嚼头”；它最宜生吃，可是那股味儿，不果不瓜不菜，亦可以休矣！

西红柿转运是在近些年，“番茄”居然上了菜单，由英法大菜馆而渐渐侵入中国饭铺，连山东馆子也要报一报“番茄虾银（仁）儿”！文化的侵略哟，门牙也挡不住呀！可是细一看呢，饭馆里的番茄这个与那个，大概都是加上了点番茄汁儿，粉红怪可看，且不难吃；至于整个的鲜番茄，还没多少人肯大嘴地啃。肯生吞它的，或者还得算留过洋的人们和他们的儿女，到底他们的洋味地道些。近来西医宣传西红柿里含有维生素 A 至 W，可是必须生吃，这倒有点别扭。不过呢，国人是最注意延年益寿，滋阴补肾的东西，或者这点青气味儿也不难于习惯下来的；假如国医再给证明一下：番茄加鹿茸可以壮阳种子，我想它的前途正自未可限量咧。

载于 1935 年 7 月 14 日青岛《民报》

春　联

欢度春节，要贴春联。大红的纸，黑亮的字，分贴门旁，的确增加喜气。写的又都是赞美春天或鼓舞士气的话语，更非全无意义。这个形式为汉语所独有，一个字对一个字，不能此长彼短；两腿一样长，站得稳稳当当，看起来颇觉舒服。因此，编写春联也是练习文字运用之一道，起码要左右平衡，不许一只靴子一只鞋。

如此说来，练习一番便了。

第一联是说今年春节在月份牌上的特点：旧除夕正赶上立春，双重喜气，理当祝贺。联曰：

除夕立春同日双节

随时进步一刻千金

对仗虽不甚工，可是相信道出了迎春的心情。是的，春天即来，应当人人奋勇，个个争先，争取今年的工作成绩确比去年的更强。

第二联是写给我的儿女的：

劳逸妥安排健康多福

油盐休浪费勤俭持家

我愿意看到他们都干劲冲天，可也希望他们会劳逸结合，注意健康，以免进攻很猛，而后力不佳。他们都不爱乱花钱，下联所言，希望巩固下来，把勤俭持家成为家庭传统。

赠北京人民艺术剧院一联：

人民要好戏

艺术登高峰

既有此联，就须也给青年艺术剧院写一副，两家都是我的好友啊。

破浪乘风前途无量

降龙伏虎干劲冲天

这一联未免过猛一些，而又不许下小注，怎么办呢？对了，以“轻松愉快”当横批，不就行了吗？

赠诗人臧克家一联，已写好送去。其他各联，因没有时间研墨，无法写在红纸上。克家好学，为人豪爽，故曰：

学知不足

文如其人

最后，还得给自己写一联：

付出九牛二虎力

不作七拼八凑文

做文章最忌七拼八凑。欲免此弊，必须卖尽力气，不怕改了再改；实在无法再改，可是还不通畅，那就从头另写，甚至写好几回。我不能经常这样，有时候一忙，就勉强交卷，以后应当改正。

在我十来岁的时候，春节以前总去帮着塾师或大师哥在街上摆对子摊。我的任务是研墨和为他们拉着对子纸。他们都有一本对子本，里面分门别类，载有各样现成联语。他们照抄下来，分类存放。买春联的人只需说出要一副灶王对、一副大门对等等，他们便一一拿将出来，说好价钱，完成交易。因此，那时候的胡同里，往往邻近的好几家门外都贴着“天增岁月人增寿，春满乾坤福满门”。至于灶王龛上，更是一致地贴着“上天言好事，下界保平安”。自从北京解放，大家贴的春联，多数是新编的，不事抄袭。这也是个进步。附带说说，证明不要厚古薄今。

载于1962年2月3日《北京日报》

吃莲花的

今年我种了两盆白莲。盆是由北平搜寻来的，里外包着绿苔，至少有五六十岁。泥是由黄河拉来的。水用趵突泉的。只是藕差点事，吃剩下来的菜藕。好盆好泥好水敢情有妙用，菜藕也不好意思了，长吧，开花吧，不然太对不起人！居然，拔了梗，放了叶，而且开了花。一盆里七八朵，白的！只有两朵，瓣尖上有点红，我细细的用檀香粉给涂了涂，于是全白。作诗吧，除了作诗还有什么办法？专说“亭亭玉立”这四个字就被我用了七十五次，请想我作了多少首诗吧！

这且不提。好几天了，天天门口卖菜的带着几把儿白莲。最初，我心里很难过。好好的莲花和茄子冬瓜放在一块，真！继而一想，若有所悟。啊，济南名士多，不能自己“种”莲，还不“买”些用古瓶清水养起来，放在书斋？是的，一定是这样。

这且不提。友人约游大明湖，“去买点莲花来！”他说。“何必去买，我的两盆还不可观？”我有点不痛快，心里说：“我自种的难道比不上湖里的？真！”况且，天这么热，游湖更受罪，不如在家里，煮点毛豆角，喝点莲花白，作两首诗，以自种白莲为题，岂不雅妙？

友人看着那两盆花，点了点头。我心里不用提多么痛快了；友人也很雅哟！除了作新诗向来不肯用这“哟”，可是此刻非用不可了！我忙着吩咐家中煮毛豆角，看看能买到鲜核桃不。然后到书房去找我的诗稿。友人静立花前，欣赏着哟！

这且不提。及至我从书房回来一看，盆中的花全在友人手里握着呢，只剩下两朵快要开败的还在原地未动。我似乎忽然中了暑，天旋地转，说不出话。友人可是很高兴。他说：“这几朵也对付了，不必到湖中买去了。其实门口卖菜的也有，不过没有湖上的新鲜便宜。你这些不很嫩了，还能对付。”

他一边说着，一边奔了厨房。“老田，”他叫着我的总管事兼厨子：“把这用好香油炸炸。外边的老瓣不要，炸里边那嫩的。”老田是我由北平请来的，和我一样不懂济南的典故，他以为香油炸莲瓣是什么偏方呢。“这治什么病，烫伤？”他问。友人笑了。“治烫伤？吃！美极了！没看见菜桃子上一把一把儿地卖吗？”

这且不提。还提什么呢，诗稿全烧了，所以不能附录在这里。

载一九三三年八月十六日《论语》第二十三期

兔 儿 爷

我好静，故怕旅行。自然，到过的地方就不多了。到的地方少，看的东西自然也就少。就是对于兔儿爷这玩意也没有看过多少种。

稍为熟习的只有北方几座城：北平、天津、济南和青岛。在这四个名城里，一到中秋，街上便摆出兔儿爷来——就是山东人称为兔子王的泥人。兔儿爷或兔子王都是泥做的。兔脸人身，有的背后还插上纸旗，头上罩着纸伞。种类多，做工细，要算北平。山东的兔子王样式既少，手工也很糙。

泥人本有多种，可是因为不结实，所以做得都不太精细；给小儿女买玩意儿，谁也不愿多花钱买一碰即碎的呀。兔儿爷虽也系泥人，但售出的时间只在八月节前的半个月左右，与月饼同为迎时当令的东西，故不妨做得精细一些。况且小儿女们每愿给兔儿爷上供，置之桌上，不像对待别种泥娃娃那么随便，于是也就略为减少碰碎的危险。这样，兔儿爷便获得较优越的地位，而能每年一度很漂亮的出现于街头。

中秋又到了，北平等处的兔儿爷怎样呢？

我可以想象到：那些粉脸彩衣、插旗打伞的泥人们一定还是一行行地摆在街头，为暴敌粉饰升平啊！

听说敌人这些日子，正在北平大量地焚书，几乎凡不是木板的图书都可以遭到被投入火里的厄运。学校里，人家里，都没有了书，而街头上到处摆出兔儿爷，多么好的一种布置呢！暴敌要的是傀儡呀！

友人来信，说平津大雨，连韭菜都卖到三吊钱（与重庆的“吊”同值）一束，粗粮也卖到一毛多一斤。谁还买得起兔儿爷呢？大概也就是在市上摆几天，给大家热闹热闹眼睛吧？

因而就想到那些高等汉奸，到时候，他们就必出来。正如桂花一开，兔子王便上市。他们的脸很体面，油光水滑的，只可惜鼻下有个三瓣子嘴，而头上有一对长耳朵。他们的身上也花花绿绿，足下登起粉底高靴。身腔里可是空空的，脊背有个泥团儿，为插旗伞之用；旗伞都是纸做的。他们多体面，多空虚，多没有心肝呢！他们唯一的好处似乎只在有两个泥膝，跪下很方便。

兔儿爷怕遇上淘气的孩子，左搬右弄，它脸上的粉，身上的彩，便被弄污；不幸而孩子一失手，全身便变成若干小片片了。孩子并不十分伤心，有钱便能再买一个呀。幸而支持过了中秋，并未粉碎；可又时节已过，谁还有心玩兔子王呢？最聪明的傀儡也不过是些小土片呀！那些带活气的兔子王，越漂亮，我就越替他们担心；小日本鬼子不但淘气，而且是世上最凶狠的孩子啊。兔子王的寿命无论如何过不去中秋，我真想为那些粉墨登场的傀儡们落泪了。

抗战建国须凭真实本领与浩然正气，只能迎时当令充兔子王的，不做汉奸，也是废物。那么，我们不仅当北望平津，似乎也当自省一下吧？

载于1938年10月13日《弹花》第二卷第一期

第二章

春光似海，风景如画

风景好的地方，虽无古迹，也值得去，风景不好的地方，纵有古迹，大可以不去。

大明湖之春

北方的春本来就不长，还往往被狂风给七手八脚地刮了走。济南的桃李丁香与海棠什么的，差不多年年被黄风吹得一干二净，地暗天昏，落花与黄沙卷在一处，再睁眼时，春已过去了！记得有一回，正是丁香乍开的时候，也就是下午两三点钟吧，屋中就非点灯不可了；风是一阵比一阵大，天色由灰而黄，而深黄，而黑黄，而漆黑，黑得可怕。第二天去看院中的两株紫丁香，花已像煮过一回，嫩叶几乎全破了！济南的秋冬，风倒很少，大概都留在春天刮呢。

有这样的风在这儿等着，济南简直可以说没有春天；那么，大明湖之春更无从说起。

济南的三大名胜，名字都起得好：千佛山，趵突泉，大明湖，都那么响亮好听！一听到“大明湖”这三个字，便联想到春光明媚和湖光山色等等，而心中浮现出一幅美景来。事实上，可是，它既不大，又不明，也不湖。

湖中现在已不是一片清水，而是用坝划开的多少块“地”。“地”外留着几条沟，游艇沿沟而行，即是逛湖。水田不需要多么深的水，所以水黑而不清；也不要急流，所以水定而无波。东一块莲；西一块蒲，土坝挡住了水，蒲苇又遮住了莲，一望无景，只见高高低低的“庄稼”。艇行沟内，如穿高粱地然，热气腾腾，碰巧了还臭气烘烘。夏天总算还好，假若水不太臭，多少总能闻到一些荷香，而且必能看到些绿叶儿。春天，则下有黑汤，旁有破烂的土坝；风又那么野，绿柳新蒲东倒西歪，恰似挣命。所以，它既不大，又不明，也不湖。

话虽如此，这个湖到底得算个名胜。湖之不大与不明，都因为湖已不湖。假若能把“地”都收回，拆开土坝，挖深了湖身，它当然可以马上既大且明起来：湖面原本不小，而济南又有的是清凉的泉水呀。这个，也许一时做不到。不过，即使做不到这一步，就现状而言，它还应当算作名胜。北方的城市，要找有这么一片水的，真是好不容易了。千佛山满可以不算数儿，配做个名胜与否简直没多大关系，因为山在北方不是什么难找的东西呀。水，可太难找了。济南城内据说有七十二泉，城外有河，可是还非有个湖不可。泉、池、河、湖，四者俱备，这才显出济南的特色与可贵。它是北方唯一的“水城”，这个湖是少不得的。设若我们游湖时，只见沟而不见湖，请到高处去看看吧，比如在千佛山上往北眺望，则见城北灰绿的一片——大明湖；城外，华鹊二山夹着弯弯的一道灰亮光儿——黄河。这才明白了济南的不凡，不但有水，而且是这样多呀。

况且，湖景若无可观，湖中的出产可是很名贵呀。懂得什么叫作美的人或者不如懂得什么好吃的人多吧，游过苏州的往往只记得此地的点心，逛过西湖的提起来便念道那里的龙井茶，藕粉与莼菜什么的，吃到肚子里的也许比一过眼的美景更容易记住，那么大明湖的蒲菜，茭白，白花藕，还真许是它驰名天下的重要原因呢。不论怎么说吧，这些东西既都是水产，多少总带着些南国风味；在夏天，青菜挑子上带着一束束的大白莲花苞出卖，在北方大概只有济南能这么“阔气”。

我写过一本小说——《大明湖》——在“一·二八”与商务印书馆一同被火烧掉了。记得我描写过一段大明湖的秋景，词句全想不起来了，只记得是什么什么秋。桑子中先生给我画过一张油画，也画的是大明湖之秋，现在还在我的屋中挂着。我写的，他画的，都是大明湖，而且都是大明湖之秋，这里大概有点意思。对了，只是在秋天，大明湖才有些美呀。济南的四季，唯有秋天最好，晴暖无风，处处明朗。这时候，请到城墙上走走，俯视秋湖，败柳残荷，水平如镜；唯其是秋色，所以连那些残破的土坝也似乎正与一切景物配合：土坝上偶尔有一两截断藕，或一些黄叶的野蔓，配着三五枝芦花，确是有些画意。“庄稼”已都收了，湖显着大了许多，大了当然也就显着明。不仅是湖宽水净，显着明美，抬头向南看，半黄的千佛山就在面前，开元寺那边的“橛子”——大概是个塔吧——静静地立在山头上。往北看，城外的河水很清，菜畦中还生着短短的绿叶。往南往北，往东往西，看吧，处处空阔明朗，有山有湖，有城有河，到这时候，我们真得到个“明”字了。桑先生那张画便是在北城墙上画的，湖边只有几株秋柳，湖中只有一只游艇，水作灰蓝色，柳叶儿半黄。湖外，他画上了千佛山，湖光山色，连成一幅秋图，明净，素净，柳梢上似乎吹着点不大能觉出来的微风。

对不起，题目是大明湖之春，我却说了大明湖之秋，可谁教亢德先生出错了题呢！

载于1937年3月《宇宙风》第三十七期

又是一年芳草绿

悲观有一样好处，它能叫人把事情都看轻了一些。这个可也就是我的坏处，它不起劲，不积极。您看我挺爱笑不是？因为我悲观。悲观，所以我不能板起面孔，大喊："孤——刘备！"我不能这样。一想到这样，我就要把自己笑毛咕了。看着别人吹胡子瞪眼睛，我从脊梁沟上发麻，非笑不可。我笑别人，因为我看不起自己。别人笑我，我觉得应该；说得天好，我不过是脸上平润一点的猴子。我笑别人，往往招人不愿意；不是别人的量小，而是不像我这样稀松，这样悲观。

我打不起精神去积极地干，这是我的大毛病。可是我不懒，凡是我该做的我总想把它做了，纯为得点报酬养活自己与家里的人——往好了说，尽我的本分。我的悲观还没到想自杀的程度，不能不找点事做。有朝一日非死不可呢，那只好死喽，我有什么法儿呢？

这样，你瞧，我是无大志的人。我不想当皇上。最乐观的人才敢做皇上，我没这份胆气。

有人说我很幽默，不敢当。我不懂什么是幽默。假如一定问我，我只能说我觉得自己可笑，别人也可笑；我不比别人高，别人也不比我高。谁都有缺欠，谁都有可笑的地方。我跟谁都说得来，可是他得愿意跟我说；他一定说他是圣人，叫我三跪九叩报门而进，我没这个瘾。我不教训别人，也不听别人的教训。幽默，据我这么想，不是嬉皮笑脸，死不要鼻子。

也不是怎么股子劲儿，我成了个写家。我的朋友德成粮店的写账先生也是写家，我跟他同等，并且管他叫二哥。既是个写家，当然得写了。“风格即人”——还是“风格即驴”？——我是怎个人自然写怎样的文章了。于是有人管我叫幽默的写家。我不以这为荣，也不以这为辱。我写我的。卖得出去呢，多得个三块五块的，买什么吃不香呢。卖不出去呢，拉倒，我早知道指着写文章吃饭是不易的事。

稿子寄出去，有时候是肉包子打狗，一去不回头；连个回信也没有。这，咱只好幽默；多咱见着那个骗子再说，见着他，大概我们俩总有一个笑着去见阎王的。不过，这是不很多见的，要不怎么我还没想自杀呢。常见的事是这个，稿子登出去，酬金就睡着了，睡得还是挺香甜。直到我也睡着了，它忽然来了，仿佛故意吓人玩。数目也惊人，它能使我觉得自己不过值一毛五一斤，比猪肉还便宜呢。这个咱也不说什么，国难期间，大家都得受点苦，人家开铺子的也不容易，掌柜的吃肉，给咱点汤喝，就得念佛。是的，我是不能当皇上，焚书坑掌柜的，咱没那个狠心，你看这个劲儿！不过，有人想坑他们呢，我也不便拦着。

这么一来，可就有许多人看不起我。连好朋友都说：“伙计，你也硬正着点，说你是为人类而写作，说你是中国的高尔基；你太泄气了！”真的，我是泄气，我看高尔基的胡子可笑。他老人家那股子自卖自夸的劲儿，打死我也学不来。人类要等着我写文章才变体面了，那恐怕太晚了吧？我老觉得文学是有用的；拉长了说，它比任何东西都有用，都高明。可是往眼前说，它不如一尊高射炮，或一锅饭有用。我不能吆喝我的作品是“人类改造丸”，我也不相信把文学杀死便天下太平。我写就是了。

别人的批评呢？批评是有益处的。我爱批评，它多少给我点益处；即使完全不对，不是还让我笑一笑吗？自己写的时候仿佛是蒸馒头呢，热气腾腾，莫名其妙。及至冷眼人一看，一定看出许多错儿来。我感谢这种指摘。说得不对呢，那是他的错儿，不干我的事。我永不驳辩，这似乎是胆儿小；可是也许是我的宽宏大量。我不便往自己脸上贴金。一件事总得由两面瞧，是不是？

对于我自己的作品，我不拿它们当作宝贝。是呀，当写作的时候，我是卖了力气，我想往好了写。可是一个人的天才与经验是有限的，谁也不敢保了老写得好，连荷马也有打盹的时候。有的人呢，每一拿笔便想到自己是但丁，是莎士比亚。这没有什么不可以的，天才须有自信的心。我可不敢这样，我的悲观使我看轻自己。我常想客观地估量估量自己的才力；这不易做到，我究竟不能像别人看我看得那样清楚；好吧，既不能十分看清楚了自己，也就不用装蒜，谦虚是必要的，可是装蒜也大可以不必。

对做人，我也是这样。我不希望自己是个完人，也不故意的招人家的骂。该求朋友的呢，就求；该给朋友做的呢，就做。做得好不好，咱们大家凭良心。所以我很和气，见着谁都能扯一套。可是，初次见面的人，我可是不大爱说话；特别是见着女人，我简直张不开口，我怕说错了话。在家里，我倒不十分怕太太，可是对别的女人老觉着恐慌，我不大明白妇女的心理；要是信口开河地说，我不定说出什么来呢，而妇女又爱挑眼。男人也有许多爱挑眼的，所以初次见面，我不大愿开口。我最喜辩论，因为红着脖子粗着筋的太不幽默。我最不喜欢好吹腾的人，可并不拒绝与这样的人谈话；我不爱这样的人，但喜欢听他的吹。最好是听着他吹，吹着吹着连他自己也忘了吹到什么地方去，那才有趣。

可喜的是有好几位生朋友都这么说:“没见着阁下的时候，总以为阁下有八十多岁了。敢情阁下并不老。”是的，虽然将奔四十的人，我倒还不老。因为对事轻淡，我心中不大藏着计划，做事也无须要手段，所以我能笑，爱笑;天真的笑多少显得年轻一些。我悲观，但是不愿老声老气地悲观，那近乎“虎事”。我愿意老年轻轻地，死的时候像朵春花将残似的那样哀而不伤。我就怕什么“权威”咧,“大家”咧,“大师”咧，等等老气横秋的字眼们。我爱小孩，花草，小猫，小狗，小鱼;这些都不“虎事”。偶尔看见个穿小马褂的“小大人”，我能难受半天，特别是那种所谓聪明的孩子，让我难过。比如说，一群小孩都在那儿看变戏法儿，我也在那儿，单会有那么一两个七八岁的小老头说:“这都是假的!”这叫我立刻走开，心里堵上一大块。世界确是更“文明”了，小孩也懂事懂得早了，可是我还愿意大家傻一点，特别是小孩。假若小猫刚生下来就会捕鼠，我就不再养猫，虽然它也许是个神猫。

我不大爱说自己，这多少近乎“吹”。人是不容易看清楚自己的。不过，刚过完了年，心中还慌着，叫我写“人生于世”，实在写不出，所以就近的拿自己当材料。万一将来我不得已而做了皇上呢，这篇东西也许成为史料，等着瞧吧。

（原载 1935 年 3 月 6 日《益世报》）

趵突泉的欣赏

千佛山、大明湖和趵突泉，是济南的三大名胜。现在单讲趵突泉。

在西门外的桥上，便看见一溪活水，清浅，鲜洁，由南向北地流着。这就是由趵突泉流出来的。设若没有这泉，济南定会丢失了一半的美。但是泉的所在地并不是我们理想中的一个美景。这又是个中国人征服自然的办法，那就是说，凡是自然的恩赐交到中国人手里就会把它弄得丑陋不堪。这块地方已经成了个市场。南门外是一片喊声，几阵臭气，从卖大碗面条与肉包子的棚子里出来。进了门有个小院，差不多是四方的。这里，“一毛钱四块！”和“两毛钱一双！”的喊声，与外面的“吃来”连成一片。一座假山，奇丑；穿过山洞，接连不断的棚子与地摊，东洋布、东洋磁、东洋玩具、东洋……加劲地表示着中国人怎样热烈地“不”抵制劣货。这里很不易走过去，乡下人一群跟着一群地来，把路塞住。他们没有例外地全买一件东西还三次价，走开又回来摸索四五次。小脚妇女更了不得，你往左躲，她往左扭；你往右躲，她往右扭，反正不许你痛快地过去。

到了池边，北岸上一座神殿，南西东三面全是唱鼓书的茶棚，唱的多半是梨花大鼓，一声“哟”要拉长几分钟，猛听颇像产科医院的病室。除了茶棚还是日货摊子，说点别的吧！

泉太好了。泉池差不多见方，三个泉口偏西，北边便是条小溪流向西门去。看那三个大泉，一年四季，昼夜不停，老那么翻滚。你立定呆呆地看三分钟，你便觉出自然的伟大，使你不敢再正眼去看。永远那么纯洁，永远那么活泼，永远那么鲜明，冒，冒，冒，永不疲乏，永不退缩，只有自然有这样的力量！冬天更好，泉上起了一片热气，白而轻软，在深绿的长的水藻上飘荡着，使你不由得想起一种似乎神秘的境界。

池边还有小泉呢：有的像大鱼吐水，极轻快地上来一串小泡；有的像一串明珠，走到中途又歪下去，真像一串珍珠在水里斜放着；有的半天才上来一个泡，大，扁一点，慢慢地，有姿态地摇动上来，碎了；看，又来了一个！有的好几串小碎珠一齐挤上来，像一朵攒整齐的珠花，雪白。有的……这比那大泉还更有味。

新近为增加河水的水量，又下了六根铁管，做成六个泉眼，水流得也很旺，但是我还是爱那原来的三个。

看完了泉，再往北走，经过一些货摊，便出了北门。

前年冬天一把大火把泉池南边的棚子都烧了。有机会改造了！造成一个公园，各处安着喷水管！东边做个游泳池！有许多人这样盼望。可是，席棚又搭好了，渐次改成了木板棚；乡下人只知道趵突泉，把摊子移到“商场”去（就离趵突泉几步）买卖就受损失了；于是“商场”四大皆空，还叫趵突泉作日货销售场。也许有道理。

载于 1932 年 8 月《华年》第一卷第十七期

我热爱新北京

北京是美丽的，我知道，因为我不但是北京人，而且到过欧美，看见过许多西方的名城，假若我只用北京人的资格来赞美北京，那也许就是成见了。

我知道北京美丽，我爱她像爱我的母亲。因为我这样爱她，所以才为她的缺点着急，苦闷。我关切她的缺欠正像关切一个亲人的疾病。是的，北京确实是有缺欠。那些缺欠是过去的皇帝、军阀和国民党政府带给北京的。他们占据着北京，也糟蹋北京。

在过去，举例说吧，当皇帝或蒋介石出来的时候，街道上便打扫干净，洒上清水；可是，他们的大轿或汽车不经过的地方便永远没见过扫帚与水桶。达官贵人住着宫殿式的房子，而且有美丽的花园；穷人们却住着顶脏的杂院儿。达官贵人的门外有柏油路，好让他们跑汽车；穷人的门前却是垃圾堆。

一九四九年年尾，我回到故乡北京。我已经十四年没回来过了。虽然别离了这么久，我可是没有一天不想念着她。不管我在哪里，我还是拿北京做我的小说的背景，因为我闭上眼想起的北京是要比睁着眼看见的地方更亲切，更真实，更有感情的。这是真话。

到今天，我已经在北京住了一年。在这一年里，我所看到听到的都证明了，新的政府千真万确是一切仰仗人民，一切为了人民的。只就北京的建设来说，证据已经十分充足了。让我们提出几项来说吧。

一，下水道。北京的下水道年久失修，每逢一下大雨，就应了那句不体面的话：“北京，刮风是香炉，下雨是墨盒子。”北京市人民政府自从一成立就要洗刷这个由反动政府留下的污点，一方面修路，一方面挖沟。我知道，在十几年抗日与解放战争之后，百废待举，政府的财力是不怎么从容的。可是，政府为人民的福利，并不因经济的困难而延迟这重大的任务。各城的暗沟都挖了，雨水污水都有了排泄的路子。北京再不怕下雨；下雨不再使道路成为“墨盒子”。

最使我感动的是：这个为人民服务的政府并不只为通衢路修沟，而且特别顾到一向被反动政府忽视的偏僻地方。在以前，反动政府是吸去人民的血，而把污水和垃圾倒在穷人的门外，叫他们“享受”猪狗的生活。现在，政府是看哪里最脏，疾病最多，便先从哪里动手修整。新政府的眼是看着穷苦人民的。

在北京的南城，有一条明沟，叫龙须沟。多么美的名字啊！龙须沟！可是，实际上，那是一条最臭的水沟。沟的两岸密匝匝地住满了劳苦的人民，终年呼吸着使人恶心的臭气，多少年了，这条沟没有人修理过，因为这里是贫民窟。人民屡次自动地捐款修沟，款子都被反动的官吏们吞吃了。去年夏初，人民政府在明沟的旁边给人民修了暗沟，秋天完工，填平了明沟。人民怎样地感戴是可以想象得到的。我亲自去看过这条奇臭的“龙须”和那新的暗沟，并且搜集了那一带人民的生活情形和他们对政府给他们修沟的反应，写成一出三幕话剧，表示我对政府的感激与钦佩。

二，清洁。北京向来是美丽的，可是在反动政府下并不处处都清洁。是的，那时候人民确是按期交卫生费的，但是因为官吏的贪污与不负责，卫生费并不见得用在公众卫生事业上。现在，北京像一个古老美丽的雕花漆盒，落在一个勤勉人手里，盒子上的每一凹处都收拾得干干净净，再没有一点积垢。真的，北京的每一条小巷都已经清清爽爽，连人家的院子里也没有积累的垃圾，因为倾倒秽土的人员是那么勤谨，那么准时必来，人们谁都愿意逐日把院子里外收拾清洁。美丽是和清洁分不开的。这人民的古城多么清爽可喜呀！我可以想象到，在十年八年以后，北京的全城会成为一座大的公园，处处美丽，处处清洁，处处有古迹，处处也有最新的卫生设备。

三，灯和水。北京，在新中国成立前，夜里常是黑暗的。她有电灯，但灯光是那么微弱，似有若无，而且时时长时间地停电。政治的黑暗使电灯也无光。水也是这样。夏天水源枯竭，便没有水用。就在平日，也是有势力的拼命用水，穷人住的地带根本没有自来水管。他们必得喝井水。这七百年的古城，在反动政府的统治下，灯水的供应似乎还停留在七百年前的光景。

北京解放了，人的心和人的眼一齐见到光明。由于电厂有了新的管理法，由于工人的进步与努力，北京的电灯真像电灯了。工人们保证不缺电，不停电。这古老的都城，在黑夜间，依然露出她的美丽。那金的绿的琉璃瓦，红的墙，白玉石的桥，都在明亮的灯光下显现出最悦目的颜色。而且，电力还够供给各工厂。同样的，水也够用了。而且，就是在龙须沟的人们也有自来水吃啦。

我爱北京，我更爱今天的北京——她是多么清洁、明亮、美丽！我怎么不感谢毛主席呢？是他，给北京带来了光明和说不尽的好处哇！我只提到下水道和灯水什么的，可是我的感激是无尽的，因为提到的这些不过是新北京建设工作的一部分哪。

五月的青岛

因为青岛的节气晚，所以樱花照例是在四月下旬才能盛开。樱花一开，青岛的风雾也挡不住草木的生长了。海棠、丁香、桃、梨、苹果、藤萝、杜鹃，都争着开放，墙角路边也都有了嫩绿的叶儿。五月的岛上，到处花香，一清早便听见卖花声。公园里自然无须说了，小蝴蝶花与桂竹香们都在绿草地上用它们的娇艳的颜色结成十字，或绣成几团；那短短的绿树篱上也开着一层白花，似绿枝上挂了一层春雪。就是路上两旁的人家也少不得有些花草：围墙既矮，藤萝往往顺着墙把花穗儿悬在院外，散出一街的香气：那双樱，丁香，都能在墙外看到，双樱的明艳与丁香的素丽，真是足以使人眼明神爽。

山上有了绿色，嫩绿，所以把松柏们比得发黑了一些。谷中不但填满了绿色，而且颇有些野花，有一种似紫荆而色儿略略发蓝的，折来很好插瓶。

青岛的人怎能忘下海呢。不过，说也奇怪，五月的海就仿佛特别地绿，特别地可爱，也许是因为人们心里痛快吧？看一眼路旁的绿叶，再看一眼海，真的，这才明白了什么叫作“春深似海”。绿——鲜绿，浅绿，深绿，黄绿，灰绿，各种的绿色，连接着，交错着，变化着，波动着，一直绿到天边，绿到山脚，绿到渔帆的外边去。风不凉，浪不高，船缓缓地走，燕低低地飞，街上的花香与海上的咸味混到一处，荡漾在空中，水在面前，而绿意无限，可不是，春深似海！欢喜，要狂歌，要跳入水中去，可是只能默默无言，心好像飞到天边上那将能看到的小岛上去，一闭眼仿佛还看见一些桃花。人面桃花相映红，必定是在那小岛上。

这时候，遇上风与雾便还须穿上棉衣，可是有一天忽然响晴，夹衣就正合适。但无论怎说吧，人们反正都放了心——不会大冷了，不会。妇女们最先知道这个，早早地就穿出利落的新装，而且决定不再脱下去。海岸上，微风吹动少女们的发与衣，何必再去到电影院中找那有画意的景儿呢！这里是初春浅夏的合响，风里带着春寒，而花草山水又似初夏，意在春而景如夏，姑娘们总先走一步，迎上前去，跟花们竞争一下，女性的伟大几乎不是颓废诗人所能明白的。

人似乎随着花草都复活了，学生们特别地忙：换制服，开运动会，到崂山丹山旅行，服劳役。本地的学生忙，别处的学生也来参观，几个，几十，几百，打着旗子来了，又成队地走开，男的、女的、先生、学生，都累得满头是汗，而仍不住地向那大海丢眼。学生以外，该数小孩最快活，笨重的衣服脱去，可以到公园跑跑了；一冬天不见猴子了，现在又带着花生去喂猴子，看鹿。拾花瓣，在草地上打滚；妈妈说了，过几天还有大红樱桃吃呢！

马车都新油饰过，马虽依然清瘦，而车辆体面了许多，好做一夏天的买卖呀。新油过的马车穿过街心，那专做夏天的生意的咖啡馆、酒馆、旅社、饮冰室，也找来油漆匠，扫去灰尘，油饰一新。油漆匠在交手上忙，路旁也增多了由各处来的舞女。预备呀，忙碌呀，都红着眼等着那避暑的外国战舰与各处的阔人。多咱浴场上有了人影与小艇，生意便比花草还茂盛呀。到那时候，青岛几乎不属于青岛的人了，谁的钱多谁更威风，汽车的眼是不会看山水的。

那么，且让我们自己尽量地欣赏五月的青岛吧!

载于 1937 年 6 月 16 日《宇宙风》第四十三期

可爱的成都

到成都来，这是第四次。第一次是在四年前，住了五六天，参观全城的大概。第二次是在三年前，我随同西北慰劳团北征，路过此处，故仅留二日。第三次是慰劳归来，在此小住，留四日，见到不少的老朋友。这次——第四次——是受冯焕章先生之约，去游灌县与青城山，由山上下来，顺便在成都玩几天。

成都是个可爱的地方。对于我，它特别的可爱，因为：

（一）我是北平人，而成都有许多与北平相似之处，稍稍使我减去些乡思。到抗战胜利后，我想，我总会再来一次，多住些时候，写一部以成都为背景的小说。在我的心中，地方好像也都像人似的，有个性格。我不喜上海，因为我抓不住它的性格，说不清它到底是怎么一回事。我不能与我所不明白的人交朋友，也不能描写我所不明白的地方。对成都，真的，我知道的事情太少了；但是，我相信会借它的光儿写出一点东西来。我似乎已看到了它的灵魂，因为它与北平相似。

（二）我有许多老友在成都。有朋友的地方就是好地方。这诚然是个人的偏见，可是恐怕谁也免不了这样去想吧。况且成都的本身已经是可爱的呢。八年前，我曾在齐鲁大学教过书。七七抗战后，我由青岛移回济南，仍住齐大。我由济南流亡出来，我的妻小还留在齐大，住了一年多。齐大在济南的校舍现在已被敌人完全占据，我的朋友们的一切书籍器物已被劫一空，那么，今天又能在成都会见共患难的老友，是何等的快乐呢！衣物，器具，书籍，丢失了有什么关系！我们还有命，还能各守岗位地去忍苦抗敌，这就值得共进一杯酒了！抗战前，我在山东大学也教过书。这次，在华西坝，无意中也遇到几位山大的老友，“惊喜欲狂”一点也不是过火的形容。一个人的生命，我以为，是一半儿活在朋友中的。假若这句话没有什么错误，我便不能不“因人及地”地喜爱成都了。啊，这里还有几十位文艺界的友人呢！与我的年纪差不多的，如郭子杰，叶圣陶，陈翔鹤，诸先生，握手的时节，不知为何，不由得就彼此先看看头发——都有不少根白的了，比我年纪轻一点的呢，虽然头发不露痕迹，可是也都显着瘦削，霜鬓瘦脸本是应该引起悲愁的事，但是，为了抗战而受苦，为了气节而不肯折腰，瘦弱衰老不是很自然的结果吗？这真是悲喜俱来，另有一番滋味了！

（三）我爱成都，因为它有手有口。先说手，我不爱古玩，第一因为不懂，第二因为没有钱。我不爱洋玩意儿，第一因为它们洋气十足，第二因为没有美金。虽不爱古玩与洋东西，但是我喜爱现代的手造的相当美好的小东西。假若我们今天还能制造一些美好的物件，便是表示了我们民族的爱美性与创造力仍然存在，并不逊于古人。中华民族在雕刻、图画、建筑、制铜、造瓷……上都有特殊的天才。这种天才在造几张纸，制两块墨砚，打一张桌子，漆一两个小盒上都随时地表现出来。美的心灵使他们的手巧。我们不应随便丢失了这颗心。因此，我爱现代的手造的美好的东西。北平有许多这样的好东西，如地毯、珐琅、玩具……但是北平还没有成都这样多。成都还存着我们民族的巧手。我绝对不是反对机械，而只是说，我们在大的工业上必须采取西洋方法，在小工业上则须保存我们的手。谁知道这二者有无调谐的可能呢？不过，我想，人类文化的明日，恐怕不是家家造大炮，户户有坦克车，而是要以真理代替武力，以善美代替横暴。果然如此，我们便应想一想是否该把我们的心灵也机械化了吧？次说口：成都人多数健谈。文化高的地方都如此，因为“有”话可讲。但是，这且不在话下。

这次，我听到了川剧，扬琴与竹琴。川剧的复杂与细腻，在重庆时我已领略了一点。到成都，我才听到真好的川剧。很佩服贾佩之、萧楷成、周企何诸先生的口。我的耳朵不十分笨，连昆曲——听过几次之后——都能哼出一半句来。可是，已经听过许多次川剧，我依然一句也哼不出。它太复杂，在牌子上，在音域上，恐怕它比任何中国的歌剧都复杂好多。我希望能用心地去学几句。假若我能哼上几句川剧来，我想，大概就可以不怕学不会任何别的歌唱了。竹琴本很简单，但在贾树三的口中，它变成极难唱的东西。他不轻易放过一个字去，他用气控制着情，他用“抑”逼出“放”，他由细嗓转到粗嗓而没有痕迹。我很希望成都的口，也和它的手一样，能保存下来。我们不应拒绝新的音乐，可也不应把旧的扫灭。恐怕新旧相通，才能产生新的而又是民族的东西来吧。

还有许多话要说，但是很怕越说越没有道理，前边所说的那一点恐怕已经是糊涂话啊！且就这机会谢谢侯宝璋先生给我在他的客室里安了行军床，吴先忧先生领我去看戏与扬琴，“文协”分会会员的招待，与朋友们的赏酒饭吃！

春来忆广州

我爱花。因气候、水土等等关系，在北京养花，颇为不易。冬天冷，院里无法摆花，只好都搬到屋里来。每到冬季，我的屋里总是花比人多。形势逼人！屋中养花，有如笼中养鸟，即使用心调护，也养不出个样子来。除非特建花室，实在无法解决问题。我的小院里，又无隙地可建花室！

一看到屋中那些半病的花草，我就立刻想起美丽的广州来。去年春节后，我不是到广州住了一个月吗？哎呀，真是了不起的好地方！人极热情，花似乎也热情！大街小巷，院里墙头，百花齐放，欢迎客人，真是“交友看花在广州”啊！

在广州，对着我的屋门便是一株象牙红，高与楼齐，盛开着一丛丛红艳夺目的花儿，而且经常有些很小的小鸟，钻进那朱红的小“象牙”里，如蜂采蜜。真美！只要一有空儿，我便坐在阶前，看那些花与小鸟。在家里，我也有一棵象牙红，可是高不及三尺，而且是种在盆子里。它入秋即放假休息，入冬便睡大觉，且久久不醒，直到端阳左右，它才开几朵先天不足的小花，绝对没有那种秀气的小鸟做伴！现在，它正在屋角打盹，也许跟我一样，正想念它的故乡广东吧？

春天到来，我的花草还是不易安排：早些移出去吧，怕风霜侵犯；不搬出去吧，又都发出细条嫩叶，很不健康。这种细条子不会长出花来。看着真令人焦心！

好容易盼到夏天，花盆都运至院中，可还不完全顺利。院小，不透风，许多花儿便生了病。特别由南方来的那些，如白玉兰、栀子、茉莉、小金橘、茶花……也不怎么就叶落枝枯，悄悄死去。因此，我打定主意，在买来这些比较娇贵的花儿之时，就认为它们不能长寿，尽到我的心，而又不做幻想，以免枯死的时候落泪伤神。同时，也多种些叫它死也不肯死的花草，如夹竹桃之类，以期老有些花儿看。

夏天，北京的阳光过暴，而且不下雨则已，一下就是倾盆倒海而来，势不可当，也不利于花草的生长。

秋天较好。可是忽然一阵冷风，无法预防，娇嫩些的花儿就受了重伤。于是，全家动员，七手八脚，往屋里搬呀！各屋里都挤满了花盆，人们出来进去都须留神，以免绊倒！

真羡慕广州的朋友们，院里院外，四季有花，而且是多么出色的花呀！白玉兰高达数丈，干子比我的腰还粗！英雄气概的木棉，昂首天外，开满大红花，何等气势！就连普通的花儿，四季海棠与绣球什么的，也特别壮实，叶茂花繁，花小而气魄不小！看，在冬天，窗外还有结实累累的木瓜呀！真没法儿比！一想起花木，也就更想念朋友们！朋友们，快作几首诗来吧，你们的环境是充满了诗意的呀！

春节到了，朋友们，祝你们花好月圆人长寿，新春愉快，工作胜利！

载于1963年1月25日《羊城晚报》

青蓉略记

今年八月初，陈家桥一带的土井已都干得滴水皆无。要水，须到小河湾里去“挖”。天既奇暑,又没水喝,不免有些着慌了。很想上缙云山去“避难”，可是据说山上也缺水。正在这样计无从出的时候，冯焕章先生来约同去灌县与青城。这真是福自天来了!

八月九日晨出发。同行者还有赖亚力与王冶秋二先生，都是老友，路上颇不寂寞。在来凤驿遇见一阵暴雨，把行李打湿了一点，临时买了一张席子遮在车上。打过尖，天已晴，一路平安地到了内江 。内江比两三年前热闹得多了，银行和饭馆都新增了许多家。傍晚，街上挤满了人和车。次晨七时又出发，在简阳吃午饭。下午四时便到了成都。天热，又因明晨即赴灌县，所以没有出去游玩。夜间下了一阵雨。

十一日早六时向灌县出发，车行甚缓，因为路上有许多小桥。路的两旁都有浅渠，流着清水；渠旁便是稻田，田埂上往往种着薏米，一穗穗地垂着绿珠。往西望，可以看见雪山。近处的山峰碧绿，远处的山峰雪白，在晨光下，绿的变为明翠，白的略带些玫瑰色，使人想一下子飞到那高远的地方去。

还不到八时，便到了灌县。城不大，而处处是水，像一位身小而多乳的母亲，滋养着川西坝子的十好几县。住在任觉五先生的家中。孤零零的一所小洋房，两面都是雪浪激流的河，把房子围住，门前终日几乎没有一个行人，除了水声也没有别的声音。门外有些静静的稻田，稻子都有一人来高。远望便见到大面青城诸山，都是绿的。院中有一小盆兰花，时时放出香味。

青年团正在此举行夏令营，一共有千名以上的男女学生，所以街上特别地显得风光。学生和职员都穿汗衫短裤（女的穿短裙），赤脚着草鞋，背负大草帽，非常精神。张文白将军与易君左先生都来看我们，也都是“短打扮”，也就都显得年轻了好多。夏令营本部在公园内，新盖的礼堂，新修的游泳池；原有一块不小的空场，即作为运动和练习骑马的地方。女学生也练习马术，结队穿过街市的时候，使居民们都吐吐舌头。

灌县的水利是世界闻名的。在公园后面的一座大桥上，便可以看到滚滚的雪水从离堆流进来。在古代，山上的大量雪水流下来，非河身所能容纳，故时有水患。后来，李冰父子把小山硬凿开一块，水乃分流——离堆便在凿开的那个缝子的旁边。从此双江分灌，到处划渠，遂使川西平原的十四五县成为最富庶的区域——只要灌县的都江堰一放水，这十几县便都不下雨也有用不完的水了。城外小山上有二王庙，供养的便是李冰父子。在庙中高处可以看见都江堰的全景。在两江未分的地方，有驰名的竹索桥。距桥不远，设有鱼嘴，使流水分家，而后一江外行，一江入离堆，是为内外江。到冬天，在鱼嘴下设阻碍，把水截住，则内江干涸，可以淘滩。春来，撤去阻碍，又复成河。据说，每到春季开水的时候，有多少万人来看热闹。在二王庙的墙上，刻着古来治水的格言，如“深淘滩，低作堰”……细细玩味这些格言，再看着江堰上那些实际的设施，便可以看出来，治水的诀窍只有一个字——“软”。水本力猛，遇阻则激而决溃，所以应低作堰，使之轻轻漫过，不至出险。水本急流而下，波涛汹涌，故中设鱼嘴，使分为二，以减其力；分而又分，江乃成渠，力量分散，就有益而无损了。作堰的东西只是用竹编的筐子，盛上大石卵。竹有弹性，而石卵是活动的，都可以用“四两拨千斤”的劲儿对付那惊涛骇浪。用分化与软化对付无情的急流，水便老实起来，乖乖地为人们灌田了。

竹索桥最有趣。两排木柱，柱上有四五道竹索子，形成一条窄胡同儿。下面再用竹索把木板编在一处，便成了一座悬空的、随风摇动的大桥。我在桥上走了走，虽然桥身有点动摇，虽然木板没有编紧，还看得到下面的急流，——看久了当然发晕——可是绝无危险，并不十分难走。

治水和修构竹索桥的方法，我想，不定是经过多少年代的试验与失败，而后才得到成功的。而所谓文明者，我想，也不过就是能用尽心智去解决切身的问题而已。假若不去下一番功夫，而任着水去泛滥，或任着某种自然势力兴灾作祸，则人类必始终是穴居野处，自生自灭，以至灭亡。看到都江堰的水利与竹索桥，我们知道我们的祖先确有不甘屈服而苦心焦虑地去克服困难的精神。可是，在今天，我们还时时听到看到各处不是闹旱便是闹水，甚至于一些蝗虫也能叫我们去吃树皮草根。可怜，也可耻呀！我们连切身的衣食问题都不去设法解决，还谈什么文明与文化呢？

灌县城不大，可是东西很多。在街上，随处可以看到各种水果，都好看好吃。在此处，我看到最大的鸡卵与大蒜大豆。鸡蛋虽然已卖到一元二角一个，可是这一个实在比别处的大着一倍呀。雪山的大豆要比胡豆还大。雪白发光，看着便可爱！药材很多，在随便的一家小药店里，便可以看到雷震子、贝母、虫草、熊胆、麝香和多少说不上名儿来的药物。看到这些东西，使人想到西边的山地与草原里去看一看。啊，要能到山中去割几脐麝香，打几匹大熊，够多威武而有趣呀！

物产虽多，此地的物价可也很高。只有吃茶便宜，城里五角一碗，城外三角，再远一点就卖二角了。青城山出茶，而遍地是水，故应如此。等我练好辟谷的功夫，我一定要搬到这一带来住，不吃什么，只喝两碗茶，或者每天只写二百字就够生活的了。

在灌县住了十天，才到青城山去。山在县城西南，约四十里。一路上，渠溪很多，有的浑黄，有的清碧：浑黄的大概是上流刚下了大雨。溪岸上往往有些野花，在树荫下悠闲地开着。山口外有长生观，今为荫堂中学校舍；秋后，黄碧野先生即在此教书。入了山，头一座庙是建福宫，没有什么可看的。由此拾阶而前，行五里，为天师洞——我们即住于此。由天师洞再往上走，三四里，即到上清宫。天师洞上清宫是山中两大寺院，都招待游客，食宿概有定价，且甚公道。

从我自己的一点点旅行经验中，我得到一个游山玩水的诀窍："风景好的地方，虽无古迹，也值得去，风景不好的地方，纵有古迹，大可以不去。"古迹，十之八九，是会使人失望的。以上清宫和天师洞两大道院来说吧，它们都有些古迹，而一无足观。上清宫里有鸳鸯井，也不过是一井而有二口，一方一圆，一干一湿；看它不看，毫无关系。还有麻姑池，不过是一小方池浊水而已。天师洞里也有这类的东西，比如洗心池吧，不过是很小的一个水池；降魔石呢，原是由山崖裂开的一块石头，而硬说是被张天师用剑劈开的。假若没有这些古迹，这两座庙子的优美正自一点也不减少。上清宫在山头，可以东望平原，青碧千顷；山是青的，地也是青的，好像山上的滴翠慢慢流到人间去了的样子。在此，早晨可以看日出，晚间可以看圣灯；就是白天没有什么特景可观的时候，登高远眺，也足以使人心旷神怡。天师洞，与上清宫相反，是藏在山腰里，四面都被青山环抱着、掩护着，我想把它叫作"抱翠洞"，也许比原名更好一些。

不过，不管庙宇如何，假若山林无可观，就没有多大意思，因为庙以庄严整齐为主，成不了什么很好的景致。青城之值得一游，正在乎山的本身真好；即使它无一古迹，无一大寺，它还是值得一看的名山。山的东面倾斜，所以长满了树木，这占了一个“青”字。山的西面，全是峭壁千丈，如城垣，这占了一个“城”字。山不厚，由“青”的这一面转到“城”的那一面，只需走几里路便够了。山也不算高，山脚至顶不过十里路。既不厚，又不高，按说就必平平无奇了。但是不然。它“青”，青得出奇，它不像深山老峪中那种老松凝碧的深绿，也不像北方山上的那种东一块西一块的绿，它的青色是包住了全山，没有露着山骨的地方；而且，这个笼罩全山的青色是竹叶、楠叶的嫩绿，是一种要滴落的、有些光泽的、浮动的淡绿。这个青色使人心中轻快，可是不敢高声呼唤，仿佛怕把那似滴未滴、欲动未动的青翠惊坏了似的。这个青色是使人吸到心中去的，而不是只看一眼，夸赞一声便完事的。当这个青色在你周围，你便觉出一种恬静，一种说不出，也无须说出的舒适。假若你非去形容一下不可呢，你自然只会找到一个字——幽。所以，吴稚晖先生说："青城天下幽。"幽得太厉害了，便使人生畏；青城山却正好不太高，不太深，而恰恰不大不小使人既不畏其旷，也不嫌它窄；它令人能体会到“悠然见南山”的那个“悠然”。

山中有报更鸟，每到晚间，即梆梆地呼叫，和柝声极相似，据道人说，此鸟不多，且永不出山。那天，寺中来了一队人，拿着好几支猎枪，我很为那几只会击柝的小鸟儿担心，这种鸟儿有个缺欠，即只能打三更——梆，梆梆——无论是傍晚还是深夜，它们老这么叫三下。假若能给它们一点训练，叫它们能从一更报到五更，有多么好玩呢！

白日游山，夜晚听报更鸟，“悠悠”地就过了十几天。寺中的桂花开始放香，我们恋恋不舍地离别了道人们。

返灌县城，只留一夜，即回成都。过郫县，我们去看了看望丛祠；没有什么好看的，地方可是很清幽，王法勤委员即葬于此。

成都的地方大，人又多，若把半个多月的旅记都抄写下来，未免太麻烦了。拣几项来随便谈谈吧。

（一）成都“文协”分会：自从川大迁开，成都“文协”分会因短少了不少会员，会务曾经有过一个时期不大旺炽。此次过蓉，分会全体会员举行茶会招待，到会的也还有四十多人，并不太少。会刊——《笔阵》——也由几小页扩充到好几十页的月刊，虽然月间经费不过才有百元钱。这样的努力，不能不令人钦佩！可惜，开会时没有见到李劼人先生，他上了乐山。《笔阵》所用的纸张，据说是李先生设法给捐来的，大家都很感激他。有了纸，别的就容易办得多了。会上，也没见到圣陶先生，可是过了两天，在开明分店见到。他的精神很好，只是白发已满了头。他的少爷们告诉我，他已写了许多篇小品文，预备出个集子，想找我作序，多么有趣的事啊！郭子杰先生、陶雄先生都约我吃饭，牧野先生陪着我游看各处，还有陈翔鹤、车瘦舟诸先生约我聚餐——当然不准我出钱——都在此致谢。瞿冰森先生和报刊的同人约我吃真正成都味的酒席，更是感激不尽。

（二）看戏：吴先忧先生请我看了川剧，及贾瞎子的竹琴，德娃子的扬琴，这是此次过蓉最快意的事。成都的川剧比重庆的好得多，况且我们又看的是贾佩之、萧楷成、周慕莲、周企何几位名手，就更觉得出色了。不过，最使我满意的，倒还是贾瞎子的竹琴。乐器只有一鼓一板，腔调又是那么简单，可是他唱起来仿佛每一个字都有些魔力，他越收敛，听者越注意静听，及至他一放音，台下便没法不喝彩了。他的每一个字像一个轻打梨花的雨点，圆润轻柔；每一句是有声有色的一小单位，真是字字有力，句句含情。故事中有多少人，他要学多少人，忽而大嗓，忽而细嗓，而且不只变嗓，还要咬音吐字各尽其情。这真是点本领！希望再有上成都去的机会。多听他几次！

（三）看书：在蓉，住在老友侯宝璋大夫家里。虽是大夫，他却极喜爱字画。有几块闲钱，他便去买破的字画，这样，慢慢地他已收集了不少四川先贤的手迹。这样，他也就与西玉龙一带的古玩铺及旧书店都熟识了。他带我去游玩，总是到这些旧纸堆中来。成都比重庆有趣就在这里——有旧书摊儿可逛。买不买的且不去管，就是多摸一摸旧纸陈篇也是快事啊。真的，我什么也没买，书价太高。可是，饱了眼福也就不虚此行。一般地说，成都的日用品比重庆的便宜一点，因为成都的手工业相当地发达，出品既多，同业的又多在同一条街上售货，价格当然稳定一些。鞋、袜、牙刷、纸张什么的，我看出来，都比重庆的相因着不少。旧书虽贵，大概也比重庆的便宜，假若能来往贩卖，也许是个赚钱的生意。不过，我既没发财的志愿，也就不便多此一举，虽然贩卖旧书之举也许是俗不伤雅的吧。

（四）归来：因下雨，过至中秋前一日才动身返渝。中秋日下午五时到陈家桥，天还阴着。夜间没有月光，马马虎虎的也就忘了过节。这样也好，省得看月思乡，又是一番难过！

载于 1942 年 10 月 10 日重庆《大公报·战线》

济南的冬天

上次说了济南的秋天，这回该说冬天。

对于一个在北平住惯的人，像我，冬天要是不刮大风，便是奇迹；济南的冬天是没有风声的。对于一个刚由伦敦回来的，像我，冬天要能看得见日光，便是怪事；济南的冬天是响晴的。自然，在热带的地方，日光是永远那么毒，响亮的天气反有点叫人害怕。可是，在北中国的冬天，而能有温晴的天气，济南真得算个宝地。

设若单单是有阳光，那也算不了出奇。请闭上眼想：一个老城，有山有水，全在蓝天下很暖和安适地睡着；只等春风来把他们唤醒，这是不是个理想的境界？

小山整把济南围了个圈儿，只有北边缺着点口儿，这一圈小山在冬天特别可爱，好像是把济南放在一个小摇篮里，它们全安静不动的低声地说：你们放心吧，这儿准保暖和。真的，济南的人们在冬天是面上含笑的。他们一看那些小山，心中便觉得有了着落，有了依靠。他们由天上看到山上，便不觉得想起：明天也许就是春天了吧？这样的温暖，今天夜里山草也许就绿起来吧？就是这点幻想不能一时实现，他们也并不着急，因为有这样慈善的冬天，干啥还希望别的呢。

最妙的是下点小雪呀。看吧，山上的矮松越发的青黑，树尖上顶着一髻儿白花，像些小日本看护妇。山尖全白了，给蓝天镶上一道银边。山坡上有的地方雪厚点，有的地方草色还露着，这样，一道儿白，一道儿暗黄，给山们穿上一件带水纹的花衣；看着看着，这件花衣好像被风儿吹动，叫你希望看见一点更美的山的肌肤。等到快日落的时候，微黄的阳光斜射在山腰上，那点薄雪好像忽然害了羞，微微露出点粉色。就是下小雪吧，济南是受不住大雪的，那些小山太秀气。

古老的济南，城内那么狭窄，城外又那么宽敞，山坡上卧着些小村庄，小村庄的房顶上卧着点雪，对，这是张小水墨画，或者是唐代的名手画的吧。

那水呢，不但不结冰，反倒在绿藻上冒着点热气。水藻真绿，把终年储蓄的绿色全拿出来了。天儿越晴，水藻越绿，就凭这些绿的精神，水也不忍得冻上；况且那长枝的垂柳还要在水里照个影儿呢。看吧，由澄清的河水慢慢往上看吧，空中，半空中，天上，自上而下全是那么清亮，那么蓝汪汪的，整个的是块空灵的蓝水晶。这块水晶里，包着红屋顶，黄草山，像地毯上的小团花的小灰色树影；这就是冬天的济南。

树虽然没有叶儿，鸟儿可并不偷懒，看在日光下张着翅叫的百灵们。山东人是百灵鸟的崇拜者，济南是百灵的国。家家处处听得到它们的歌唱；自然，小黄鸟儿也不少，而且在百灵国内也很努力地唱。还有山喜鹊呢，成群的在树上啼，扯着浅蓝的尾巴飞。树上虽没有叶，有这些羽翎装饰着，也倒有点像西洋美女。坐在河岸上，看着它们在空中飞，听着溪水活活的流，要睡了，这是有催眠力的；不信你就试试；睡吧，决冻不着你。

要知后事如何，我自己也不知道。

载于1931年4月《齐大月刊》欧一卷第六期

内蒙风光[1]

1961 年夏天，我们——作家、画家、音乐家、舞蹈家、歌唱家等共二十来人，应内蒙古自治区乌兰夫同志的邀请，由中央文化部、民族事务委员会和中国文联进行组织，到内蒙古东部和西部参观访问了八个星期。陪同我们的是内蒙古文化局的布赫同志。他给我们安排了很好的参观程序，使我们在不甚长的时间内看到林区、牧区、农区、渔场、风景区和工业基地；也看到了一些古迹、学校和展览馆；并且参加了各处的文艺活动，交流经验，互相学习。到处，我们都受到领导同志们和各族人民的欢迎与帮助，十分感激！

以上作为小引。下面我愿分段介绍一些内蒙风光。

林　海

这说的是大兴安岭。自幼就在地理课本上见到过这个山名，并且记住了它，或者是因为“大兴安岭”四个字的声音既响亮，又含有兴国安邦的意思吧。

[1] 本篇为节选。

是的，这个悦耳的名字使我感到亲切、舒服。可是，那个“岭”字出了点岔子：我总以为它是奇峰怪石，高不可攀的。这回，有机会看到它，并且进到原始森林里边去，脚落在千年万年积累的几尺厚的松针上，手摸到那些古木，才真的证实了那种亲切与舒服并非空想。

对了，这个“岭”字，可跟秦岭的“岭”字不大一样。岭的确很多，高点的，矮点的，长点的，短点的，横着的，顺着的，可是没有一条使人想起“云横秦岭”那种险句。多少条岭啊，在疾驰的火车上看了几个钟头，既看不完，也看不厌。每条岭都是那么温柔，虽然下自山脚，上至岭顶，长满了珍贵的林木，可是谁也不孤峰突起，盛气凌人。

目之所及，哪里都是绿的。的确是林海。群岭起伏是林海的波浪。多少种绿颜色呀：深的，浅的，明的，暗的，绿得难以形容，绿得无以名之。我虽诌了两句：“高岭苍茫低岭翠，幼林明媚母林幽”，但总觉得离眼前实景还相差很远。恐怕只有画家才能够写下这么多的绿颜色来吧？

兴安岭上千般宝，第一应夸落叶松。是的，这是落叶松的海洋。看，“海”边上不是还有些白的浪花吗？那是些俏丽的白桦，树干是银白色的。在阳光下，一片青松的边沿，闪动着白桦的银裙，不像海边上的浪花吗？

两山之间往往流动着清可见底的溪河，河岸上有多少野花呀。我是爱花的人，到这里我却叫不出那些花的名儿来。兴安岭多么会打扮自己呀：青松作衫，白桦为裙，还穿着绣花鞋呀。连树与树之间的空隙也不缺乏色彩：在松影下开着各种的小花，招来各色的小蝴蝶——它们很亲热地落在客人的身上。花丛里还隐藏着像珊瑚珠似的小红豆，兴安岭中酒厂所造的红豆酒就是用这些小野果酿成的，味道很好。

就凭上述的一些风光，或者已经足以使我们感到兴安岭的亲切可爱了。还不尽然：谁进入岭中，看到那数不尽的青松白桦，能够不马上向四面八方望一望呢？有多少省份用过这里的木材呀！大至矿井、铁路，小至桌椅、椽柱，有几个省市的建设与兴安岭完全没有关系呢？这么一想，“亲切”与“舒服”这种字样用来就大有根据了。所以，兴安岭越看越可爱！是的，我们在图画中或地面上看到奇山怪岭，也会发生一种美感，可是，这种美感似乎是起于惊异与好奇。兴安岭的可爱，就在于它美得并不空洞。它的千山一碧，万古长青，又恰好与广厦、良材联系起来。于是，它的美丽就与建设结为一体，不仅使我们拍掌称奇，而且叫心中感到温暖，因而亲切、舒服。

哎呀，是不是误投误撞跑到美学问题上来了呢？假若是那样，我想：把美与实用价值联系起来，也未必不好。我爱兴安岭，也更爱兴安岭与我们生活上的亲切关系。它的美丽不是孤立的，而是与我们的建设分不开的。它使不远千里而来的客人感到应当爱护它，感谢它。

及至看到林场，这种亲切之感便更加深厚了。我们伐木取材，也造林护树，左手砍，右手栽。我们不仅取宝，也做科学研究，使林海不但能够万古长青，而且百计千方，综合利用。山林中已有了不少的市镇，给兴安岭添上了新的景色，添上了愉快的劳动歌声。人与山的关系日益密切，怎能够使我们不感到亲切、舒服呢？我不晓得当初为什么管它叫作兴安岭，由今天看来，它的确含有兴国安邦的意义了。

草　原

自幼就见过“天苍苍，野茫茫，风吹草低见牛羊”这类的词句。这曾经发生过不太好的影响，使人怕到北边去。这次，我看到了草原。那里的天比别处的天更可爱，空气是那么清鲜，天空是那么明朗，使我总想高歌一曲，表示我的愉快。在天底下，一碧千里，而并不茫茫。四面都有小丘，平地是绿的，小丘也是绿的。羊群一会儿上了小丘，一会儿又下来，走在哪里都像给无边的绿毯绣上了白色的大花。那些小丘的线条是那么柔美，就像没骨画那样，只用绿色渲染，没有用笔勾勒，于是，到处翠色欲流，轻轻流入云际。这种境界，既使人惊叹，又叫人舒服，既愿久立四望，又想坐下低吟一首奇丽的小诗。在这境界里，连骏马与大牛都有时候静立不动，好像回味着草原的无限乐趣。紫塞，紫塞，谁说的？这是个翡翠的世界。连江南也未必有这样的景色啊！

我们访问的是陈巴尔虎旗的牧业公社。汽车走了一百五十华里，才到达目的地。一百五十里全是草原。再走一百五十里，也还是草原。草原上行车至为洒脱，只要方向不错，怎么走都可以。初入草原，听不见一点声音，也看不见什么东西,除了一些忽飞忽落的小鸟。走了许久,远远地望见了迂回的,明如玻璃的一条带子。河！牛羊多起来，也看到了马群，隐隐有鞭子的轻响。快了，快到公社了。忽然，像被一阵风吹来的，远丘上出现了一群马，马上的男女老少穿着各色的衣裳，马疾驰，襟飘带舞，像一条彩虹向我们飞过来。这是主人来到几十里外，欢迎远客。见到我们，主人们立刻拨转马头，欢呼着，飞驰着，在汽车左右与前面引路。静寂的草原，热闹起来：欢呼声，车声，马蹄声，响成一片。车、马飞过了小丘，看见了几座蒙古包。

蒙古包外，许多匹马，许多辆车。人很多，都是从几十里外乘马或坐车来看我们的。我们约请了海拉尔的一位女舞蹈员给我们做翻译。她的名字漂亮——水晶花。她就是陈旗的人，鄂温克族。主人们下了马，我们下了车。也不知道是谁的手，总是热乎乎地握着，握住不散。我们用不着水晶花同志给做翻译了。大家的语言不同，心可是一样。握手再握手，笑了再笑。你说你的，我说我的，总的意思都是民族团结互助！

也不知怎的，就进了蒙古包。奶茶倒上了，奶豆腐摆上了，主客都盘腿坐下，谁都有礼貌，谁都又那么亲热，一点不拘束。不大会儿，好客的主人端进来大盘子的手抓羊肉和奶酒。公社的干部向我们敬酒，七十岁的老翁向我们敬酒。正是：

祝福频频难尽意，举杯切切莫相忘！

我们回敬，主人再举杯，我们再回敬。这时候鄂温克姑娘们，戴着尖尖的帽儿，既大方，又稍有点羞涩，来给客人们唱民歌。我们同行的歌手也赶紧唱起来。歌声似乎比什么语言都更响亮，都更感人，不管唱的是什么，听者总会露出会心的微笑。

饭后，小伙子们表演套马，摔跤，姑娘们表演了民族舞蹈。客人们也舞的舞，唱的唱，并且要骑一骑蒙古马。太阳已经偏西，谁也不肯走。是呀！蒙汉情深何忍别，天涯碧草话斜阳！

乌兰巴干同志在《草原新史》短篇小说集里描写了不少近几年来牧民生活的变化，文笔好，内容丰富，值得一读。我就不想再多说什么。可是，我又没法不再说几句，因为草原和牧民弟兄实在可爱！好，就拿蒙古包说吧，从前每被呼为毡庐，今天却变了样，是用木条与草秆做成的，为的是夏天住着凉爽，到冬天再改装。人的生活变了，草原上的一切都也随着变。看那马群吧，既有短小精悍的蒙古马，也有高大的新种三河马。这种大马真体面，一看就令人想起“龙马精神”这类的话儿，并且想骑上它，驰骋万里。牛也改了种，有的重达千斤，乳房像小缸。牛肥草香乳如泉啊！并非浮夸。羊群里既有原来的大尾羊，也添了新种的短尾细毛羊，前者肉美，后者毛好。是的，人畜两旺，就是草原上的新气象之一。

渔　　场

这些渔场既不在东海，也不在太湖，而是在祖国的最北边，离满洲里不远。我说的是达赉湖。若是有人不信在边疆的最北边还能够打鱼，就请他自己去看看。到了那里，他就会认识到祖国有多么伟大，而内蒙古也并不仅有风沙和骆驼，像前人所说的那样。内蒙古不是什么塞外，而是资源丰富的宝地，建设祖国必不可少的宝地！

据说：这里的水有多么深，鱼有多么厚。我们吃到湖中的鱼，非常肥美。水好，所以鱼肥。有三条河流入湖中，而三条河都经过草原，所以湖水一碧千顷——草原青未了，又到绿波前。湖上飞翔着许多白鸥。在碧岸、翠湖、青天、白鸥之间游荡着渔船，何等迷人的美景！

我们去游湖。开船的是一位广东青年，长得十分英俊，肩阔腰圆，一身都是力气。他热爱这座湖，不怕冬天的严寒，不管什么天南地北，兴高采烈地在这里工作。他喜爱文学，读过不少的文学名著。他不因喜爱文学而藏在温暖的图书馆里，他要碰碰北国冬季的坚冰，打出鱼来，支援各地。是的，内蒙古尽管有无穷的宝藏，若是没有人肯动手采取，便连鱼也会死在水里。可惜，我忘了这位好青年的姓名。我相信他会原谅我，他不会是因求名求利而来到这里的。

农　　产

“天苍苍，野茫茫”的确不是完全正确的形容。内蒙古有一些荒沙地带，可是也有极为肥沃的土地，生产大量的粮食。说不定，我们今天端起饭碗，里边的米或面恰好是来自内蒙古。我们应当感谢内蒙古的农村兄弟姐妹！

我们访问了内蒙古的“乌克兰”——哲里木盟[1]。这里生产高粱、玉米、谷子、大豆。我没有看见过这么多样儿的谷子，长穗的、短穗的、带芒儿的、不带芒儿的，还有一个穗上长出许多小犄角的。我们看见了，那长穗的有一尺多长！我们看见了，原来这里的农业研究所已经搜集了很多种谷子，一一详做研究试验，看哪一种谷子最适于生长在哪一种土壤上，争取丰产。这是件最可喜的事：我们不但有了人民公社这一面大红旗，而且科学研究正在这面红旗下发挥威力。

在从前，哲盟有三大害：风沙、辽河与鼠疫。现在，这三害已基本上被消灭。造林，使风沙不再肆虐。筑坝开渠，使辽河转害为利。捕鼠，讲卫生，控制了鼠疫。真是：十载除三害，全盟争上游。我们去参观水库。那里，只有荒沙，无石无木。怎么办？好，就移沙筑坝，并且开了许多渠道。水库中养起来自江南的鱼儿，沙坝下已遍生蒲苇，水库外的小塘已种上了莲花。水库的管理员，为欢迎远客，折莲插瓶，四座生辉。看到塞上的红莲，我们都感动得几乎要落泪。移沙筑坝是多么艰苦而光荣的工作啊！

我们也访问了离这有莲花的地方不远的一个人民公社。那里，原来只养牲口，而今却也种地，农牧结合。社里，有蒙古族，也有汉人，蒙汉协作，亲如一家。这种农牧结合、蒙汉协作的实例还有很多，这不过是其中之一而已。

提起莲花，也就想起苹果。这可就要谈到昭乌达盟了。我们访问了赤峰市郊区的两个人民公社。在第一个公社，我们看见了苹果林，长着鲜红的苹果。在这一带，苹果是新来的客人。公社里有个农业中学，学生们在一片毫无用处的沙地上设法种上各种果树，并在沙丘上用碎石拼成大字：“青年花果山”。果然天下无难事，花果山前苹果红！

不仅苹果，那里也有各种的葡萄，各种的瓜，还有北京的小白梨呢！校旁，

[1] 即通辽市。

有一座养蜂场。有了蜜啊，足证沙丘沙地已变得甜美了！人民公社万岁！

第二个公社原来是最穷最苦的地方，一片荒沙，连野草都不高兴在这儿生长，更不用说树木了。种上庄稼，便被沙土埋上，还得再种。幸而成活了一些，一亩地也只能收那么五六十斤粮。风沙一起，天昏地暗，白日须点起灯来。这样，人民的最后一计不能不是拿起破碗，拉着孩子，去逃荒。可是，今天那里不但种上谷子，而且大片的长起向来种不活的玉米与高粱。今天，村里村外，处处渠水轻流，杨柳成荫。渠畔田边都是绿树。林木战胜了风沙，增多了雨量。我们这才真明白了林木的作用——起死回生，能使不毛之地变作良田，沙漠化为绿洲！人民公社万岁，万万岁！

积极造林的并不止这一个公社，到处如是。在赤峰的红山公园里，我写了一首小诗，末两句是："临风莫问秋消息，雁不思归花落迟。"是的，我想林木越来越多，气候越来越暖，有朝一日可能大雁便定居在北方，无须辛苦地南来北往了。这也许有点浪漫主义气息，可是并非全无现实的基础。

在昭盟，我们还看见许多令人兴奋的事物，因不尽与农产相关，就不在这一段里多说。

风景区

扎兰屯真无愧是塞上的一颗珍珠。多么幽美呀！它不像苏杭那么明媚，也没有天山万古积雪的气势，可是它独具风格，幽美得迷人。它几乎没有什么人工的雕饰，只是纯系自然的那么一些山川草木。谁也指不出哪里是一"景"，可是谁也不能否认它处处美丽。它没有什么石碑，刻着什么什么烟树，或什么什么奇观。它只是那么纯朴的，大方的，静静地等待着游人。没有游人呢，也没大关系。它并不有意地装饰起来，向游人索要诗词。它自己便充满了最纯朴的诗情词韵。

四面都有小山，既无奇峰，也没有古寺，只是那么静静地在青天下绣成一个翠环。环中间有一条河，河岸上这里多些，那里少些，随便地长着绿柳白杨。几头黄牛，一小群白羊，在有阳光的地方低着头吃草，并看不见牧童。也许有，恐怕是藏在柳荫下钓鱼呢。河岸是绿的。高坡也是绿的。绿色一直接上了远远的青山。这种绿色使人在梦里也忘不了，好像细致地染在心灵里。

绿草中有多少花呀。石竹，桔梗，还有许多说不上名儿的，都那么毫不矜持地开着各色的花，吐着各种香味，招来无数的凤蝶，闲散而又忙碌地飞来飞去。既不必找小亭，也不必找石墩，就随便坐在绿地上吧。风儿多么清凉，日光可又那么和暖，使人在凉暖之间，想闭上眼睡去。所谓“陶醉”，也许就是这样吧？

夕阳在山，该回去了。路上到处还是那么绿，还有那么多的草木，可是总看不厌。这里有一片荞麦，开着密密的白花；那里有一片高粱，在微风里摇动着红穗。也必须立定看一看，平常的东西放在这里仿佛就与众不同。正是因为有些荞麦与高粱，我们才越觉得全部风景的自自然然，幽美而亲切。看，那间小屋上的金黄的大瓜哟！也得看好大半天，仿佛向来也没有看见过！

是不是因为扎兰屯在内蒙古，所以才把五分美说成十分呢？一点也不是！我们不便拿它和苏杭或桂林山水做比较，但是假若非比一比不可的话，最公平的说法便是各有千秋。“天苍苍，野茫茫”在这里就越发显得不恰当了。我并非在这里单纯地宣传美景，我是要指出，并希望矫正以往对内蒙古的那种不正确的看法。知道了一点实际情况，像扎兰屯的美丽，或者就不至于再一听到“口外”“关外”等名词，便想起八月飞雪，万里流沙，望而生畏了。

载于 1961 年 10 月 13 日《人民日报》

滇行短记[1]

一

总没学会写游记。这次到昆明住了两个半月，依然没学会写游记，最好还是不写。但友人嘱寄短文，并以滇游为题。友情难违；就想起什么写什么。另创一路，则吾岂敢，聊以塞责，颇近似之，惭愧得紧！

二

八月二十六日早九时半抵昆明。同行的是罗莘田先生。他是我的幼时同学，现在已成为国内有数的音韵学家。老朋友在久别之后相遇，谈些小时候的事情，都快活得要落泪。

他住昆明青云街靛花巷，所以我也去住在那里。

住在靛花巷的，还有郑毅生先生，汤老先生[1]，袁家骅先生，许宝騄先生，

[1] 即汤用彤，哲学家、教育家、国学大师，著作有《汉魏两晋南北朝佛教史》。

郁泰然先生。

毅生先生是历史家，我不敢对他谈历史，只能说些笑话，汤老先生是哲学家，精通佛学，我偷偷地读他的晋魏六朝佛教史，没有看懂，因而也就没敢向他老人家请教。家骅先生在西南联大教授英国文学，一天到晚读书，我不敢多打扰他，只在他泡好了茶的时候，搭讪着进去喝一碗，赶紧告退。他的夫人钱晋华女士常来看我。到吃饭的时候每每是大家一同出去吃价钱最便宜的小馆。宝騄先生是统计学家，年轻，瘦瘦的，聪明绝顶。我最不会算术，而他成画方程式。他在英国留学毕业后，即留校教书，我想，他的方程式必定画得不错！假若他除了统计学，别无所知，我只好闭口无言，全没办法。可是,他还会唱三百多出昆曲。在昆曲上,他是罗莘田先生与钱晋华女士的“老师”。罗先生学昆曲，是要看看制曲与配乐的关系，属于哪声的字容或有一定的谱法，虽腔调万变，而不难找出个作谱的原则。钱女士学昆曲，因为她是个音乐家。我本来学过几句昆曲，到这里也想再学一点。可是，不知怎的一天一天的度过去，天天说拍曲，天天一拍也未拍，只好与许先生约定：到抗战胜利后，一同回北平去学，不但学，而且要彩唱！郁先生在许多别的本事而外，还会烹调。当他有工夫的时候，便作一两样小菜，沽四两市酒，请我喝两杯。这样，靛花巷的学者们的生活，并不寂寞。当他们用功的时候，我就老鼠似的藏在一个小角落里读书或打盹；等他们离开书本的时候，我也就跟着“活跃”起来。

此外，在这里还遇到杨今甫、闻一多、沈从文、卞之琳、陈梦家、朱自清、罗膺中、魏建功、章川岛……诸位文坛老将，好像是到了“文艺之家”。关于这些位先生的事，容我以后随时报告。

三

靛花巷是条只有两三人家的小巷，又狭又脏。可是，巷名的雅美，令人欲忘其陋。

昆明的街名，多半美雅。金马碧鸡等用不着说了，就是靛花巷附近的玉龙堆、先生坡，也都令人欣喜。

靛花巷的附近还有翠湖，湖没有北平的三海那么大，那么富丽，可是，据我看：比什刹海要好一些。湖中有荷蒲；岸上有竹树，颇清秀。最有特色的是猪耳菌，成片地开着花。此花叶厚，略似猪耳，在北平，我们管它叫作凤眼兰，状其花也；花瓣上有黑点，像眼珠。叶翠绿，厚而有光；花则粉中带蓝，无论在日光下，还是月光下，都明洁秀美。

云南大学与中法大学都在靛花巷左右，所以湖上总有不少青年男女，或读书，或散步，或划船。昆明很静，这里最静；月明之夕，到此，谁仿佛都不愿出声。

四

昆明的建筑最似北平，虽然楼房比北平多，可是墙壁的坚厚，椽柱的雕饰，都似“京派”。

花木则远胜北平。北平讲究种花，但夏天日光过烈，冬天风雪极寒，不易把花养好。昆明终年如春，即使不精心培植，还是到处有花。北平多树，但日久不雨，则叶色如灰，令人不快。昆明的树多且绿，而且树上时有松鼠跳动！入眼浓绿，使人心静，我时时立在楼上远望，老觉得昆明静秀可喜；其实呢，街上的车马并不比别处少。

至于山水，北平也得有愧色，这里，四面是山，滇池五百里——北平的昆明湖才多么一点点呀！山土是红的，草木深绿，绿色盖不住的地方露出几块红来，显出一些什么深厚的力量，教昆明城外到处使人感到一种有力的静美。

四面是山，围着平坝子，从高处看稻田万顷。海田之间，相当宽的河堤有许多道，都有几十里长，满种着树木。万顷稻，中间画着深绿的线，虽然没有怎样了不起的特色，可也不是怎的总看着像画图。

五

在西南联大讲演了四次。

第一次讲演，闻一多先生做主席。他谦虚地说：大学里总是做研究工作，不容易产出活的文学来……我答以：抗战四年来，文艺写家们发现了许多文艺上的问题，诚恳地去讨论。但是，讨论的第二步，必是研究，否则不易得到结果；而写家们忙于写作，很难静静地坐下去做研究；所以，大学里做研究工作，是必要的，是帮着写家们解决问题的。研究并不是崇古鄙今，而是供给新文艺以有益的参考，使新文艺更坚实起来。譬如说：这两年来，大家都讨论民族形式问题，但讨论的多半是何谓民族形式，与民族形式的源泉何在；至于其中的细腻处，则必非匆匆忙忙的所能道出，而须一项一项地细心研究了。近来，罗莘田先生根据一百首北方俗曲，指出民间诗歌用韵的活泼自由，及十三辙的发展，成为小册。这小册子虽只谈到了民族形式中的一项问题，但是老老实实详详细细地述说，绝非空论。看了这小册子，至少我们会明白十三辙已有相当长久的历史，和它怎样代替了官样的诗韵；至少我们会看出民间文艺的用韵是何等活动，何等大胆——也就增加了我们写作时的勇气。罗先生是音韵学家，可是他的研究结果就能直接有助于文艺的写作，我愿这样的例子一天比一天多起来。

六

正是雨季，无法出游。讲演后，即随莘田下乡——龙泉村。村在郊北，距城约二十里，北大文科研究所在此。冯芝生、罗膺中、钱端升、王了一、陈梦家诸教授都在村中住家。教授们上课去，须步行二十里。

研究所有十来位研究生，生活至苦，用工极勤。三餐无肉，只炒点“地蛋”丝当做菜。我既佩服他们苦读的精神，又担心他们的健康。莘田患恶性摆子，几位学生终日伺候他，犹存古时敬师之道，实为难得。

莘田病了，我就写剧本。

七

研究所在一个小坡上——村人管它叫“山”。在山上远望，可以看见蟠龙江。快到江外的山坡，一片松林，是黑龙潭。晚上，山坡下的村子都横着一些轻雾；驴马带着铜铃，顺着绿堤，由城内回乡。

冯芝生先生领我去逛黑龙潭，徐旭生先生住在此处。此处有唐梅宋柏；旭老的屋后，两株大桂正开着金黄花。唐梅的干甚粗，但活着的却只有二三细枝——东西老了也并不一定好看。

坐在石凳上，旭老建议：中秋夜，好不好到滇池去看月；包一条小船，带着乐器与酒果，泛海竟夜。商议了半天，毫无结果。（一）船价太贵。（二）走到海边，已须步行二十里，天亮归来，又须走二十里，未免太苦。（三）找不到会玩乐器的朋友。看滇池月，非穷书生所能办到的呀！

八

中秋。莘田与我出了点钱，与研究所的学员们过节。吴晓铃先生掌灶，大家帮忙，居然做了不少可口的菜。饭后，在院中赏月，有人唱昆曲。午间，我同两位同学去垂钓，只钓上一二条寸长的小鱼。

九

莘田病好了一些。我写完了话剧《大地龙蛇》的前两幕。约了膺中、了一和众研究生，来听我朗读。大家都给了些很好的意见，我开始修改。

对文艺，我实在不懂得什么，就是愿意学习，最快活的，就是写得了一些东西，对朋友们朗读，而后听大家的批评。一个人的脑子，无论怎样缜密，也不能使作品完全没有漏隙，而旁观者清，不定指出多少窟窿来。

十

从文和之琳约上呈贡——他们住在那里，来校上课须坐火车。莘田病刚好，不能陪我去，只好作罢。我继续写剧本。

十一

岗头村距城八里，也住着不少的联大的教职员。我去过三次，无论由城里去，还是由龙泉村去，路上都很美。走二三里，在河堤的大树下，或在路旁的小茶馆，休息一下，都使人舍不得走开。

村外的小山上，有涌泉寺，和其他的云南的寺院一样，庭中有很大的梅树和桂树。桂树还有一株开着晚花，满院都是香的。庙后有泉，泉水流到寺外，成为小溪；溪上盛开着秋葵和说不上名儿的香花，随便折几枝，就够插瓶的了。我看到一两个小女学生在溪畔端详哪枝最适于插瓶——涌泉寺里是南菁中学。

在南菁中学对学生说了几句话。我告诉他们：各处缠足的女子怎样在修路、抬土，做着抗建的工作。章川岛先生的小女儿下学后，告诉她爸爸："舒伯伯挖苦了我们的脚！"

十二

离龙泉村五六里，为凤鸣山。山上有庙，庙有金殿——一座小殿，全用铜筑。山与庙都没什么好看，倒是遍山青松，十分幽丽。

云南的松柏结果都特别地大。松塔大如菠萝，柏实大如枣。松子几乎代替了瓜子，闲着没事的时候，大家总是买些松子吃着玩，整船的空的松塔运到城中；大概是做燃料用，可是凤鸣山的青松并没有松塔儿，也许是另一种树吧，我叫不上名字来。

十三

在龙泉村，听到了古琴。相当大的一个院子，平房五六间。顺着墙，丛丛绿竹。竹前，老梅两株，瘦硬的枝子伸到窗前。巨杏一株，阴遮半院。绿荫下，一案数椅，彭先生弹琴，查先生吹箫；然后，查先生独奏大琴。

在这里，大家几乎忘了一切人世上的烦恼！

这小村多么污浊呀，路多年没有修过，马粪也数月没有扫除过，可是在这有琴音梅影的院子里，大家的心里却发出了香味。

查阜西先生精于古乐。虽然他与我是新识，却一见如故，他的音乐好，为人也好。他有时候也作点诗——即使不作诗，我也要称他为诗人呵！

与他同院住的是陈梦家先生夫妇，梦家现在正研究甲骨文。他的夫人，会几种外国语言，也长于音乐，正和查先生学习古琴。

十四

在昆明两月，多半住在乡下，简直没有看见什么。城内与郊外的名胜几乎都没有看到。战时，古寺名山多被占用；我不便为看山访古而去托人情，连最有名的西山，也没有能去。在城内靛花巷住着的时候，每天我必倚着楼窗远望西山，想象着由山上看滇池，应当是怎样美丽。山上时有云气往来，昆明人说:“有雨无雨看西山”。山峰被云遮住，有雨，峰还外露，虽别处有云，也不至有多大的雨。此语，相当灵验。西山，只当了我的阴晴表，真面目如何，恐怕这一生也不会知道了——哪容易再得到游昆明的机会呢！

到城外中法大学去讲演了一次，本来可以顺脚去看筇竹寺的五百罗汉塑像。可是，据说也不能随便进去，况且，又落了雨。

连城内的圆通公园也只可游览一半，不过，这一半确乎值得一看。建筑的大方，或较北平的中山公园还好一些；至于石树的幽美，则远胜之，因为中山公园太“平”了。

同查阜西先生逛了一次大观楼。楼在城外湖边，建筑无可观，可是水很美。出城，坐小木船。在稻田中间留出来的水道上慢慢地走。稻穗黄，芦花已白，田坝旁边偶尔还有几穗凤眼兰。远处，稻田之外，万顷碧波，缓动着风帆——到昆阳去的水路。

大观楼在公园内，但美的地方却不在园内，而在园外。园外是滇池，一望无际。湖的气魄，比西湖与颐和园的昆明池都大得多了。在城市附近，有这么一片水，真使人狂喜。湖上可以划船，还有鲜鱼吃。我们没有买舟，也没有吃鱼，只在湖边坐了一会看水。天上白云，远处青山，眼前是一湖秋水，使人连诗也懒得作了。作诗要去思索，可是美景把人心融化在山水风花里，像感觉到一点什么，又好像茫然无所知，恐怕坐湖边的时候就有这种欣悦吧？在此际还要寻词觅字去作诗，也许稍微笨了一点。

十五

剧本写完，今年是我个人的倒霉年。春初即患头晕，一直到夏季，几乎连一个字也没有写。没想到，在昆明两月，倒能写成这一点东西——好坏是另一问题，能动笔总是件可喜的事。

十六

剧本既已写成，就要离开昆明，多看一些地方。从文与之琳约上呈贡，因为莘田病初好，不敢走路，没有领我去，只好延期。我很想去，一来是听说那里风景很好，二来是要看看之琳写的长篇小说——已经写了十几万字，还在继续地写。

十七

查阜西先生愿陪我去游大理。联大的友人们虽已在昆明两三年，还很少有到过大理的。大家都盼望我俩的计划能实现。于是我们就分头去接洽车子。

有几家商车都答应了给我们座位，我们反倒难于决定坐哪一家的了。最后，决定坐吴晓铃先生介绍的车，因为一行四部卡车，其中的一位司机是他的弟弟。

兄弟俩一定叫我们坐那部车，而且先请我们吃了饭，吃饭的时候，我笑着说：“这回，司机可叫黄鱼给吃了！”

十八

一上了滇缅公路，便感到战争的紧张；在那静静的昆明城里，除了有空袭的时候，仿佛并没有什么战争与患难的存在。在我所走过的公路中，要算滇缅公路最忙了，车，车，车，来的，去的，走着的，停着的，大的，小的，到处都是车！我们所坐的车子是商车，这种车子可以搭一两个客，客人按公路交通车车价十分之二买票。短途搭脚的客人，只乘三五十里，不经过检查站，便无须打票，而作黄鱼；这是司机车的一笔“外找”。官车有押车的人，黄鱼不易上去，这批买卖多半归商车做。商车的司机薪水既高，公物安全地到达，还有奖金；薪水与奖金凑起来，已近千元，此外且有外找，差不多一月可以拿到两三千元。因为入款多，所以他们开车极仔细可靠。同时，他们也敢享受。公家车子的司机待遇没有这么高；而到处物价都以商车司机的阔气为标准，所以他们开车便理直气壮。据说，不久的将来，沿途都要为司机们设立招待所，以低廉的取价，供给他们相当舒适的食宿，使他们能饱食安眠，得到一些安慰。希望这计划能早早实现！

第一天，到晚八时余，我们才走了六十三公里！我们这四部车没有押车的，因为押车的既没法约束司机，跟来是自讨无趣，而且时时耽误了工夫——一与司机冲突，则车不能动——到时候交不上货去。押车员的地位，被司机的班长代替了，而这位班长绝对没有办事的能力。已走出二十公里，他忘记了交货证；回城去取。又走了数里，他才想起，没有带来机油，再回去取来！商车，假若车主不是司机出身，只有赔钱！

六十三公里的地方，有一家小饭馆，一位广东老人，不会说云南话，也不会说任何异于广东话的言语，做着生意。我很替他着急，他却从从容容地把生意做了。广东人的精神!

没有旅馆，我们住在一家人家里。房子很大，院中极脏。又赶上落了一阵雨，到处是烂泥，不幸而滑倒，也许跌到粪堆里去。

十九

第二天一早动身，过羊老哨，开始领略出滇缅路的艰险。司机介绍，从此到下关，最险的是圾山坡和天子庙，一上一下都有二十多公里。不过，这样远都是小坡，真正危险的地方还须过下关才能看到；有的地方，一上要一整天，一下又要一整天!

山高弯急，比川陕与西兰公路都更险恶。说到这里，也就难怪司机们要享受一点了，这是玩命的事啊！我们的司机，真谨慎：见迎面来车，马上停住让路；听后面有响声，又立刻停住让路。虽然他开车的技巧很好，可是一点也不敢大意。遇到大坡，车子一步一哼，不肯上去，他探着身（他的身量不高），连眼皮似乎都不敢眨一眨。我看得出来，到下午三四点钟的时候，他已经有点支撑不住了。

在禄丰打尖，开铺子的也多是广东人。县城距公路还有二三里路，没有工夫去看。打尖的地方是在公路旁新辟的街上。晚上宿在镇南城外一家新开的旅舍里，什么设备也没有，可是住满了人。

二十

第三天经过圾山坡及天子庙两处险坡。终日在山中盘旋。山连山，看不见村落人烟。有的地方，松柏成林；有的地方，却没有多少树木。可是，没有树的地方，也是绿的，不像北方大山那样荒凉。山大都没有奇峰，但浓翠可喜；白云在天上轻移，更教青山明媚。高处并不冷，加以车子越走越热，反倒要脱去外衣了。

晚上九点，才到下关车站。几乎找不到饭吃，因为照规矩须在日落以前赶到，迟到的便不容易找到东西吃了。下关在高处，车子都停在车站。站上的旅舍饭馆差不多都是新开的，既无完好的设备，价钱又高，表示出“专为赚钱，不管别的”的心理。

公路局设有招待所，相当洁净，可是很难有空房。我们下了一家小旅舍，门外没有灯，门内却有一道臭沟，一进门我就掉在沟里！楼上一间大屋，设床十数架，头尾相连，每床收钱三元。客人们要有两人交谈的，大家便都需陪着不睡，因为都在一间屋子里。

这样的旅舍要三元一铺，吃饭呢，至少须花十元以上，才能吃饱。司机者的花费，即使是绝对规规矩矩，一天也要三四十元咧。

二十一

下关的风，上关的花，苍山的雪，洱海的月，为大理四景。据说下关的风虽多，而不进屋子。我们没遇上风，不知真假。我想，不进屋子的风恐怕不会有，也许是因这一带多地震，墙壁都造得特别厚，所以屋中不大受风的威胁吧。

早晨，车子都开走了，下关便很冷静；等到下午五六点钟的时候，车子都停下，就又热闹起来。我们既不愿白日在旅馆里呆坐，也不喜晚间的嘈杂，便马上决定到喜洲镇去。

由下关到大理是三十里，由大理到喜洲镇还有四十五里。看苍山，以在大理为宜；可是喜洲镇有我们的朋友，所以决定先到那里去。我们雇了两乘滑竿。

这里抬滑竿的多数是四川人。本地人是不愿卖苦力气的。

离开车站，一拐弯便是下关。小小的一座城，在洱海的这一端，城内没有什么可看的。穿出城，右手是洱海，左手是苍山，风景相当美。可惜，苍山上并没有雪；按轿夫说，是几天没下雨，故山上没有雪——地上落雨，山上就落雪，四季皆然。

到处都有流水，是由苍山流下的雪水。缺雨的时候，即以雪水灌田，但是须向山上的人购买；钱到，水便流过来。

沿路看到整齐坚固的房子，一来是因为防备地震，二来是石头方便。

在大理城内打尖。长条的一座城，有许多家卖大理石的铺子。铺店的牌匾也有用大理石做的，圆圆的石块，嵌在红木上，非常雅致。城中看不出怎样富庶，也没有多少很体面的建筑，但是在晴和的阳光下，大家从从容容地做着事情，使人感到安全静美。谁能想到，这就是杜文秀抵抗清兵十八年的地方啊！

太阳快落了，才看到喜洲镇。在路上，被日光晒得出了汗；现在，太阳刚被山峰遮住，就感到凉意。据说，云南的天气是一岁中的变化少，一日中的变化多。

二十二

洱海并不像我们想象的那么美。海长百里，宽二十里，是一个长条儿，长而狭便一览无余，缺乏幽远或苍茫之气；它像一条河，不像湖。还有，它的四面都是山，可是山——特别是紧靠湖岸的——都不很秀，都没有多少树木。这样，眼睛看到湖的彼岸，接着就是些平平的山坡了；湖的气势立即消散，不能使人凝眸伫视——它不成为景！

湖上的渔帆也不多。

喜洲镇却是个奇迹。我想不起，在国内什么偏僻的地方，见过这么体面的市镇，远远地就看见几所楼房，孤立在镇外，看样子必是一所大学校。我心中暗喜；到喜洲来，原为访在华中大学的朋友们；假若华中大学有这么阔气的楼房，我与查先生便可以舒舒服服地过几天了。及仔细一打听，才知道那是五台中学，地方上士绅捐资建筑的，花费了一百多万，学校正对着五台高峰，故以五台名。

一百多万，是的，这里的确有出一百多万的能力。看，镇外的牌坊，高大，美丽，通体是大理石的，而且不止一座呀！

进到镇里，仿佛是到了英国的剑桥，街旁到处流着活水：一出门，便可以洗菜洗衣，而污浊立刻随流而逝。街道很整齐，商店很多。有图书馆，馆前立着大理石的牌坊，字是贴金的！有警察局。有像王宫似的深宅大院，都是雕梁画栋。有许多祠堂，也都金碧辉煌。

不到一里，便是洱海。不到五六里便是高山。山水之间有这样的一个镇市，真是世外桃源啊！

二十三

华中大学却在文庙和一所祠堂里。房屋又不够用，有的课室只像卖香烟的小棚子。足以傲人的，是学校有电灯。校车停驶，即利用车中的马达磨电。据说，当电灯初放光明的时节，乡人们“不远千里而来”“观光”。用不着细说，学校中一切的设备，都可以拿这样的电灯作象征——设尽方法，克服困难。

教师们都分住在镇内，生活虽苦，却有好房子住。至不济，还可以租住阔人们的祠堂——即连壁上都嵌着大理石的祠堂。

四年前，我离家南下，到武汉便住在华中大学。隔别三载，朋友们却又在喜洲相见，是多么快活的事呀！住了四天，天天有人请吃鱼：洱海的鱼拿到市上还欢跳着。“留神破产呀！”客人发出警告。可是主人们说：“谁能想到你会来呢？！破产也要痛快一下呀！”

我给学生们讲演了三个晚上，查先生讲了一次。五台中学也约去讲演，我很怕小学生们不懂我的言语，因为学生们里有的是讲民家话的。民家话属于哪一语言系统，语言学家们还正在讨论中。在大理城中，人们讲官话，城外便要说民家话了。到城里做事和卖东西的，多数的人只能以官话讲价钱，和说眼前的东西的名称，其余的便说不上来了。所谓“民家”者，对官家军人而言，大概在明代南征的时候，官吏与军人被称为官家与军家，而原来的居民便成了民家。

民家人是谁？民家语是属于哪一系统？都有人正在研究。民家人的风俗，神话，历史，也都有研究的价值。云南是学术研究的宝地，人文而外，就单以植物而言，也是兼有温带与寒带的花木啊。

二十四

游了一回洱海，可惜不是月夜。湖边有不少稻田，也有小小的村落。阔人们在海中建起别墅别有天地。这些人是不是发国难财的，就不得而知了。

也游了一次山，山上到处响着溪水，东一个西一个的好多水磨。水比山还好看！苍山的积雪化为清溪，水浅绿，随处在石块左右，翻起白花，水的声色，有点像瑞士的。

山上有罗刹阁。菩萨化为老人，降伏了恶魔罗刹父子，压于宝塔之下。这类的传说，显然是佛教与本土的神话混合而成的。经过分析，也许能找出原来的宗教信仰，与佛教输入的情形。

二十五

此地，妇女们似乎比男人更能干。在田里下力的是妇女，在场上卖东西的是妇女，在路上担负粮柴的也是妇女。妇女，据说，可以养着丈夫，而丈夫可以在家中安闲地享福。

妇女的装束略同汉人，但喜戴些零七八碎的小装饰。很穷的小姑娘老太婆，尽管衣裙破旧，也戴着手镯。草帽子必缀上两根红绿的绸带。她们多数是大足，但鞋尖极长极瘦，鞋后跟钉着一块花布，表示出也近乎缠足的意思。

听说她们很会唱歌，但是我没有听见一声。

二十六

由喜洲回下关，并没在大理停住，虽然华中的友人给了我们介绍信，在大理可以找到住处。大理是游苍山的最合适的地方。我们之所以直接回下关，一来因为不愿多打扰生朋友，二来是车子不好找，须早为下手。

回到下关，范会逢先生来访，并领我们去洗温泉。云南这一带温泉很多，而且水很热。我们洗澡的地方，安有冷水管，假若全用泉水，便热得下不去脚了。泉下，一个很险要的地方，两面是山，中间是水，有一块碑，刻着汉诸葛武侯擒孟获处。碑是光绪年间立的，不知以前有没有？

范先生说有小车子回昆明，教我们乘搭。在这以前，我们已交涉好滇缅路交通车，即赶紧辞退，可是，路局的人员约我去演讲一次。他们的办公处，在湖边上，一出门便看见山水之胜。小小的一个俱乐部，里面有些书籍。职员之中，有些很爱好文艺的青年。他们还在下关演过话剧。他们的困难是找不到合适的剧本。他们的人少，服装道具也不易置办，而得到的剧本，总嫌用人太多，场面太多，无法演出。他们的困难，我想，恐怕也是各地方的热心戏剧宣传者的困难吧，写剧的人似乎应当注意及此。

讲演的时候，门外都站满了人。他们不易得到新书，也不易听到什么，有朋自远方来，当然使他们兴奋。

在下关旅舍里，遇见一位新由仰光回来的青年，他告诉我：海外是怎样的需要文艺宣传。有位“常任侠”——不是中大的教授——声言要在仰光等处演戏，需钱去接来演员。演员们始终没来一个，而常君自己已骗到手十多万！

二十七

小车子一天赶了四百多公里，早六时半出发，晚五时就开到了昆明。

预备做两件事：一件是看看滇戏，一件是上呈贡。滇戏没看到，因为空袭的关系，已很久没有彩唱，而只有“坐打”。呈贡也没去成。预定十一月十四日起身回渝，十号左右可去呈贡，可是忽然得到通知，十号可以走，破坏了预定计划。

十日，恋恋不舍地辞别了众朋友。

载于 1941 年 11 月 22 日至 1942 年 1 月 7 日《扫荡报》

第三章

平淡日子，洒脱有趣

生活是种律动，须有光有影，有左有右，有晴有雨，滋味就含在这变而不猛的曲折里。

生　　日

常住在北方，每年年尾祭灶王的糖瓜一上市，朋友们就想到我的生日。即使我自己想马虎一下，他们也会兴高采烈地送些酒来：“一年一次的事呀，大家喝几杯！”祭灶的爆竹声响，也就借来作为对个人又增长一岁的庆祝。

今年可不同了：连自幼同学而现在住在重庆的朋友们，也忘记了这回事，因为街上看不到糖瓜呀。我自己呢，当然不愿为这点小事去宣传一番；桌上虽有海戈兄前两天送来的一瓶家酿橘酒，也不肯独酌。这不是吃酒的时候！

从早晨一睁眼，我就盘算：今天决不吃酒。可是，应当休息一天：这几天虽然没能写出什么文章来，但乱七八糟的事也使身体觉出相当疲累。一年一次的事呀，还不休息休息？

休息吗？几乎没这个习惯。手一闲起来，就五鸡六兽地难过。于是，先写封家信吧；用不着推敲字句，而又不致手不摸笔，办法甚妥。

家信非常难写，多少多少的心腹话，要说给最亲爱的人；可是，暴敌到处检查信件；书信稍长一些，即使挑不出毛病，也有被焚化了的危险——鬼子多疑，又不肯多破费工夫；烧了省事。好吧，写短一些吧。短，有什么写头儿呢？

我搁下了笔。想起妻与儿女，想起沦陷区域的惨状……

又拿起笔来，赶快又放下，我能直道出抗战必胜的实情，去安慰家人吗？啊，国还未亡，已没了写信的自由！真猜不透那些以屈服为和平的人们长着怎样一副心肝！

由这个就想到接出家眷的问题。朋友们善意的相劝，已非一次：把她们接来吧！可是，路费从何而来呢？是的，才几百块钱的事罢咧，还至于……哼，几百块钱就足以要了一个穷写家的命！

“难道你就没有版税？”友人们惊异地问。

没有。商务的是交由文学社转发，文学社在哪儿？谁负责？不知道。良友的书早已被抢一空。开明有通知，暂停版税，容日补发。人间书屋刚移到广州，而广州弃守，书籍丢个干净……从前年七七到现在，只收到生活的十块来钱！

没钱办不了事，而钱又极难与写家结缘，我不明白为什么有许多人总以为作家可羡慕。

家信不写也罢。

噢，也许作家的清贫值得羡慕。可是，我并没看见有谁因羡慕清贫而少吃一次冠生园！

家信既不写，又不能空过这一天，好，还是写文章吧。这穷人的生日，只好在纸墨中过了吧。

写了几句，心中太乱。家，国，文艺，穷，病，……没法使思想集中。求稿子的人惯说：“好歹给凑凑，哪怕是一两千字呢！好吧，明天下午来取！”仿佛作家不准有感情与心事，而只需一动开关，像电灯似的，就笔下生辉？

明天还有许多事呢：一个讲演，一家朋友结婚，约友人谈鼓词的写法，还要去看一位朋友……那么，今天还是非写出一点来不可；明天终日不得空闲。

我知道，这该到头疼的时候了。果然，头从脑子那溜儿起了一道热纹，大概比电灯里的细丝还细上多少倍。然后，脑中空了一块，而太阳穴上似乎要裂开些缝子。

出去转转吧？正落着毛毛雨。睡一会儿？宿舍里吵得要命。

怕笔尖干了，连连沾墨。写几个字，抹了；再写，再抹；看一会儿桌头上小儿女照片，想象着她们怎样念叨："爸的生日，今天！"而后，再写，再抹……

写家的生活里并没有诗意呀，头疼是自献的寿礼！

载于1939年4月《弹花》第二卷第五期

在乡下

虽然刚住了几天，我已经感到乡间的确可喜。在这生活困难的时候，谁也恐怕不能不一开口就谈到钱；在乡间住，第一个好处是可以省下几文。头发长了，须跑出十里八里去理；脚稍微一懒，就许延迟一个星期；头发长了些，可是袋儿里也沉重了些。洗澡，更谈不到。到极热的时候，可以下河；天不够热的时候，皮肤外有一层可以搓卷着玩的泥，也显得暖和而有趣。这就又省了一笔支出。没有卖鲜果，糖食，和点心的；这不但可以省了钱，而且自然的矫正了吃零食的坏习惯。衣服须自己洗，皮鞋须自己擦。路须自己走——没有洋车。就是有，也不能在田埂儿上走。

除了省钱，还另有好多的精神胜利：平剧、川剧全听不到了，但是可以自己唱。在大黄角树下，随意喊吧，除了多管闲事的狗向你叫几声而外，不会有人来叫“倒好”的。话剧更看不到，可是自己可以写两本呀，有的是工夫！

书是不易得到的，但是偶然找来一本，绝不会像在城里时那样掀一掀就了事。在乡下，心里用不着惦记与朋友们定的约会，眼睛用不着时时地看表，于是，拿到一本书的时节，就可以愿意怎么读便怎么读；愿意把这几行读两遍，便读两遍；三遍就三遍；看那一行不大顺眼，便可以跟它辩论一番！这样，书仿佛就与人成了可以谈心的朋友，而不是书架上的摆设了。

院中有犬吠声，鸡鸭叫声，孩子哭声；院外有蛙声，鸟声，叱牛声，农人相呼声。但这些声音并不教你心中慌乱。到了夜间，便什么声音也没有；即使蛙还在唱，可是它们会把你唱入梦境里去。这几天，杜鹃特别多，直到深夜还不住地啼唤；老想问问它们，三更半夜的唤些什么？这不是厌烦，而是有点相怜之意。

正在插秧的时候下了大雨，每个农人都面带喜色，水牛忙极了，却一点不慌，还是那么慢条斯理的，像有成竹在胸的样子。

晚上，油灯欠亮，蚊虫甚多；所以早早地就躲到帐子里去。早睡，所以就也早起。睡得定，睡得好，脸上就增加了一点肉——很不放心，说不定还会变成胖子呢！

载1942年5月25日《大公报》

有声电影

二姐还没有看过有声电影。可是她已经有了一种理论。在没看见以前，先来一套说法，不独二姐如此，有许多伟人也是这样；此之谓“知之为知之，不知为知之”也。她以为有声电影便是电机嗒嗒之声特别响亮而已。要不然便是当电人——二姐管银幕上的英雄美人叫电人——互相巨吻的时候，台下鼓掌特别发狂，以成其“有声”。她确信这个，所以根本不想去看。本来她对电影就不大热心，每当电人巨吻，她总是用手遮上眼的。

但据说有声电影是有说有笑而且有歌。她起初还不相信，可是各方面的报告都是这样，她才想开开眼。

二姥姥等也没开过此眼，而二姐又恰巧打牌赢了钱，于是大请客。二姥姥三舅妈，四姨，小秃，小顺，四狗子，都在被请之列。

二姥姥是天一黑就睡，所以决不能去看夜场；大家决定午时出发，看午后两点半那一场。看电影本是为开心解闷，所以十二点动身也就行了。要是上车站接个人什么的，二姐总是早去七八小时的。那年二姐夫上天津，二姐在三天前就催他到车站去，恐怕临时找不到座位。

早动身可不见得必定早到；要不怎么越早越好呢。说是十二点走哇，到了十二点三刻谁也没动身。二姥姥找眼镜找了一刻来钟；确是不容易找，因为眼镜在她自己腰里带着呢。跟着就是三舅妈找钮子，翻了四只箱子也没找到，结果是换了件衣裳。四狗子洗脸又洗了一刻多钟，这还总算顺当；往常一个脸得至少洗四十多分钟，还得有门外的巡警给帮忙。

出发了。走到巷口，一点名，小秃没影了。大家折回家里，找了半点多钟，没找着。大家决定不看电影了，找小秃是更重要的。把新衣裳全脱了，分头去找小秃。正在这个当儿，小秃回来了；原来他是跑在前面，而折回来找她们。好吧，再穿好衣裳走吧，巷外有的是洋车，反正耽误不了。

二姥姥给车价还按着现洋换一百二十个铜子时的规矩，多一个不要。这几年了，她不大出门，所以老觉得烧饼卖三个大铜子一个不是件事实，而是大家欺骗她。现在拉车的三毛两毛向她要，也不是车价高了，是欺侮她年老走不动。她偏要走一个给他们瞧瞧。这一挂劲可有些“憧憬”：她确是有志向前迈步，不过脚是向前向后，连她自己也不准知道。四姨倒是能走，可惜为看电影特意换上高底鞋，似乎非扶着点什么不敢抬脚。她假装过去搀着二姥姥，其实是为自己找个靠头。不过大家看得很清楚，要是跌倒的话，这二位一定是一齐倒下。四狗子和小秃们急得直打蹦。

总算不离，三点一刻到了电影院。电影已经开映。这当然是电影院不对；难道不晓得二姥姥今天来吗？二姐实在觉得有骂一顿街的必要，可是没骂出来，她有时候也很能“文明”一气。

既来之则安之，打了票。一进门，小顺便不干了，怕黑，黑的地方有红眼鬼，无论如何也不能进去。二姥姥一看里面黑洞洞，以为天已经黑了，想起来睡觉的舒服；她主张带小顺回家。要是不为二姥姥，二姐还想不起请客呢。谁不知道二姥姥已经是土埋了半截的人，不看回有声电影，将来见阎王的时候要是盘问这一层呢？大家开了家庭会议。不行，二姥姥是不能走的。至于小顺，好办，买几块糖好了。吃糖自然便看不见红眼鬼了。事情便这样解决了。四姨搀着二姥姥，三舅妈拉着小顺，二姐招呼着小秃和四狗子。前呼后应，在暗中摸索，虽然有看座的过来招待，可是大家各自为政地找座儿，忽前忽后，忽左忽右，离而复散，分而复合，主张不一，而又愿坐在一块儿。直落得二姐口干舌燥，二姥姥连喘带嗽，四狗子咆哮如雷，看座的满头是汗。观众们全忘了看电影，一齐恶声的“吃——”，但是压不下去二姐的指挥口令。二姐在公共场所说话特别响亮，要不怎样是“外场”人呢。

直到看座的电棒中的电已使净，大家才一狠心找到了座。不过，还不能这么马马虎虎地坐下。大家总不能忘了谦恭呀，况且是在公共场所。二姥姥年高有德，当然往里坐。可是二姥姥当着四姨怎肯倚老卖老，四姨是姑奶奶呀；而二姐又是姐姐兼主人；而三舅妈到底是媳妇，而小顺子等是孩子；一部伦理从何处说起？大家打架似的推让，甚至把前后左右的观众都感化得直喊叫老天爷。好容易大家觉得让得已够上相当的程度，一齐坐下。可是小顺的糖还没有买呢！二姐喊卖糖的，真喊得有劲，连卖票的都进来了，以为是卖糖的杀了人。

糖买过了，二姥姥想起一桩大事——还没咳嗽呢。二姥姥一阵咳嗽，惹起二姐的孝心，与四姨三舅妈说起二姥姥的后事来。老人家像二姥姥这样的，是不怕儿女当面讲论自己的后事，而且乐意参加些意见，如“别的都是小事，我就是要个金九连环。也别忘了糊一对童儿！”这一说起来，还有完吗？一桩套着一桩，一件连着一件，说也奇怪，越是在戏馆电影场里，家事越显得复杂。大家刚说到热闹的地方，忽，电灯亮了，人们全往外走。二姐喊卖瓜子的；说起家务要不吃瓜子便不够派儿。看座的过来了，“这场完了，晚场八点才开呢。”

大家只好走吧。一直到二姥姥睡了觉，二姐才想起问三舅妈：“有声电影到底怎么说来着？”三舅妈想了想：“管它呢，反正我没听见。”还是四姨细心，她说她看见一个洋鬼子吸烟，还从鼻子里冒烟呢，“电影是怎样作的，多么巧妙哇，鼻子冒烟，和真的一样，你就说。”大家都赞叹不已。

载 1933 年 11 月《论语》第 29 期

买 彩 票

在我们那村里，抓会赌彩是自古有之。航空奖券，自然的，大受欢迎。头彩五十万，听听！

二姐发起集股合作，首先拿出大洋二角。我自己先算了一卦，上吉，于是拿了四角。

和二姐算计了好大半天，原来还短着九元四才够买一张的。

我和她分头去宣传，五十万，五十万，五十个人分，每人还落一万，二角钱弄一万！

举村若狂，连狗都听熟了“五十万”，凡是说“五十万”的，哪怕是生人，也立刻摇尾而不上前一口把腿咬住。

闹了整一个星期；十元算是凑齐；我是最大的股员。三姥姥才拿了五分，和四姨五姨共同凑了一股；她们还立了一本账簿。

上哪里去买呢？还得算卦。二姐不信任我的诸葛金钱课，花了五大枚请王瞎子占了个马前神课……利东北。

城里有四家代售处；利成记在城之东北；决议，到利成记去买。可是，利成是四家买卖中最小的一号，只卖卷烟煤油，万一把十元拐去，或是卖假券呢！

又送了王瞎子五大枚，重新另占。西北也行，他说；不但是行，他细掐过手指，还比东北好呢！西北是恒祥记，大买卖，二姐出阁时的缎子红被还是那儿买的呢。

谁去买？又是个问题。按说我是头号股员，我应当跑一趟。可是我是属牛的，今年是鸡年，总得找属鸡的，还得是男性，女性丧气。

只有李家小三是鸡年生的，平日那些属鸡的好像都变了，找不着一个。

小三自己去太不放心啊，于是决定另派二员金命的男人妥为保护。挑了吉日，三位进城买票。

票买来了，谁拿着呢？我们村里的合作事业有个特点，谁也不信任谁。经过三天三夜的讨论，还是交给了三姥姥，年高虽不见得必有德，可是到底手脚不利落，不至私自逃跑。

直到开彩那天，大家谁也没睡好觉。以我自己说，得了头彩——还能不是我们得吗？！

——就分两万，这两万怎么花？买处小房，好，房的地点，样式，怎么布置，想了半夜。

不，不买房子，还是做买卖好，于是铺子的地点、形式、种类，怎么赚钱，赚了钱以后怎样发展，又是半夜。

天上的星星，河边的水泡，都看着。清晨的鸟鸣，夜半的虫声，都说着“五十万”。

偶尔睡着，手按在胸上，梦见一堆现洋压在身上，连气也出不得！

特意买了一副骨牌，为是随时打卦。打了坏卦，不算，另打；于是打的都是好卦，财是发准了。

开奖了。报上登出前五彩，没有我们背熟了的那一号。房子，铺子……

随着汗全走了。

等六彩七彩吧，头五奖没有，难道还不中个小六彩？又算了一卦，上吉；六彩是五百，弄几块做件夏布大衫也不坏。

于是一边等着六彩七彩的揭露，一边重读前五彩的号数，替得奖的人们想着怎么花用的方法，未免有些羡妒。

所以想着想着便想到得奖人的乐极生悲，也许被钱烧死；自己没得也好；自然自己得奖也不见得就烧死。无论怎说，心中有点发堵。

六彩七彩也登出来了，还是没咱们的事，这才想起对尾子，连尾子都和我们开玩笑，我们的是个“三”，大奖的偏偏是个“二”。没办法！

二姐和我是发起人呀！三姥姥向我们俩索要她的五分。没法不赔她。赔了她，别人的二角也无意虚掷。

二姐这两天生病，她就是有这个本事，心里一想就会生病。剩下我自己打发大家的二角。

打发完了，二姐的病也好了，我呢，昨天夜里睡得很清甜。

小　病

大病往往离死太近，一想便寒心，总以不患为是。即使承认病死比杀头活埋剥皮等死法光荣些，到底好死不如歹活着。半死不活的味道使盖世的英雄泪下如雨呀。拿死吓唬任何生物是不人道的。大病专会这么吓唬人，理当回避，假若不能扫除净尽。

可是小病便当另作一说了。山上的和尚思凡，比城里的学生要厉害许多。同样，楚霸王不害病则没得可说，一病便了不得。生活是种律动，须有光有影，有左有右，有晴有雨；滋味就含在这变而不猛的曲折里。微微暗些，然后再明起来，则暗得有趣，而明乃更明；且不至明过了度，忽然烧断，如百烛电灯泡然。这个，照直了说，便是小病的作用。常患些小病是必要的。

所谓小病，是在两种小药的能力圈内，阿司匹林与清瘟解毒丸是也。这两种药所不治的病，顶好快去请大夫，或者立下遗嘱，备下棺材，也无所不可，咱们现在讲的是自己能当大夫的“小”病。这种小病，平均每个半月犯一次就挺合适。一年四季，平均犯八次小病，大概不会再患什么重病了。自然也有爱患完小病再患大病的人，那是个人的自由，不在话下。

咱们说的这类小病很有趣。健康是幸福；生活要趣味。所以应当讲说一番：

小病可以增高个人的身份。不管一家大小是靠你吃饭，还是你白吃他们，日久天长，大家总对你冷淡。假若你是挣钱的，你越尽责，人们越挑眼，好像你是条黄狗，见谁都得连忙摆尾；一尾没摆到，即使不便明言，也暗中唾你几口。不大离的你必得病一回，必得！早晨起来，哎呀，头疼！买清瘟解毒丸去，还有阿司匹林吗？不在乎要什么，要的是这个声势，狗的地位提高了不知多少。连懂点事的孩子也要闭眼想想了——这棵树可是倒不得呀！你在这时节可以发散发散狗的苦闷了，卫生的要术。你若是个白吃饭的，这个方法也一样灵验。特别是妈妈与老嫂子，一见你真需要阿司匹林，她们会知道你没得到你所应得的尊敬，必能设法安慰你：去听听戏，或带着孩子们看电影去吧？她们诚意地向你商量，本来你的病是吃小药饼或看电影都可以治好的，可是你的身份高多了呢。在朋友中，社会中，光景也与此略同。

此外，小病两日而能自己治好，是种精神的胜利。人就是别投降给大夫。无论国医西医，一律招惹不得。头疼而去找西医，他因不能断症——你的病本来不算什么——一定嘱告你住院，而后详加检验，发现了你的小脚指头不是好东西，非割去不可。十天之后，头疼确是好了，可是足指剩了九个。国医文明一些，不提小脚指头这一层，而说你气虚，一开便开二十味药，他越摸不清你的脉，越多开药，意在把病吓跑。就是不找大夫。预防大病来临，时时以小病发散之，而小病自己会治，这就等于“吃了萝卜喝热茶，气得大夫满街爬！”

有宜注意者：不当害这种病时，别害。头疼，大则足以失去一个王位，小则能惹出是非。设个小比方：长官约你陪客，你说头疼不去，其结果有不易消化者。怎样利用小病，须在全部生活艺术中搜求出来。看清机会，而后一想象，乃由无病而有病，利莫大焉。

这个，从实际上看，社会上只有一部分人能享受，差不多是一种雅好的奢侈。可是，在一个理想国里，人人应该有这个自由与享受。自然，在理想国内也许有更好的办法；不过，什么办法也不及这个浪漫，这是小品病。

载 1934 年 7 月 5 日《人间世》第七期

割盲肠记

六月初来北碚，和赵清阁先生合写剧本——《桃李春风》。剧本草成，“热气团”就来了，本想回渝，因怕遇暑而止。过午，室中热至百另三四度，乃早五时起床，抓凉儿写小说。原拟写个中篇，约四万字。可是，越写越长，至九月中已得八万余字。秋老虎虽然还很厉害，可是早晚到底有些凉意，遂决定在双十节前后赶出全篇，以便在十月中旬回渝。

有什么样的环境，才有什么样的神经过敏。因为巴蜀“摆子”猖狂，所以我才身上一冷，便马上吃奎宁。同样的，朋友们有许多患盲肠炎的，所以我也就老觉得难免一刀之苦。在九月末旬，我的右胯与肚脐之间的那块地方，开始有点发硬；用手摸，那里有一条小肉岗儿。“坏了！”我自己放了警报：“盲肠炎！”赶紧告诉了朋友们，即使是谎报，多骗取他们一点同情也怪有意思！

朋友们的回答几乎是一致的——神经过敏！我申说部位是对的，并且量给他们看，怎奈他们还不信。我只好以自己的医学知识丰富自慰，别无办法。

过了两天，肚中的硬结依然存在。并且做了个割盲肠的梦！把梦形容给萧伯青兄。他说：恐怕是下意识的警告！第二天夜里，一夜没睡好，硬的地方开始一窝一窝地疼，就好像猛一直腰，把肠子或别处扯动了那样。一定是盲肠炎了！我静候着发烧，呕吐，和上断头台！可是，使我很失望，我并没有发烧，也没有呕吐！到底是怎回事呢？

十月四日，我去找赵清阁先生。她得过此病，一定能确切地指示我。她说，顶好去看看医生。她领我上了江苏医学院的附设医院。很巧，外科刘主任（玄三）正在院里。他马上给我检查。

“是！”刘主任说。

“暂时还不要紧吧？”我问。我想写完了小说和预支了一些稿费的剧本，再来受一刀之苦。

“不忙！慢性的！”刘主任真诚而和蔼地说。他永远真诚，所以绰号人称刘好人。

我高兴了。并非为可以缓期受刑，而是为可以先写完小说与剧本；文艺第一，盲肠次之！

可是，当我告辞的时候，刘主任把我叫住：“看看白细胞吧！”

一位穿白褂子的青年给我刺了“耳朵眼”。验血。结果！一万好几百！刘主任吸了口气：“马上割吧！”我的胸中恶心了一阵，头上出了凉汗。我不怕开刀，可是小说与剧本都急待写成啊！特别是那个剧本，我已预支了三千元的稿费！同时，在顷刻之间，我又想道：白细胞既然很多，想必不妙，为何等着受发烧呕吐等等苦楚来到再受一刀之苦呢？一天不割，便带着一天的心病，何不从早解决呢？

“几时割？”我问。心中很闹得慌，像要吐的样子。

“今天下午！”

随着刘主任，我去交了费，定了房间。

没有吃午饭。托青兄给买了一双新布鞋，因为旧的一双的底子已经有很大的窟窿。心里说：穿新鞋子入医院，也许更能振作一些。

下午一时。自己提着布袋，去找赵先生。二时，她送我入院——她和大夫护士们都熟识。

房间很窄，颇像个棺材。可是，我的心中倒很平静，顺口答音地和大家说笑，护士们来给我打针敷消毒药，腰间围了宽布。诸事齐备，我轻轻地走入手术室，穿着新鞋。

屈着身。吴医生给我的脊梁上打了麻醉针。不很疼。护士长是德州的护士学校毕业的。她还认识我：在她毕业的时候，我正在德州讲演。这已是十年前的事了。她低声地说："舒先生，不怕啊！"我没有怕，我信任西医；况且割盲肠是个小手术。朋友们——老向，萧伯青，萧亦五，清阁，李佩珍……都在窗外"偷"看呢，我更得挣扎着点！

下部全麻了。刘主任进来。吱——腹上还微微觉到疼。"疼啊！"我报告了一声。"不要紧！"刘主任回答。腹里捣开了乱，我猜想：刘主任的手大概是伸进去了。我不再出声。心中什么也不想。我以为这样老实地受刑，盲肠必会因受感动而也许自动地跳出来。

不过，盲肠到底是"盲肠"，不受感动！麻醉的劲儿朝上走，好像用手推着我的胃；胃部烧得非常难过，使我再也不能忍耐。吐了两口。"胃里烧得难过呀！"我喊出来。"忍着点！马上就完！"刘主任说。我又忍着，我听得见刘主任的声音："擦汗！""小肠！""放进去！""拿钩子！""摘眼镜！"……我心里说："坏了！找不到！"我问了："找到没有？"刘主任低切地回答"马上找到！不要出声！"

窗外的朋友们比我还着急："坏了！莫非盲肠已经烂掉？"

我机械的，一会儿一问："找到没有？"而得到的回答只是："莫出声！"

苦了刘主任与助手们，室内没有电灯。两位先生立在小凳上，打着电棒。

夹伤口的先生们，正如打电棒的始终不能休息片刻。整整一个钟头！

一个钟头了，盲肠还未露面！

我的鼻子上来了点怪味。大概是吴医生的声音：“数一二三四！”我数了好几个一二三四，声音相当响亮。末了，口中一噎，就像刮大风在城门洞中喝了一大口风似的我睡过去，生命成了空白。

睁开眼，我恍惚地记得梁实秋先生和伯青兄在屋中呢。其实屋中有好几位朋友，可是我似乎没有看见他们。在这以前，据朋友们告诉我，我已经出过声音，我自己一点也不记得。我的第一声是高声地喊王抗——老向的小男孩。也许是在似醒非醒之中，我看见王抗翻动我的纸笔吧，所以我大声地呼叱他；我完全记不得了。第二次出声是说了一串中学时的同学的外号：老向，范烧饼，闪电手，电话西局……弄得大家都莫名其妙。生命在这时候是一片云雾，在记忆中飘来飘去，偶然露出一两个星星。

再睁眼，我看见刘主任坐在床沿上。我记得问他：“找到没有？割了吗？”这两个问题，在好几个钟头以内始终在我的口中，因为我只记得全身麻醉以前的事。

我忘了我是在病房里，我以为我是在伯青的屋中呢。我问他：“为什么我躺在这儿呢？这里多么窄小啊！”经他解释一番，我才想起我是入了医院。生命中有一段空白，也怪有趣！

一会儿，我清醒；一会儿又昏迷过去。生命像春潮似的一进一退。清醒了，我就问：找到了吗？割去了吗？

口中的味道像刚喝过一加仑汽油，出气的时候，心中舒服；吸气的时候，觉得昏昏沉沉。生命好像悬在这一呼一吸之间。

胃里作烧，脊梁酸痛，右腿不能动，因打过了一瓶盐水。不好受。我急躁，想要跳起来。苦痛而外，又有一种渺茫之感，比苦痛还难受。不管是清醒，还是昏迷着，我老觉得身上丢失了一点东西。猛孤仃的，我用手去摸。像摸钱袋或要物在身边没有那样。摸不到什么，我于失望中想起：噢，我丢失的是一块病。可是，这并不能给我安慰，好像即使是病也不该遗失；生命是全的，丢掉一根毫毛也不行！这时候，自怜与自叹控制住我自己，我觉得生命上有了伤痕，有了亏损！已经一天没吃东西；现在，连开水也不准喝一口——怕引起呕吐而震动伤口。我并不觉得怎样饥渴。胃中与脊梁上难过比饥渴更厉害，可是也还挣扎去忍受。真正恼人的倒是那点渺茫之感。我没想到死，也没祈祷赶快痊愈，我甚至于忘记了赶写小说那回事。我只是飘飘摇摇地感到不安！假若他们把割下的盲肠摆在我的面前，我也许就可以捉到一点什么而安心去睡觉。他们没有这样做。我呢，就把握不到任何实际的东西，而惶惑不安。我失去了自信，不知道自己是干什么呢！因此我烦躁，发脾气，苦了看守我的朋友！

老向，璧如，伯青，齐致贤，席微膺诸兄轮流守夜；李佩珍小姐和萧亦五兄白天亦陪伴。我不知道怎样感激他们才好！医院中的护士不够用，饭食很苦，所以非有人招呼我不可。

体温最高的时候只到三十八度，万幸！虽然如此，我的唇上的皮还干裂得脱落下来，眼底有块青点，很像四眼狗。

最难过的是最初的三天。时间，在苦痛里，是最忍心的；多慢哪！每一分钟都比一天还长！到第四天，一切都换了样子；我又回到真实的世界上来，不再悬挂在梦里。

本应当十天可以出院，可是住了十六天，缝伤口的线粗了一些，不能完全消化在皮肉里；没有化脓，但是汪儿黄水。刘主任把那节不愿永远跟随着我的线抽了出来，腹上张着个小嘴。直到这小嘴完全干结我才出院。

神经过敏也有它的好处。假若我不“听见风就是雨”，而不去检查，一旦爆发，我也许要受很大很大的苦楚。我的盲肠部位不对。不知是何原因，它没在原处，而跑到脐的附近去，所以急得刘主任出了好几身大汗。假若等到它汇了脓再割，岂不很危险？我感谢医生们和朋友们，我似乎也觉得感谢自己的神经过敏！引为遗憾的也有二事:(一)赵清阁先生与我合写的《桃李春风》在渝上演，我未能去看。(二)家眷来渝，我也未能去迎接。我极想看到自己的妻与儿女，可是一度神经过敏教我永远不会粗心大意，我不敢冒险！

载于1944年3月《经纬》第二卷第四期

抬头见喜

对于时节，我向来不特别注意。拿清明说吧，上坟烧纸不必非我去不可，又搭着不常住在家乡，所以每逢看见柳枝发青便晓得快到了清明，或者是已经过去。对重阳也是这样，生平没在九月九登过高，于是重阳和清明一样的没有多大作用。

端阳、中秋、新年，三个大节可不能这么马虎过去。即使我故意躲着它们，账条是不会忘记了我的。也奇怪，一个无名之辈，到了三节会有许多人惦记着，不但来信，送账条，而且要找上门来！

设若故意躲着借款，着急，设计自杀等，而专讲三节的热闹有趣那一面儿，我似乎是最喜爱中秋。“似乎”，因为我实在不敢说准了。幼年时，中秋是个很可喜的节，要不然我怎么还记得清清楚楚那些“兔儿爷”的样子呢？有“兔儿爷”玩，这个节必是过得十二分有劲。可是从另一方面说，至少有三次喝醉是在中秋；酒入愁肠呀！所以说“似乎”最喜爱中秋。

事真凑巧，这三次“非杨贵妃式”的醉酒我还都记得很清楚。那么，就说上一说呀。第一次是在北平，我正住在翊教寺一家公寓里。好友卢嵩庵从柳泉居运来一坛子“竹叶青”。又约来两位朋友——内中有一位是不会喝的——大家就抄起茶碗来。坛子虽大，架不住茶碗一个劲进攻；月亮还没上来，坛子已空。干什么去呢？打牌玩吧。各拿出铜元百枚，约合大洋七角多，因这是古时候的事了。第一把牌将立起来，不晓得——至今还不晓得——我怎么上了床 。牌必是没打成，因为我一睁眼已经红日东升了。

第二次是在天津，和朱荫棠在同福楼吃饭，各饮绿茵陈二两。吃完饭，到一家茶肆去品茗。我朝窗坐着，看见了一轮明月，我就吐了。这回绝不是酒的作用，毛病是在月亮。

第三次是在伦敦。那里的秋月是什么样子，我说不上来——也许根本没有月亮其物。中国工人俱乐部里有多人凑热闹，我和沈刚伯也去喝酒。我们俩喝了两瓶葡萄酒。酒是用葡萄还是葡萄叶儿酿的，不得而知，反正价钱很便宜；我们俩自古至今总没做过财主。喝完，各自回寓所。一上公共汽车，我的脚忽然长了眼睛，专找别人的脚尖去踩。这回可不是月亮的毛病。

对于中秋，大致如此——无论如何也不能说它坏。就此打住。至若端阳，似乎可有可无。粽子，不爱吃。城隍爷现在也不出巡；即使再出巡，大概也没有跟随着走几里路的兴趣。樱桃真是好东西，可惜被黑白桑葚给带累坏了。

新年最热闹，也最没劲，我对它老是冷淡的。自从一记事儿起，家中就似乎很穷。爆竹总是听别人放，我们自己是静寂无哗。记得最真的是家中一张《王羲之换鹅》图。每逢除夕，母亲必把它从个神秘的地方找出来，挂在堂屋里。姑母就给说那个故事；到如今还不十分明白这故事到底有什么意思，只觉得“王羲之”三个字倒很响亮好听。后来入学，读了《兰亭序》，我告诉先生，王羲之是在我的家里。

长大了些，记得有一年的除夕，大概是光绪三十年前的一二年，母亲在院中接神，雪已下了一尺多厚。高香烧起，雪片由漆黑的空中落下，落到火光的圈里，非常白，紧接着飞到火苗的附近，舞出些金光，即行消灭；先下来的灭了，上面又紧跟着下来许多，像一把“太平花”倒放。我还记着这个。我也的确感觉到，那年的神仙一定是真由天上回到世间。

中学的时期是最忧郁的，四五个新年中只记得一个，最凄凉的一个。那是头一次改用阳历，旧历的除夕必须回学校去，不准请假。姑母刚死两个多月，她和我们同住了三十年的样子。她有时候很厉害，但大体上说，她很爱我。哥哥当差，不能回来。家中只剩母亲一人。我在四点多钟回到家中，母亲并没有把“王羲之”找出来。吃过晚饭，我不能不告诉母亲了——我还得回校。她愣了半天，没说什么。我慢慢地走出去，她跟着走到街门。摸着袋中的几个铜子，我不知道走了多少时候，才走到学校。路上必是很热闹，可是我并没看见，我似乎失了感觉。到了学校，学监先生正在学监室门口站着。他先问我:“回来了？”我行了个礼。他点了点头，笑着叫了我一声，“你还回去吧。”这一笑，永远印在我心中。假如我将来死后能入天堂，我必把这一笑带给上帝去看。

我好像没走就又到了家，母亲正对着一支红烛坐着呢。她的泪不轻易落，她又慈善又刚强。见我回来了，她脸上有了笑容，拿出一个细草纸包儿来:“给你买的杂拌儿，刚才一忙，也忘了给你。”母子好像有千言万语，只是没精神说。早早地就睡了。母亲也没精神。

中学毕业以后，新年，除了为还债着急，似乎已和我不发生关系。我在哪里，除夕便由我照管着哪里。别人都回家去过年，我老是早早关上门，在床上听着爆竹响。平日我也好吃个嘴儿，到了新年反倒想不起弄点什么吃，连酒也不喝。在爆竹稍静了些的时节，我老看见些过去的苦境。可是我既不落泪，也不狂歌，我只静静地躺着。躺着躺着，多咱烛光在壁上幻出一个“抬头见喜”，那就快睡去了。

开市大吉

我，老王和老邱，凑了点钱，开了个小医院。老王的夫人做护士主任，她本是由看护而高升为医生太太的。老邱的岳父是庶务兼会计。我和老王是这么打算好，假如老丈人报花账或是携款潜逃的话，我们俩就揍老邱；合着老邱是老丈人的保证金。我和老王是一党，老邱是我们后约的，我们俩总得防备他一下。办什么事，不拘多少人，总得分个党派，留个心眼。不然，看着便不大像回事儿。加上王太太，我们是三个打一个，假如必须打老邱的话。老丈人自然是帮助老邱喽，可是他年岁大了，有王太太一个人就可把他的胡子扯净了。老邱的本事可真是不错，不说屈心的话。他是专门割痔疮，手术非常漂亮，所以请他合作。不过他要是找揍的话，我们也不便太厚道了。

我治内科，老王花柳，老邱专门痔漏兼外科，王太太是看护士主任兼产科，合着我们一共有四科。我们内科，老老实实地讲，是地道二五八。一分钱一分货，我们的内科收费可少呢。要敲是敲花柳与痔疮，老王和老邱是我们的希望。我和王太太不过是配搭，她就根本不是大夫，对于生产的经验她有一些，因为她自己生过两个小孩。至于接生的手术，反正我有太太决不叫她接生。

可是我们得设产科，产科是最有利的。只要顺顺当当地产下来，至少也得住十天半月的；稀粥烂饭地对付着，住一天拿一天的钱。要是不顺顺当当地生产呢，那看事做事，临时再想主意。活人还能叫尿憋死？

我们开了张。“大众医院”四个字在大小报纸已登了一个半月。名字起得好——办什么赚钱的事儿，在这个年月，就是别忘了“大众”。不赚大众的钱，赚谁的？这不是真情实理吗？自然在广告上我们没这么说，因为大众不爱听实话的；我们说的是：“为大众而牺牲，为同胞谋幸福。一切科学化，一切平民化，沟通中西医术，打破阶级思想。”真花了不少广告费，本钱是得下一些的。把大众招来以后，再慢慢收拾他们。专就广告上看，谁也不知道我们的医院有多么大。院图是三层大楼，那是借用近邻转运公司的相片，我们一共只有六间平房。

我们开张了。门诊施诊一个星期，人来的不少，还真是“大众”，我挑着那稍像点样子的都给了点各色的苏打水，不管害的是什么病。这样，延迟过一星期好正式收费呀；那真正老号的大众就干脆连苏打水也不给，我告诉他们回家洗洗脸再来，一脸的滋泥，吃药也是白搭。

忙了一天，晚上我们开了紧急会议，专替大众不行啊，得设法找“二众”。我们都后悔了，不该叫“大众医院”。有大众而没贵族，由哪儿发财去？医院不是煤油公司啊，早知道还不如干脆叫“贵族医院”呢。老邱把刀子沾了多少回消毒水，一个割痔疮的也没来！长痔疮的阔佬谁能上“大众医院”来割？

老王出了主意：明天包一辆能驶的汽车，我们轮流地跑几趟，把二姥姥接来也好，把三舅母装来也行。一到门口看护赶紧往里搀，接上这么三四十趟，四邻的人们当然得佩服我们。

我们都很佩服老王。

“再赁几辆不能驶的，”老王接着说。

“干吗？”我问。

“和汽车行商量借给咱们几辆正在修理的车，在医院门口放一天。一会儿叫咕嘟一阵。上咱们这儿看病的人老听外面咕嘟咕嘟地响，不知道咱们又来了多少坐汽车的。外面的人呢，老看着咱们的门口有一队汽车，还不唬住？”

我们照计而行，第二天把亲戚们接了来，给他们碗茶喝，又给送走。两个女看护是见一个搀一个，出来进去，一天没住脚。那几辆不能活动而能咕嘟的车由一天亮就运来了，五分钟一阵，轮流咕嘟，刚一出太阳就围上一群小孩。我们给汽车队照了个像，托人给登晚报。老邱的丈人作了篇八股，形容汽车往来的盛况。当天晚上我们都没能吃饭，车咕嘟得太厉害了，大家都有点头晕。

不能不佩服老王，第三天刚一开门，汽车，进来位军官。老王急于出去迎接，忘了屋门是那么矮，头上碰了个大包。花柳；老王顾不得头上的包了，脸笑得一朵玫瑰似的，似乎再碰它七八个包也没大关系。三言五语，卖了一针六〇六。我们的两位女看护给军官解开制服，然后四只白手扶着他的胳臂，王太太过来先用小胖食指在针穴轻轻点了两下，然后老王才给用针。军官不知道东西南北了，看着看护一个劲儿说：“得劲！得劲！得劲！”我在旁边说了话，再给他一针。老邱也是福至心灵，早预备好了——香片茶加了点盐。老王叫看护扶着军官的胳臂，王太太又过来用小胖食指点了点，一针香片下去了。军官还说得劲，老王这回是自动的又给了他一针龙井。我们的医院里吃茶是讲究的，老是香片龙井两着沏。两针茶，一针六〇六，我们收了他二十五块钱。本来应当是十元一针，因为三针，减收五元。我们告诉他还得接着来，有十次管保除根。反正我们有的是茶，我心里说。

把钱交了，军官还舍不得走，老王和我开始跟他瞎扯，我就夸奖他的不瞒着病——有花柳，赶快治，到我们这里来治，准保没危险。花柳是伟人病，正大光明，有病就治，几针六〇六，完了，什么事也没有。就怕像铺子里的小伙计，或是中学的学生，得了病藏藏掩掩，偷偷地去找老虎大夫，或是袖口来袖口去买私药——广告专贴在公共厕所里，非糟不可。军官非常赞同我的话，告诉我他已上过二十多次医院。不过哪一回也没有这一回舒服。我没往下接碴儿。

老王接过去，花柳根本就不算病，自要勤扎点六〇六。军官非常赞同老王的话，并且有事实为证——他老是不等完全好了便又接着去逛；反正再扎几针就是了。老王非常赞同军官的话，并且愿拉个主顾，军官要是长期扎扎的话，他愿减收一半药费：五块钱一针。包月也行，一月一百块钱，不论扎多少针。军官非常赞同这个主意，可是每次得照着今天的样子办，我们都没言语，可是笑着点了点头。

军官汽车刚开走，迎头来了一辆，四个丫鬟搀下一位太太来。一下车，五张嘴一齐问：有特别房没有？我推开一个丫鬟，轻轻地托住太太的手腕，搀到小院中。我指着转运公司的楼房说："那边的特别室都住满了。您还算得凑巧，这里——我指着我们的几间小房说——还有两间头等房，您暂时将就一下吧。其实这两间比楼上还舒服，省得楼上楼下的跑，是不是，老太太？"

老太太的第一句话就叫我心中开了一朵花："唉，这还像个大夫——病人不为舒服，上医院来干吗？东生医院那群大夫，简直不是人！"

"老太太，您上过东生医院？"我非常惊异地问。

"刚由那里来，那群王八羔子！"

乘着她骂东生医院——凭良心说，这是我们这里最大最好的医院——我把她搀到小屋里，我知道，我要是不引着她骂东生医院，她决不会住这间小屋，"您在那儿住了几天？"我问。

"两天，两天就差点要了我的命！"老太太坐在小床上。

我直用腿顶着床沿，我们的病床都好，就是上了点年纪，爱倒。“怎么上那儿去了呢？”我的嘴不敢闲着，不然，老太太一定会注意到我的腿的。

“别提了！一提就气我个倒仰。你看，大夫，我害的是胃病，他们不给我东西吃！”老太太的泪直要落下来。

“不给您东西吃？”我的眼都瞪圆了。“有胃病不给东西吃？蒙古大夫！就凭您这个年纪？老太太您有八十了吧？”

老太太的泪立刻收回去许多，微微地笑着：“还小呢。刚五十八岁。”

“和我的母亲同岁，她也是有时候害胃口疼！”我抹了抹眼睛。“老太太，您就在这儿住吧，我准把那点病治好了。这个病全仗着好保养，想吃什么就吃：吃下去，心里一舒服，病就减去几分，是不是，老太太？”

老太太的泪又回来了，这回是因为感激我：“大夫，你看，我专爱吃点硬的，他们偏叫我喝粥，这不是故意气我吗？”

“您的牙口好，正应当吃口硬的呀！”我郑重地说。

“我是一会儿一饿，他们非到时候不准我吃！”

“糊涂东西们！”

“半夜里我刚睡好，他们把小玻璃棍放在我嘴里，试什么度。”

“不知好歹！”

“我要便盆，那些看护说，等一等，大夫就来，等大夫查过病去再说！”

“该死的玩意儿！”

“我刚挣扎着坐起来，看护说，躺下。”

“讨厌的东西！”

我和老太太越说越投缘，就是我们的屋子再小一点，大概她也不走了。索性我也不再用腿顶着床了，即使床倒了，她也能原谅。

“你们这里也有看护呀？”老太太问。

“有，可是没关系，”我笑着说。“您不是带来四个丫鬟吗？叫她们也都住院就结了。您自己的人当然伺候得周到，我干脆不叫看护们过来，好不好？”

“那敢情好啦，有地方呀？”老太太好像有点过意不去了。

“有地方，您干脆包了这个小院吧。四个丫鬟之外，不妨再叫个厨子来，您爱吃什么吃什么。我只算您一个人的钱，丫鬟厨子都白住，就算您五十块钱一天。”

老太太叹了口气：“钱多少的没有关系，就这么办吧。春香，你回家去把厨子叫来，告诉他就手儿带两只鸭子来。”

我后悔了：怎么才要五十块钱呢？真想抽自己一顿嘴巴！幸而我没说药费在内；好吧，在药费上找齐儿就是了；反正看这个来头，这位老太太至少有一个儿子当过师长。况且，她要是天天吃火烧夹烤鸭，大概不会三五天就出院，事情也得往长里看。

医院很有个样子了：四个丫鬟穿梭似的跑出跑入，厨师傅在院中墙根砌起一座炉灶，好像是要办喜事似的。我们也不客气，老太太的果子随便拿起就尝，全鸭子也吃它几块。始终就没人想起给她看病，因为注意力全用在看她买来什么好吃食。

老王和我总算开了张，老邱可有点挂不住了。他手里老拿着刀子。我都直躲他，恐怕他拿我试试手。老王直劝他不要着急，可是他太好胜，非也给医院弄个几十块不甘心。我佩服他这种精神。

吃过午饭，来了！割痔疮的！四十多岁，胖胖的，肚子很大。王太太以为他是来生小孩，后来看清他是男性，才把他让给老邱。老邱的眼睛都红了。三言五语，老邱的刀子便下去了。四十多岁的小胖子疼得直叫唤，央告老邱用点麻药。老邱可有了话：

“咱们没讲下用麻药哇！用也行，外加十块钱。用不用？快着！”

小胖子连头也没敢摇。老邱给他上了麻药。又是一刀，又停住了:“我说，你这可有管子，刚才咱们可没讲下割管子。还往下割不割？往下割的话，外加三十块钱。不的话，这就算完了。”

我在一旁，暗伸大拇指，真有老邱的！拿住了往下敲，是个办法！

四十多岁的小胖子没有驳回，我算计着他也不能驳回。老邱的手术漂亮，话也说得脆，一边割管子一边宣传:“我告诉你，这点事儿值得你二百块钱；不过，我们不敲人；治好了只求你给传传名。赶明天你有工夫的时候，不妨来看看。我这些家伙用四万五千倍的显微镜照，照不出半点微生物！”

胖子一声也没出，也许是气糊涂了。

老邱又弄了五十块。当天晚上我们打了点酒，托老太太的厨子给做了几样菜。菜的材料多一半是利用老太太的。一边吃一边讨论我们的事业，我们决定添设打胎和戒烟。老王主张暗中宣传检查身体，凡是要考学校或保寿险的，哪怕已经做下寿衣，预备下棺材，我们也把体格表填写得好好的；只要交五元的检查费就行。这一案也没费事就通过了。老邱的老丈人最后建议，我们匀出几块钱,自己挂块匾。老人出老办法。可是总算有心爱护我们的医院，我们也就没反对。老丈人已把匾文拟好——仁心仁术。陈腐一点，不过也还恰当。我们议决，第二天早晨由老丈人上早市去找块旧匾。王太太说，把匾油饰好，等门口有过娶媳妇的，借着人家的乐队吹打的时候，我们就挂匾。到底妇女的心细，老王特别显得骄傲。

立 秋 后

去年来青岛，已是秋天。秋水秋山，红楼黄叶，自是另一番风味；虽未有见到夏日的热闹，可是秋夜听潮，或海岸独坐，亦足畅怀。

秋去冬来，野风横吹，湿冷入骨；日落以后，市上海滨俱少行人；未免觉得寂苦。

春到甚迟，直到樱花开了，才能撤去火炉，户外活动渐渐增多，可是春假里除了崂山旅行，也还想不出更好的办法。

六七月之间才真看到青岛的光荣，尤其是初次看到，更觉得有点了不得。可是一两星期过去，又仿佛没有什么了：士女是为避暑而来，自然表现着许多洋习气，以言文化，乃在蔻丹指甲与新奇浴衣之间，所谓浪漫，亦不过买票跳舞，喝冷咖啡而已。闭户休息，寂寞不减于冬令，自叹命薄福浅！

有一件事是可喜的，即夏日有会友的机会。别已二年五载，忽然相值，相与话旧，真一乐事。再说呢，一向糊口四方，到处受友人的招待，今则反客为主，略尽地主之谊，也能更明白些交友的道理。况且此地是世外桃源，平日少见寡闻，于今各处朋友带来各处消息，心泉渐活，又回到人间，不复梦梦。

立秋以后，别处天气渐凉，此地反倒热起来；朋友们逐渐走去，车站码头送别，“明夏再来呀！”能不黯然销魂！

载 1935 年 8 月 18 日青岛《民报》

暑中杂谈二则

一　檐滴

冰雹、狂风、炮火，自然是可怕的。不过，有些东西原不足畏，却也会欺侮人，比如檐滴。大雨的时候，檐溜急流，我们自会躲在屋内，不受它们的浇灌。赶到雨已停止，特别是天上出了虹彩的时候，总要到院中看看。你出去吧，刚把脚放在阶上，不偏不斜，一个檐滴准敲在你的头顶上。正在发旋那块，因为那儿露着的头皮多一些。贾波林在影戏里才用酒瓶打人那块，檐滴也会这一招，而且不必是在影戏里。设若你把脖伸长了些，檐滴就更得手：你要是瘦子，它准落在脖子正中那个骨头上，溅起无数的水星；你要是胖子，它必会滴在那个肉褶上，而后往左右流，成一道小河，擦都费事。这自然不疼不痒，可是叫人别扭。它欺侮人。你以为雨已过去好久，可以平安无事了，哼，偏有那么一滴等着你呢！晚出来一步，或早出来一步，都可以没事；它使你相信了命运，活该挨这一下敲，挨完了敲，还是没地方诉冤。你不能骂房檐一顿；也不能打那滴水，它是在你的脖子上。你没办法。

二　留声机

北方一年只有几天连阴，好像个节令似的过着。院中或院外有了不易得的积水，小孩，甚至于大人，都要去蹚一蹚；摔在泥塘里也是有的。门外卖果子的特别的要大价，街上的洋车很少而奇贵，连医院里也冷冷清清的，下大雨病也得休息。家里须过阴天，什么老太太斗个纸牌，什么大姑娘用凤仙花泥染染指甲，什么小胖小子要煮些毛豆角儿。这都很有趣。可也有时候不尽这样和平，“阴天打孩子，闲着也是闲着”，就是雨战的一种。讲到摩登的事儿，留声机是阴天的骄子，既是没事可做，《小放牛》唱一百遍也不算多；唱片又不是蘑菇，下阵雨就往外长新的，只好翻过来掉过去地唱那所有的几片。这是种享受，也是种惩罚——《小放牛》唱到一百遍也能使人想起上吊，不是吗？

二姐借来个留声机，只有五张戏片。头一天还怪好，一家大小都哼唧着，很有个礼乐之邦的情调。第二天就有咧嘴的了，“换个样儿行不行？”可是也还没有打起来，要不怎说音乐足以陶冶性情呢。第三天——雨更大了——时局可不妙，有起誓的了。但留声机依旧地转着，有的人想把歌儿背过来，一张连唱二三十次，并且是把耳朵放在机旁，唯恐走了一点音。起誓的和学歌的就不能不打起来了。据近邻王老太太看呢，打起来也比再唱强，到底是换换样儿呀。

一起打，差点把留声机碰掉下来，虽然没碰掉，也不怎么把那个“节音机”给碰动了，针儿碰到“慢”那边去。我也不晓得这个小针叫什么，反正就是那个使唱片加快或减速度的玩意，大概你比我明白。我家里对于摩登事儿太落伍。我还算是晓得这个针儿——不管它姓什么吧——的作用。二姐连这个都不知道。第四天，雨大邪了，一阵一个海，干什么去呢？还得唱。机器转开了，声音像憋住气的牛，不唱，慢慢地；片子不转，晃悠。上了一片，了有半小时，大家都落了泪。二姐不叫再唱了："别唱了，等晴天再说吧。阴天返潮，连话匣子都皮了！"于是留声机暂行休息。我没那个工夫告诉他们拨拨那个针，不愿意再打架。

载 1934 年 9 月 1 日《论语》第 48 期

北京的春节

按照北京的老规矩，过农历的新年（春节），差不多在腊月的初旬就开头了。“腊七腊八，冻死寒鸦”，这是一年里最冷的时候。可是，到了严冬，不久便是春天，所以人们并不因为寒冷而减少过年与迎春的热情。在腊八那天，人家里，寺观里，都熬腊八粥。这种特制的粥是祭祖祭神的，可是细一想，它倒是农业社会的一种自傲的表现——这种粥是用所有的各种的米，各种的豆，与各种的干果（杏仁、核桃仁、瓜子、荔枝肉、莲子、花生米、葡萄干、菱角米……）熬成的。这不是粥，而是小型的农业展览会。

腊八这天还要泡腊八蒜。把蒜瓣在这天放到高醋里，封起来，为过年吃饺子用的。到年底，蒜泡得色如翡翠，而醋也有了些辣味，色味双美，使人要多吃几个饺子。在北京，过年时，家家吃饺子。

从腊八起，铺户中就加紧的上年货，街上加多了货摊子——卖春联的、卖年画的、卖蜜供的、卖水仙花的等等都是只在这一季节才会出现的。这些赶年的摊子都教儿童们的心跳得特别快一些。在胡同里，吆喝的声音也比平时更多更复杂起来，其中也有仅在腊月才出现的，像卖宪书的、松枝的、薏仁米的、年糕的等等。

在有皇帝的时候，学童们到腊月十九日就不上学了，放年假一月。儿童们准备过年,差不多第一件事是买杂拌儿。这是用各种干果(花生、胶枣、榛子、栗子等) 与蜜饯掺和成的，普通的带皮，高级的没有皮——例如：普通的用带皮的榛子，高级的用榛瓤儿。儿童们喜吃这些零七八碎儿，即使没有饺子吃，也必须买杂拌儿。他们的第二件大事是买爆竹，特别是男孩子们。恐怕第三件事才是买玩意儿——风筝、空竹、口琴等——和年画儿。

儿童们忙乱，大人们也紧张。他们须预备过年吃的使的喝的一切。他们也必须给儿童赶快做新鞋新衣，好在新年时显出万象更新的气象。

二十三日过小年，差不多就是过新年的“彩排”。在旧社会里，这天晚上家家祭灶王，从一擦黑儿鞭炮就响起来，随着炮声把灶王的纸像焚化，美其名叫送灶王上天。在前几天，街上就有多少多少卖麦芽糖与江米糖的，糖形或为长方块或为大小瓜形。按旧日的说法：用糖粘住灶王的嘴，他到了天上就不会向玉皇报告家庭中的坏事了。现在，还有卖糖的，但是只由大家享用，并不再粘灶王的嘴了。

过了二十三，大家就更忙起来，新年眨眼就到了啊。在除夕以前，家家必须把春联贴好，必须大扫除一次，名曰扫房。必须把肉、鸡、鱼、青菜、年糕什么的都预备充足，至少足够吃用一个星期的——按老习惯，铺户多数关五天门，到正月初六才开张。假若不预备下几天的吃食，临时不容易补充。还有，旧社会里的老妈妈论，讲究在除夕把一切该切出来的东西都切出来，省得在正月初一到初五再动刀，动刀剪是不吉利的。这含有迷信的意思，不过它也表现了我们确是爱和平的人，在一岁之首连切菜刀都不愿动一动。

除夕真热闹。家家赶做年菜，到处是酒肉的香味。老少男女都穿起新衣，门外贴好红红的对联，屋里贴好各色的年画，哪一家都灯火通宵，不许间断，炮声日夜不绝。在外边做事的人，除非万不得已，必定赶回家来，吃团圆饭，祭祖。这一夜，除了很小的孩子，没有什么人睡觉，而都要守岁。

元旦的光景与除夕截然不同：除夕，街上挤满了人；元旦，铺户都上着板子，门前堆着昨夜燃放的爆竹纸皮，全城都在休息。

男人们在午前就出动，到亲戚家，朋友家去拜年。女人们在家中接待客人。同时，城内城外有许多寺院开放，任人游览，小贩们在庙外摆摊，卖茶、食品和各种玩具。北城外的大钟寺、西城外的白云观、南城的火神庙（厂甸）是最有名的。可是，开庙最初的两三天，并不十分热闹，因为人们还正忙着彼此贺年，无暇及此。到了初五六，庙会开始风光起来，小孩们特别热心去逛，为的是到城外看看野景，可以骑毛驴，还能买到那些新年特有的玩具。白云观外的广场上有赛轿车赛马的；在老年间，据说还有赛骆驼的。这些比赛并不争取谁第一谁第二，而是在观众面前表演骡马与骑者的美好姿态与技能。

多数的铺户在初六开张，又放鞭炮，从天亮到清早，全城的炮声不绝。虽然开了张，可是除了卖吃食与其他重要日用品的铺子，大家并不很忙，铺中的伙计们还可以轮流着去逛庙、逛天桥和听戏。

元宵（汤圆）上市，新年的高潮到了——元宵节（从正月十三到十七）。除夕是热闹的，可是没有月光；元宵节呢，恰好是明月当空。元旦是体面的，家家门前贴着鲜红的春联，人们穿着新衣裳，可是它还不够美。元宵节，处处悬灯结彩，整条的大街像是办喜事，火炽而美丽。有名的老铺都要挂出几百盏灯来，有的一律是玻璃的，有的清一色是牛角的，有的都是纱灯；有的各形各色，有的通通彩绘全部《红楼梦》或《水浒传》故事。这，在当年，也就是一种广告；灯一悬起，任何人都可以进到铺中参观；晚间灯中都点上烛，观者就更多。这广告可不庸俗。干果店在灯节还要做一批杂拌儿生意，所以每每独出心裁的，制成各样的冰灯，或用麦苗做成一两条碧绿的长龙，把顾客招来。

除了悬灯，广场上还放花盒。在城隍庙里并且燃起火判，火舌由判官的泥像的口、耳、鼻、眼中伸吐出来。公园里放起天灯，像巨星似的飞到天空。

男男女女都出来踏月、看灯、看焰火；街上的人拥挤不动。在旧社会里，女人们轻易不出门，她们可以在灯节里得到些自由。

小孩子们买各种花炮燃放，即使不跑到街上去淘气，在家中照样能有声有光地玩耍。家中也有灯：走马灯——原始的电影——宫灯、各形各色的纸灯，还有纱灯，里面有小铃，到时候就叮叮地响。大家还必须吃汤圆呀。这的确是美好快乐的日子。

一眨眼，到了残灯末庙，学生该去上学，大人又去照常做事，新年在正月十九结束了。腊月和正月，在农村社会里正是大家最闲在的时候，而猪牛羊等也正长成，所以大家要杀猪宰羊，酬劳一年的辛苦。过了灯节，天气转暖，大家就又去忙着干活了。北京虽是城市，可是它也跟着农村社会一齐过年，而且过得分外热闹。

在旧社会里，过年是与迷信分不开的。腊八粥，关东糖，除夕的饺子，都须先去供佛，而后人们再享用。除夕要接神；大年初二要祭财神，吃元宝汤（馄饨），而且有的人要到财神庙去借纸元宝，抢烧头股香。正月初八要给老人们顺星、祈寿。因此那时候最大的一笔浪费是买香蜡纸马的钱。现在，大家都不迷信了，也就省下这笔开销，用到有用的地方去。特别值得提到的是现在的儿童只快活的过年，而不受那迷信的熏染，他们只有快乐，而没有恐惧——怕神怕鬼。也许，现在过年没有以前那么热闹了，可是多么清醒健康呢。以前，人们过年是托神鬼的庇佑，现在是大家劳动终岁，大家也应当快乐地过节。

（原载 1951 年 1 月《新观察》第 2 卷第 2 期）

我的几个房东

——留英回忆之二

初到伦敦，经艾温士教授的介绍，住在了离“城”有十多英里的一个人家里。房主人是两位老姑娘。大姑娘有点傻气，腿上常闹湿气，所以身心都不大有用。家务统由妹妹操持，她勤苦诚实，且受过相当的教育。

她们的父亲是开面包房的，死后，把面包房给了儿子，给二女一人一处小房子。她们卖出一所，把钱存在银行生息。其余的一所，就由她们合住。妹妹本可以去做，也真做过，家庭教师。可是因为姐姐需人照管，所以不出去做事，而把楼上的两间屋子租给单身的男人，进些租金。这给妹妹许多工作，她得给大家做早餐晚饭，得上街买东西，得收拾房间，得给大家洗小衣裳，得记账。这些，已足使任何一个女子累得喘不过气来。可是她于这些工作外，还得答复朋友的信，读一两段圣经，和做些针线。

她这种勤苦忠诚，倒还不是我所佩服的。我真佩服她那点独立的精神。她的哥开着面包房，到圣诞节才送给妹妹一块大鸡蛋糕！她决不去求他的帮助，就是对那一块大鸡蛋糕，她也马上还礼，送给她哥一点有用的小物件。当我快回国时去看她，她的背已很弯，发也有些白的了。

自然，这种独立的精神是由资本主义的社会制度逼出来的，可是，我到底不能不佩服她。

在她那里住过一冬，我搬到伦敦的西部去。这回是与一个叫艾支顿的合租一层楼。所以事实上我所要说的是这个艾支顿——称他为二房东都勉强一些——而不是真正的房东。我与他一气在那里住了三年。

这个人的父亲是牧师，他自己可不信宗教。当他很年轻的时候，他和一个女子由家中逃出来，在伦敦结了婚，生了三四个小孩。他有相当的聪明，好读书。专就文字方面上说，他会拉丁文、希腊文、德文、法文，程度都不坏。英文，他写得非常漂亮。他做过一两本讲教育的书，即使内容上不怎样，他的文字之美是公认的事实。我愿意同他住在一起，差不多是为学些地道好英文。在大战时，他去投军。因为心脏弱，报不上名。他硬挤了进去。见到了军官，凭他的谈吐与学识，自然不会被叉去帐外。一来二去，他升到中校，差不多等于中国的旅长了。

战后，他拿了一笔不小的遣散费，回到伦敦，重整旧业，他又去教书。为充实学识，还到过维也纳听弗洛伊德的心理学。后来就在牛津的补习学校教书。这个学校是为工人们预备的，仿佛有点像国内的暑期学校，不过目的不在补习升学的功课。做这种学校的教员，自然没有什么地位，可是实利上并不坏：一年只做半年的事，薪水也并不很低。这个，大概是他的黄金“时代”。以身份言，中校；以学识言，有著作；以生活言，有个清闲舒服的事情。

也正是在这个时候，他和一位美国女子发生了恋爱。她出自名家，有硕士的学位。来伦敦游玩，遇上了他。她的学识正好补足他的，她是学经济的；他在补习学校演讲关于经济的问题，她就给他预备稿子。

他的夫人告了。离婚案刚一提到法庭，补习学校便免了他的职。这种案子在牛津与剑桥还是闹不得的！离婚案成立，他得到自由，但须按月供给夫人一些钱。

在我遇到他的时候，他正极狼狈。自己没有事，除了夫妇的花销，还得供给原配。幸而硕士找到了事，两份儿家都由她支持着。他空有学问，找不到事。可是两家的感情渐渐地改善，两位夫人见了面，他每月给第一位夫人送钱也是亲自去，他的女儿也肯来找他。这个，可救不了穷。穷，他还很会花钱。做过几年军官，他挥霍惯了。钱一到他手里便不会老实。他爱买书，爱吸好烟，有时候还得喝一盅。我在东方学院遇见了他，他到那里学华语；不知他怎么弄到手里几镑钱。便出了这个主意。见到我，他说彼此交换知识，我多教他些中文，他教我些英文，岂不甚好？为学习的方便，顶好是住在一处，假若我出房钱，他就供给我饭食。我点了头，他便找了房。

艾支顿夫人真可怜。她早晨起来，便得做好早饭。吃完，她急忙去做工，拼命地追公共汽车；永远不等车站稳就跳上去，有时把腿碰得紫里蒿青。五点下工，又得给我们做晚饭。她的烹调本事不算高明，我俩一有点不爱吃的表示，她便立刻泪在眼眶里转。有时候，艾支顿卖了一本旧书或一张画，手中攥着点钱，笑着请我们出去吃一顿。有时候我看她太疲乏了，就请他俩吃顿中国饭。在这种时节，她喜欢得像小孩子似的。

他的朋友多数和他的情形差不多。我还记得几位：有一位是个年轻的工人，谈吐很好，可是时常失业，一点也不是他的错儿，怎奈工厂时开时闭。他自然的是个社会主义者，每逢来看艾支顿，他俩便粗着脖子红着脸地争辩。艾支顿也很有口才，不过与其说他是为政治主张而争辩，还不如说是为争辩而争辩。还有一位小老头也常来，他顶可爱。德文、意大利文、西班牙文，他都能读能写能讲，但是找不到事做；闲着没事，他只为一家瓷砖厂吆喝买卖，拿一点扣头。另一位老者，常上我们这一带来给人家擦玻璃，也是我们的朋友。这个老头是位博士。赶上我们在家，他便一边擦着玻璃，一边和我们讨论文学与哲学。孔子的哲学，泰戈尔的诗，他都读过，不用说西方的作家了。

只提这么三位吧，在他们的身上使我感到工商资本主义的社会的崩溃与罪恶。他们都有知识，有能力，可是被那个社会制度捆住了手，使他们抓不到面包。成千论万的人是这样，而且有远不及他们三个的！找个事情真比登天还难！

艾支顿一直闲了三年。我们那层楼的租约是三年为限。住满了，房东要加租，我们就分离开，因为再找那样便宜，和恰好够三个人住的房子，是大不容易的。虽然不在一块儿住了，可是还时常见面。艾支顿只要手里有够看电影的钱，便立刻打电话请我去看电影。即使一个礼拜，他的手中彻底的空空如也，他也会约我到家里去吃一顿饭。自然，我去的时候也老给他们买些东西。这一点上，他不像普通的英国人，他好请朋友，也很坦然的接受朋友的约请与馈赠。有许多地方，他都带出点浪漫劲儿，但他到底是个英国人，不能完全放弃绅士的气派。

直到我回国的时机，他才找到了事——在一家大书局里做顾问，荐举大陆上与美国的书籍，经书局核准，他再找人去翻译或——若是美国的书——出英国版。我离开英国后，听说他已被那个书局聘为编辑员。

离开他们夫妇，我住了半年的公寓，不便细说；房东与房客除了交租金时见一面，没有一点别的关系。在公寓里，晚饭得出去吃，既费钱，又麻烦，所以我又去找房间。这回是在伦敦南部找到一间房子，房东是老夫妇，带着个女儿。

这个老头儿——达尔曼先生——是干什么的，至今我还不清楚。一来我只在那儿住了半年，二来英国人不喜欢谈私事，三来达尔曼先生不爱说话，所以我始终没得机会打听。偶尔由老夫妇谈话中听到一两句，仿佛他是木器行的，专给人家设计做家具。他身边常带着尺。但是我不敢说肯定的话。

半年的工夫，我听熟了他三段话——他不大爱说话，但是一高兴就离不开这三段，像留声机片似的，永远不改。第一段是贵族巴来，由非洲弄来的钻石，一小铁筒一小铁筒的！每一块上都有个记号！第二段是他做过两次陪审员，非常光荣！第三段是大战时，一个伤兵没能给一个军官行礼，被军官打了一拳。及至看明了那是个伤兵，军官跑得比兔子还快；不然的话，非教街上的给打死不可！

除了这三段而外，假若他还有什么说的，便是重述《晨报》上的消息与意见。凡是《晨报》所说的都对！

这个老头儿是地道英国的小市民，有房，有点积蓄，勤苦，干净，什么也不知道，只晓得自己的工作是神圣的，英国人是世界上最好的人。

达尔曼太太是女性的达尔曼先生，她的意见不但得自《晨报》，而且是由达尔曼先生口中念出的那几段《晨报》，她没工夫自己去看报。

达尔曼姑娘只看《晨报》上的广告。有一回，或者是因为看我老拿着本书，她向我借一本小说。随手的我给了她一本威尔思的幽默故事。念了一段，她的脸都气紫了！我赶紧出去在报摊上给她找了本六个便士的罗曼史[1]，内容大概是一个女招待嫁了个男招待，后来才发现这个男招待是位伯爵的承继人。这本小书使她对我又有了笑脸。

她没事做，所以在分类广告上登了一小段广告——教授跳舞。她的技术如何，我不晓得，不过她声明愿减收半费教给我的时候，我没出声。把知识变成金钱，是她，和一切小市民的格言。

她有点苦闷，没有男朋友约她出去玩耍，往往吃完晚饭便假装头疼，跑到楼上去睡觉。婚姻问题在那经济不景气的国度里，真是个没法办的问题。我看她恐怕要窝在家里！“房东太太的女儿”往往成为留学生的夫人，这是留什么外史一类小说的好材料；其实，里面的意义并不止是留学生的荒唐呀。

[1] “romance”的音译，即“爱情小说”。

第四章

人间烟火，最抚人心

人，即使活到七八十岁，有母亲在，多少还可以有点孩子气。失去了慈母就像花插在瓶子里，虽然还有色有香，但却失去了根。有母亲，是幸福的。只要有母亲在，你就有最后的包容和依靠。

我的母亲

母亲的娘家是在北平德胜门外，土城儿外边，通大钟寺的大路上的一个小村里。村里一共有四五家人家，都姓马。大家都种点不十分肥美的地，但是与我同辈的兄弟们，也有当兵的、做木匠的、做泥水匠的和当巡警的。他们虽然是农家，却养不起牛马，人手不够的时候，妇女便也须下地做活。

对于姥姥家，我只知道上述的一点。外公外婆是什么样子，我就不知道了，因为他们早已去世。至于更远的族系与家史，就更不晓得了；穷人只能顾眼前的衣食，没有功夫谈论什么过去的光荣；“家谱”这字眼，我在幼年就根本没有听说过。

母亲生在农家，所以勤俭诚实，身体也好。这一点事实却极重要，因为假若我没有这样的一位母亲，我之为我恐怕也就要大大地打个折扣了。

母亲出嫁大概是很早，因为我的大姐现在已是六十多岁的老太婆，而我的大甥女还长我一岁啊。我有三个哥哥，四个姐姐，但能长大成人的，只有大姐，二姐，三姐，三哥与我。我是“老”儿子。生我的时候，母亲已有四十一岁，大姐二姐已都出了阁。

由大姐与二姐所嫁入的家庭来推断，在我生下之前，我的家里，大概还马马虎虎的过得去。那时候订婚讲究门当户对，而大姐丈是做小官的，二姐丈也开过一间酒馆，他们都是相当体面的人。

可是，我，我给家庭带来了不幸：我生下来，母亲晕过去半夜，才睁眼看见她的老儿子——感谢大姐，把我揣在怀中，致未冻死。

一岁半，我把父亲“剋”死了。

兄不到十岁，三姐十二三岁，我才一岁半，全仗母亲独力抚养了。父亲的寡姐跟我们一块儿住，她吸鸦片，她喜摸纸牌，她的脾气极坏。为我们的衣食，母亲要给人家洗衣服、缝补或裁缝衣裳。在我的记忆中，她的手终年是鲜红微肿的。白天，她洗衣服，洗一两大绿瓦盆。她做事永远丝毫也不敷衍，就是屠户们送来的黑如铁的布袜，她也给洗得雪白。晚间，她与三姐抱着一盏油灯，还要缝补衣服，一直到半夜。她终年没有休息，可是在忙碌中她还把院子屋中收拾得清清爽爽。桌椅都是旧的，柜门的铜活久已残缺不全，可是她的手老使破桌面上没有尘土，残破的铜活发着光。院中，父亲遗留下的几盆石榴与夹竹桃，永远会得到应有的浇灌与爱护，年年夏天开许多花。

哥哥似乎没有同我玩耍过。有时候，他去读书；有时候，他去学徒；有时候，他也去卖花生或樱桃之类的小东西。母亲含着泪把他送走，不到两天，又含着泪接他回来。我不明白这都是什么事，而只觉得与他很生疏。与母亲相依为命的是我与三姐。因此，他们做事，我老在后面跟着。他们浇花，我也张罗着取水；他们扫地，我就撮土……从这里，我学得了爱花，爱清洁，守秩序。这些习惯至今还被我保存着。

有客人来，无论手中怎么窘，母亲也要设法弄一点东西去款待。舅父与表哥们往往是自己掏钱买酒肉食，这使她脸上羞得飞红，可是殷勤地给他们温酒做面，又给她一些喜悦。遇上亲友家中有喜丧事，母亲必把大褂洗得干干净净，亲自去贺吊——份礼也许只是两吊小钱。到如今为我的好客的习性，还未全改，尽管生活是这么清苦，因为自幼儿看惯了的事情是不易改掉的。

姑母常闹脾气。她单在鸡蛋里找骨头。她是我家中的阎王。直到我入了中学，她才死去，我可是没有看见母亲反抗过。“没受过婆婆的气，还不受大姑子的吗？命当如此！”母亲在非解释一下不足以平服别人的时候，才这样说。是的，命当如此。母亲活到老，穷到老，辛苦到老，全是命当如此。她最会吃亏。给亲友邻居帮忙，她总跑在前面：她会给婴儿洗三——穷朋友们可以因此少花一笔“请姥姥”钱——她会刮痧，她会给孩子们剃头，她会给少妇们绞脸……凡是她能做的，都有求必应。但是吵嘴打架，永远没有她。她宁吃亏，不斗气。当姑母死去的时候，母亲似乎把一世的委屈都哭了出来，一直哭到坟地。不知道哪里来的一位侄子，声称有承继权，母亲便一声不响，教他搬走那些破桌子烂板凳，而且把姑母养的一只肥母鸡也送给他。

可是，母亲并不软弱，父亲死在庚子闹“拳”的那一年。联军入城，挨家搜索财物鸡鸭，我们被搜两次。母亲拉着哥哥与三姐坐在墙根，等着“鬼子”进门，街门是开着的。“鬼子”进门，一刺刀先把老黄狗刺死，而后入室搜索。他们走后，母亲把破衣箱搬起，才发现了我。假若箱子不空，我早就被压死了。皇上跑了，丈夫死了，鬼子来了，满城是血光火焰，可是母亲不怕，她要在刺刀下，饥荒中，保护着女儿。北平有多少变乱啊，有时候兵变了，街市整条地烧起，火团落在我们院中。有时候内战了，城门紧闭，铺店关门，昼夜响着枪炮。这惊恐，这紧张，再加上一家饮食的筹划，儿女安全的顾虑，岂是一个软弱的老寡妇所能受得起的？可是，在这种时候，母亲的心横起来，她不慌不哭，要从无办法中想出办法来。她的泪会往心中落！这点软而硬的性格，也传给了我。我对一切人与事，都取和平的态度，把吃亏看作当然的。但是，在做人上，我有一定的宗旨与基本的法则，什么事都可将就，而不能超过自己画好的界限。我怕见生人，怕办杂事，怕出头露面；但是到了非我去不可的时候，我便不敢不去，正像我的母亲。从私塾到小学，到中学，我经历过起码有二十位教师吧，其中有给我很大影响的，也有毫无影响的，但是我的真正的教师，把性格传给我的，是我的母亲。母亲并不识字，她给我的是生命的教育。

当我在小学毕了业的时候，亲友一致的愿意我去学手艺，好帮助母亲。我晓得我应当去找饭吃，以减轻母亲的勤劳困苦。可是，我也愿意升学。我偷偷地考入了师范学校——制服、饭食、书籍、宿处，都由学校供给。只有这样，我才敢对母亲说升学的话。入学，要交十元的保证金。这是一笔巨款！母亲作了半个月的难，把这巨款筹到，而后含泪把我送出门去。她不辞劳苦，只要儿子有出息。当我由师范毕业，而被派为小学校校长，母亲与我都一夜不曾合眼。我只说了句："以后，您可以歇一歇了！"她的回答只有一串串的眼泪。我入学之后，三姐结了婚。母亲对儿女是都一样疼爱的，但是假若她也有点偏爱的话，她应当偏爱三姐，因为自父亲死后，家中一切的事情都是母亲和三姐共同撑持的。三姐是母亲的右手。但是母亲知道这右手必须割去，她不能为自己的便利而耽误了女儿的青春。当花轿来到我们的破门外的时候，母亲的手就和冰一样的凉，脸上没有血色——那是阴历四月，天气很暖。大家都怕她晕过去。可是，她挣扎着，咬着嘴唇，手扶着门框，看花轿徐徐地走去。不久，姑母死了。三姐已出嫁，哥哥不在家，我又住学校，家中只剩母亲自己。她还须自晓至晚地操作，可是终日没人和她说一句话。新年到了，正赶上政府倡用阳历，不许过旧年。除夕，我请了两小时的假。由拥挤不堪的街市回到清炉冷灶的家中。母亲笑了。及至听说我还须回校，她愣住了。半天，她才叹出一口气来。到我该走的时候，她递给我一些花生，"去吧，小子！"街上是那么热闹，我却什么也没看见，泪遮迷了我的眼。今天，泪又遮住了我的眼,又想起当日孤独地过那凄惨的除夕的慈母。可是慈母不会再候盼着我了,她已入了土!

儿女的生命是不依顺着父母所设下的轨道一直前进的，所以老人总免不了伤心。我二十三岁，母亲要我结了婚，我不要。我请来三姐给我说情，老母含泪点了头。我爱母亲，但是我给了她最大的打击。时代使我成为逆子。二十七岁，我上了英国。为了自己，我给六十多岁的老母以第二次打击。在她七十大寿的那一天，我还远在异域。那天，据姐姐们后来告诉我，老太太只喝了两口酒，很早便睡下。她想念她的幼子，而不便说出来。

“七七”抗战后，我由济南逃出来。北平又像庚子那年似的被鬼子占据了，可是母亲日夜惦念的幼子却跑西南来。母亲怎样想念我，我可以想象得到，可是我不能回去。每逢接到家信，我总不敢马上拆看，我怕，怕，怕，怕有那不祥的消息。人，即使活到八九十岁，有母亲便可以多少还有点孩子气。失了慈母便像花插在瓶子里,虽然还有色有香,却失去了根。有母亲的人，心里是安定的。我怕，怕，怕家信中带来不好的消息，告诉我已是失了根的花草。

去年一年，我在家信中找不到关于老母的起居情况。我疑虑，害怕。我想像得到，若有不幸，家中念我流亡孤苦，或不忍相告。母亲的生日是在九月，我在八月半写去祝寿的信，算计着会在寿日之前到达。信中嘱咐千万把寿日的详情写来,使我不再疑虑。十二月二十六日,由文化劳军的大会上回来,我接到家信。我不敢拆读，就寝前，我拆开信，母亲已去世一年了!

生命是母亲给我的。我之能长大成人，是母亲的血汗灌养的。我之所以能成为一个不十分坏的人，是母亲感化的。我的性格，习惯，是母亲传给的。她一世未曾享过一天福，临死还吃的是粗粮。唉！还说什么呢？心痛！心痛!

有钱最好

既是苦命人，到处都得受罪。穷大奶奶逛青岛，受洋罪；我也正受着这种洋罪。

青岛的青山绿水是给诗人预备的，我不是诗人。青岛的洋楼汽车是给阔人预备的，我有时候袋里剩三个子儿。享受既然无缘，只好放在一边，单表受罪。

第一先得说房。大小不拘，这里的房全是洋式。由房东那方面看，租钱不算多；由住房儿的看，像我这样的人，简直一月月的干给房钱赶网。吃也不算贵，喝也不算贵；房没有贱的。房既然贵，自然住不起一整所儿，所以大多数的楼房是分租，一层儿两三间房租给一家。住楼上的呢，得上下跑腿；而且费煤，因为高处得风，墙又不厚。住楼下的，自然省了脚，也比较暖一点，可是乐不抵苦。您别看大家都洋服啷儿的，讲到公德心，青岛的人并不比别处的文明，楼的建筑根本是二五八，楼板也就是一寸来厚，而楼上的人们，绝不会想到楼下还有人。希望大家铺地毯，未免所求过奢；能垫上点席子的便很难得。要赶上楼上有那么七八个孩子，那就蛤蟆垫桌腿儿，死挨。人家能把楼板跺得老忽闪忽闪地动，时时有塌下来的可能。自然没人能管住小孩不走不跳，可是能够做到的也没人做。比如说椅子腿上包点布，或者不准小孩拉椅子，这很容易办吧？哼，没那回事。你莫名其妙楼上怎会有那么多椅子，更不知道为什么老在那儿拉。你晓得楼上拉椅子多么难听，它钻脑子，叫人想马上自杀。可是谁叫你住楼下呢！你趁早不用去请求，住楼上的理直气壮。“哟，我们的孩子会闹？那可奇怪！拉椅子？我们的小孩可就是喜欢拉椅子玩。在楼上踢毽？可不是，小孩还能不玩？”楼上的人都这么和气而且近情近理。你只有一条路，搬家。

搬吧，都调查好了，同楼的小孩少，大人也规矩，你很喜欢。搬过去一看，院里有八条狗！青岛是带洋派的地方，讲究养狗。可是养狗的人想不起去遛遛它们，狗屎全摆在院中。狗名儿都是洋的，什么济美、什么邦走；敢情洋名的狗拉洋屎，也是臭的。济美们还叫呢，要赶上你要睡会儿觉，或是孩子刚睡着，人家才叫得凶呢。

还得搬哪！这回可好，没有小孩，也没有狗。早晨七点来钟，人家唱上了。青岛的京戏最时兴。早晨唱过了，那敢情不过是喊喊嗓子。大轴子是在晚上，胡琴拉着，生末净旦丑俱全，唱开了没头儿。唱得好听的自然不是没有哇；叫人想自杀的也不少。你怎么办？还得搬家。

搬一回家，要安一回灯，挂一回帘子；洋房吗。搬一回家，要到公司报一回灯，报一回水，洋派吗。搬一回家，要损失一些东西，损失一些钱，洋罪吗。

好房子有哇，也得住得起呀。算了吧，房子够了。

带洋字的，还就是洋车好，干净，雨布风帘也齐全；可就是贵。一上车就是一毛钱，稍微远那么一点就得两毛。我的办法是不坐。这有点对不起“车友”们，可是有什么办法呢？自行车也不好骑，净是山路，陡得要命。最好是坐汽车，其次就是走，据我看。汽车呢，连那个喇叭咱也买不起；即使勉强地买个喇叭，不是还得自己走路；干脆，咱走就是了。青岛的空气却是不坏，可惜脚受点委屈！

关于食，没有什么可说的。饭馆子不少，中菜西菜都有。价钱都可以的。所以咱还是消极抵抗，不吃。自己家里做菜倒不贵，鱼虾现成，而且新鲜。别的肉类菜蔬也说不上贵来；吃饱了拉倒，这倒好办。馋了呢？活该！

穿，随便。青年人多数穿洋服，也很有些穿得很讲究的。咱向来不讲究穿，给它个不在乎。这占了已结婚的便宜。设若正在"追求"期间，我想我也得多一份洋罪。不穿洋服，可是我天天刮胡子，这一来是耍洋派，二来表示我并不完全不怕太太。完全不怕太太的人不易发财，真的！

说到了玩，此地没有什么游艺场。此地根本是个避暑的所在，成年价在这儿住，当然是别扭。京戏偶尔来几个名角，戏价总要两三块，咱犯不上去。平日呢，老有蹦蹦戏，听着又不过瘾。电影院有几处，夏天才来好片子；冬天只是对付事儿，我假装避宿，赶到惊蛰再去，也还不迟。公园真好，道路真好，海岸真好，遇上晴天我便去走，既不用花钱，而且接近了自然。在别方面受的罪，由这个享受补过来，这叫作穷欢喜。

总起来说，青岛不是个坏地方，官员们也真卖力气建设。所谓洋罪，是我的毛病，穷。假若我一旦发了财，我必定很喜欢这里。等着吧，反正咱不能穷一辈子。

载于1935年3月1日《论语》第六十期

抱　孙

难怪王老太太盼孙子呀；不为抱孙子，娶儿媳妇干吗？也不能怪儿媳妇成天着急；本来吗，不是不努力生养呀，可是生下来不活，或是不活着生下来，有什么法儿呢！就拿头一胎说吧：自从一有孕，王老太太就禁止儿媳妇有任何操作，夜里睡觉都不许翻身。难道这还算不小心？哪里知道，到了五个多月，儿媳妇大概是因为多眨巴了两次眼睛，小产了！还是个男胎；活该就结了！再说第二胎吧，儿媳妇连眨巴眼都拿着尺寸；打哈欠的时候有两个丫鬟在左右扶着。果然小心谨慎没错处，生了个大白胖小子。可是没活了五天，小孩不知为了什么，竟自一声没出，神不知鬼不觉的与世长辞了。那是十一月天气，产房里大小放着四个火炉，窗户连个针尖大的窟窿也没有，不要说是风，就是风神，想进来是怪不容易的。况且小孩还盖着四床被，五条毛毯。按说够温暖的了吧？哼，他竟自死了。命该如此！

现在，王少奶奶又有了喜，肚子大得惊人，看着颇像轧马路的石碾。看着这个肚子，王老太太心里仿佛长出两只小手，成天抓弄得自己怪要发笑的。这么丰满体面的肚子，要不是双胎才怪呢！子孙娘娘有灵，赏给一对白胖小子吧！王老太太可不只是祷告烧香呀，儿媳妇要吃活人脑子，老太太也不驳回。半夜三更还给儿媳妇送肘子汤，鸡丝挂面……儿媳妇也真作脸，越躺着越饿，点心就能吃二斤翻毛月饼：吃得顺着枕头往下流油，被窝的深处能扫出一大碗什锦来。孕妇不多吃怎么生胖小子呢？婆婆儿媳对于此点完全同意。婆婆这样，娘家妈也不能落后啊。她是七趟八趟来“催生”，每次至少带来八个食盒。两亲家，按着哲学上说，永远应当是对仇人。娘家妈带来的东西越多，婆婆越觉得这是有意羞辱人；婆婆越加紧张罗吃食，娘家妈越觉得女儿的嘴亏。这样一竞争，少奶奶可得其所哉，连嘴犄角都吃烂了。收生婆已经守了七天七夜，压根儿生不下来。偏方儿、丸药、子孙娘娘的香灰，吃多了；全不灵验。到第八天头上，少奶奶连鸡汤都顾不得喝了，疼得满地打滚。王老太太急得给子孙娘娘跪了一股香，娘家妈把天仙庵的尼姑接来念催生咒；还是不中用。一直闹到半夜，小孩算是露出头发来。收生婆施展了绝技，除了把少奶奶的下部全抓破了别无成绩。小孩一定不肯出来。长似一年的一分钟，竟自过了五六十来分，还是只见头发不见孩子。有人说，少奶奶得上医院。上医院？王老太太不能这么办。好吗，上医院去开肠破肚不自自然然地产出来，硬由肚子里往外掏！洋鬼子，二毛子，能那么办；王家要“养”下来的孙子，不要“掏”出来的。娘家妈也发了言，养小孩还能快了吗？小鸡生个蛋也得到了时候呀！况且催生咒还没念完，忙什么？不敬尼姑就是看不起神仙！

又耗了一点钟，孩子依然很固执。少奶奶直翻白眼。王老太太眼中含着老泪，心中打定了主意：保小的不保大人。媳妇死了，再娶一个；孩子更要紧。她翻白眼呀，正好一狠心把孩子拉出来。找奶妈养着一样的好，假如媳妇死了的话。告诉了收生婆，拉！娘家妈可不干了呢，眼看着女儿翻了两点钟的白眼！孙子算老几，女儿是女儿。上医院吧，别等念完催生咒了；谁知道尼姑们念的是什么呢，假如不是催生咒，岂不坏了事？把尼姑打发了。婆婆还是不答应；“掏”，行不开！婆婆不赞成，娘家妈还真没主意。嫁出的女儿泼出的水，活是王家的人，死是王家的鬼呀。两亲家彼此瞪着，恨不能咬下谁一块肉才解气。

又过了半点多钟，孩子依然不动声色，干脆就是不肯出来。收生婆见事不好，抓了一个空儿溜了。她一溜，王老太太有点拿不住劲儿了。娘家妈的话立刻增加了许多分量：“收生婆都跑了，不上医院还等什么呢？等小孩死在胎里哪！”“死”和“小孩”并举，打动了王太太的心。可是“掏”到底是行不开的。

“上医院去生产的多了，不是个个都掏。”娘家妈力争，虽然不一定信自己的话。

王老太太当然不信这个；上医院没有不掏的。

幸而娘家爹也赶到了。娘家妈的声势立刻浩大起来。娘家爹也主张上医院。他既然也这样说，只好去吧。无论怎说，他到底是个男人。虽然生小孩是女人的事，可是在这生死关头，男人的主意多少有些力量。

两亲家，王少奶奶，和只露着头发的孙子，一同坐汽车上了医院。刚露了头发就坐汽车，真可怜的慌，两亲家不住地落泪。

一到医院，王老太太就炸了烟。怎么，还得挂号？什么叫挂号呀？生小孩子来了，又不是买官米打粥，按哪门子号头呀？王老太太气坏了，孙子可以不要了，不能挂这个号。可是继而一看，若是不挂号，人家大有不叫进去的意思。这口气难咽，可是还得咽；为孙子什么也得忍受。设若自己的老爷还活着，不立刻把医院拆个土平才怪；寡妇不行，有钱也得受人家的欺侮。没工夫细想心中的委屈，赶快把孙子请出来要紧。挂了号，人家要预收五十块钱。王老太太可抓住了：“五十？五百也行，老太太有钱！干脆要钱就结了，挂哪门子浪号，你当我的孙子是封信呢！”

医生来了。一见面，王老太太就炸了烟，男大夫！男医生当收生婆？我的儿媳妇不能叫男子大汉给接生。这一阵还没炸完，又出来两个大汉，抬起儿媳妇就往床上放。老太太连耳朵都哆嗦开了！这是要造反呀，人家一个年青青的孕妇，怎么一群大汉来动手脚的？“放下，你们这儿有懂人事的没有？要是有的话，叫几个女的来！不然，我们走！”恰巧遇上个顶和气的医生，他发了话：“放下，叫她们走吧！”

王老太太咽了口凉气，咽下去砸得心中怪热的，要不是为孙子，至少得打大夫几个最响的嘴巴！县官不如现管，谁叫孙子故意闹脾气呢。抬吧，不用说废话。两个大汉刚把儿媳妇放在帆布床上，看！大夫用两只手在她肚子上这一阵按！王老太太闭上了眼，心中骂亲家母：你的女儿，叫男子这么按，你连一声也不发，德行！刚要骂出来，想起孙子；十来个月的没受过一点委屈，现在被大夫用手乱杵，嫩皮嫩骨的，受得住吗？她睁开了眼，想警告大夫。哪知道大夫反倒先问下来了：“孕妇净吃什么来着？这么大的肚子！你们这些人没办法，什么也给孕妇吃，吃得小孩这么肥大。平日也不来检验，产不下来才找我们！”他没等王老太太回答，向两个大汉说：“抬走！”

王老太太一辈子没受过这个。“老太太”到哪儿不是圣人，今天竟自听了一顿教训！这还不提，话总得说得近情近理呀；孕妇不多吃点滋养品，怎能生小孩呢，小孩怎会生长呢？难道大夫在胎里的时候专喝西北风？西医全是二毛子！不便和二毛子辩驳；拿娘家妈杀气吧，瞪着她！娘家妈没有意思挨瞪，跟着女儿就往里走。王老太太一看，也忙赶上前去。那位和气生财的大夫转过身来：“这儿等着！”

两亲家的眼都红了。怎么着，不叫进去看看？我们知道你把儿媳妇抬到哪儿去啊？是杀了，还是剐了啊？大夫走了。王老太太把一肚子邪气全照顾了娘家妈：“你说不掏，看，连进去看看都不行！掏？还许大切八块呢！宰了你的女儿活该！万一要把我的孙子——我的老命不要了。跟你拼了吧！”

娘家妈心中打了鼓，真要把女儿切了，可怎么办？大切八块不是没有的事呀，那回医学堂开会不是大玻璃箱里装着人腿人腔子吗？没办法！事已至此，跟女儿的婆婆干吧！“你倒怨我？是谁一天到晚填我的女儿来着？没听大夫说吗？老叫儿媳妇的嘴不闲着，吃出毛病来没有？我见人见多了，就没看见一个像你这样的婆婆！”

“我给她吃？她在你们家的时候吃过饱饭吗？”王太太反攻。

“在我们家里没吃过饱饭，所以每次看女儿去得带八个食盒！”

“可是呀，八个食盒，我填她，你没有？”

两亲家混战一番，全不示弱，骂得也很具风格。

大夫又回来了。果不出王老太太所料，得用手术。手术二字虽听着耳生，可是猜也猜着了，手要是竖起来，还不是开刀问斩？大夫说：用手术，大人小孩或者都能保全。不然，全有生命的危险。小孩已经误了三小时，而且决不能产下来，孩子太大。不过，要施手术，得有亲族的签字。王老太太一个字没听见。掏是行不开的。

“怎样？快决定！”大夫十分的着急。

“掏是行不开的！”

“愿意签字不？快着！”大夫又紧了一板。

“我的孙子得养出来！”

娘家妈急了：“我签字行不行？”

王老太太对亲家母的话似乎特别地注意：“我的儿媳妇！你算哪道？”

大夫真急了，在王老太太的耳根子上扯开脖子喊：“这可是两条人命的关系！”

“掏是不行的！”

“那么你不要孙子了？”大夫想用孙子打动她。

果然有效，她半天没言语。她的眼前来了许多鬼影，全似乎是向她说：“我们要个接续香烟的，掏出来的也行！”她投降了。祖宗当然是愿要孙子；掏吧！“可有一样，掏出来得是活的！”她既是听了祖宗的话，允许大夫给掏孙子，当然得说明了——要活的。掏出个死的来干吗用？只要掏出活孙子来，儿媳妇就是死了也没大关系。

娘家妈可是不放心女儿：“准能保大小都活着吗？”“少说话！”王老太太教训亲家太太。

“我相信没危险，”大夫急得直流汗，“可是小孩已经耽误了半天，难保没个意外；要不然请你签字干吗？”“不保准呀？趁早不用费这道手！”老太太对祖宗非常地负责任；好吗，掏了半天都再不会活着，对得起谁！“好吧，”大夫都气晕了，“请把她拉回去吧！你可记住了，两条人命！”

“两条三条吧，你又不保准，这不是瞎扯！”

大夫一声没出，抹头就走。

王老太太想起来了，试试也好。要不是大夫要走，她绝想不起这一招儿来。“大夫，大夫！你回来呀，试试吧！”

大夫气得不知是哭好还是笑好。把单子念给她听，她画了个十字儿。

两亲家等了不晓得多么大的时候，眼看就天亮了，才掏了出来，好大的孙子，足分量十三磅！王老太太不晓得怎么笑好了，拉住亲家母的手一边笑一边刷刷地落泪。亲家母已不是仇人了，变成了老姐姐。大夫也不是二毛子了，是王家的恩人，马上赏给他一百块钱才合适。假如不是这一掏，叫这么胖的大孙子生生地憋死，怎对得起祖宗呀？恨不能跪下就磕一阵头，可惜医院里没供着子孙娘娘。

胖孙子已被洗好，放在小儿室内。两位老太太要进去看看。不只是看看，要用一夜没洗过的老手指去摸摸孙子的胖脸蛋。看护不准两亲家进去，只能隔着玻璃窗看着。眼看着自己的孙子在里面，自己的孙子，连摸摸都不准！娘家妈摸出个红封套来——本是预备赏给收生婆的——递给看护；给点运动费，还不准进去？事情都来得邪，看护居然不收。王老太太揉了揉眼，细端详了看护一番，心里说："不像洋鬼子妞呀，怎么给赏钱都不接着呢？也许是面生，不好意思的？有了，先跟她闲扯几句，打开了生脸就好办了。"指着屋里的一排小篮说："这些孩子都是掏出来的吧？"

"只是你们这个，其余的都是好好养下来的。""没那个事，"王老太太心里说，"上医院来的都得掏。"

"给孕妇大油大肉吃才掏呢，"看护有点爱说话。"不吃，孩子怎能长这么大呢！"娘家妈已和王老太太立在同一战线上。

"掏出来的胖宝贝总比养下来的瘦猴儿强！"王老太太有点觉得不掏出来的孩子没有住医院的资格。"上医院来'养'，脱了裤子放屁，费什么两道手！"

无论怎说，两亲家干瞪眼进不去。

王老太太有了主意，"丫鬟，"她叫那个看护，"把孩子给我，我们回家去。还得赶紧去预备洗三请客呢！""我既不是丫鬟，也不能把小孩给你，"看护也够和气的。

"我的孙子，你敢不给我吗？医院里能请客办事吗？"

"用手术取出来的，大人一时不能给小孩奶吃，我们得给他奶吃。"

"你会，我们不会？我这快六十的人了，生过儿养过女，不比你懂得多；你养过小孩吗？"老太太也说不清看护是姑娘，还是媳妇，谁知道这头戴小白盔的是什么呢。

"没大夫的话，反正小孩不能交给你！"

"去把大夫叫来好了，我跟他说；还不愿意跟你废话呢！""大夫还没完事呢，割开肚子还得缝上呢。”

看护说到这里，娘家妈想起来女儿。王老太太似乎还想不起儿媳妇是谁。孙子没生下来的时候，一想起孙子便也想到媳妇；孙子生下来了，似乎把媳妇忘了也没什么。娘家妈可是要看看女儿，谁知道女儿的肚子上开了多大一个洞呢？割病室不许闲人进去，没法，只好陪着王老太太瞭望着胖小子吧。

好容易看见大夫出来了。王老太太赶紧去交涉。

“用手术取小孩，顶好在院里住一个月，”大夫说。“那么三天满月怎么办呢？”王老太太问。

“是命要紧，还是办三天要紧呢？产妇的肚子没长上，怎能去应酬客人呢？”大夫反问。

王老太太确是以为办三天比人命要紧，可是不便于说出来，因为娘家妈在旁边听着呢。至于肚子没长好，怎能招待客人，那有办法：“叫她躺着招待，不必起来就是了。”大夫还是不答应。王老太太悟出一条理来：“住院不是为要钱吗？好，我给你钱，叫我们娘们走吧，这还不行？”“你自己看看去，她能走不能？”大夫说。

两亲家反都不敢去了。万一儿媳妇肚子上还有个盆大的洞，多么吓人？还是娘家妈爱女儿的心重，大着胆子想去看看。王老太太也不好意思不跟着。

到了病房，儿媳妇在床上放着的一张卧椅上躺着呢，脸就像一张白纸。娘家妈哭得放了声，不知道女儿是活还是死。王老太太到底心硬，只落了一半个泪，紧跟着炸了烟：“怎么不叫她平平正正地躺下呢？这是受什么洋刑罚呢？”“直着呀，肚子上缝的线就绷了，明白没有？”大夫说。“那么不会用胶粘上点吗？”王老太太总觉得大夫没有什么高明主意。

娘家妈想和女儿说几句话，大夫也不允许。两亲家似乎看出来，大夫不定使了什么坏招儿，把产妇弄成这个样。无论怎说吧，大概一时是不能出院。

好吧。先把孙子抱走，回家好办三天呀。

大夫也不答应，王老太太急了。“医院里洗三不洗？要是洗的话，我把亲友全请到这儿来；要是不洗的话，再叫我抱走；头大的孙子，洗三不请客办事，还有什么脸得活着？”“谁给小孩奶吃呢？”大夫问。

“雇奶妈子！”王老太太完全胜利。

到底把孙子抱出来了。王老太太抱着孙子上了汽车，一上车就打嚏喷，一直打到家，每个嚏喷都是照准了孙子的脸射去的。到了家，赶紧派人去找奶妈子，孙子还在怀中抱着，以便接收嚏喷。不错，王老太太知道自己是着了凉；可是至死也不能放下孙子。到了晌午，孙子接了至少有二百多个嚏喷，身上慢慢地热起来。王老太太更不肯撒手了。到了下午三点来钟，孙子烧得像块火炭了。到了夜里，奶妈子已雇妥了两个，可是孙子死了，一口奶也没有吃。

王老太太只哭了一大阵；哭完了，她的老眼瞪圆了：“掏出来的！掏出来的能活吗？跟医院打官司！那么沉重的孙子会只活了一天，哪有的事？全是医院的坏，二毛子们！”

王老太太约上亲家母，上医院去闹。娘家妈也想把女儿赶紧接出来，医院是靠不住的！

把儿媳妇接出来了；不接出来怎好打官司呢？接出来不久，儿媳妇的肚子裂了缝，贴上“产后回春膏”也没什么用，她也不言不语地死了。好吧，两案归一，王老太太把医院告了下来。老命不要了，不能不给孙子和媳妇报仇！

勤俭持家

在旧日的北京，人们清晨相遇，不互道早安，而问“您喝了茶啦？”这有个原因：那时候，绝大多数的人家每日只吃两顿饭。清晨，都只喝茶。上午九十点钟吃早饭，下午四五点钟吃晚饭，大家都早睡早起。

老北京里并非没有花天酒地、骄奢婬逸的生活。不过，那只限于富贵之家；一般市民是有勤俭持家的好传统的。当人们表扬一个好媳妇的时候，总夸她“会过日子”。会过日子即是会勤俭持家。

在我还是个孩子的时候，我们的小胡同里，住着赤贫的人家，也住着中等人家。即使是中等人家，对吃饭馆这件事也十分生疏。按照我们的胡同那时候的舆论说：大吃大喝是败家的征兆。

是的，我们都每日只进两餐，每餐只有一样菜——冬天主要的是白菜、萝卜；夏天是茄子、扁豆。饺子和打卤面是节日的饭食。在老京剧里，丑角往往以打卤面逗笑，足证并不常吃。至于贫苦的人家，像我家，夏天佐饭的“菜”，往往是盐拌小葱，冬天是腌白菜帮子，放点辣椒油。还有比我们更苦的，他们经常以酸豆汁度日。它是最便宜的东西，一两个铜板可以买很多。把所能找到的一点粮或菜叶子掺在里面，熬成稀粥，全家分而食之。从旧社会过来的卖苦力的朋友们都能证明，我说的一点不假！

党和毛主席不断地教导我们，叫我们勤俭持家，勤俭办一切的事。可是，我们的生活有所改善，家里参加工作的人多了，工资也多了。口袋里有了钱，就容易忘了勤俭，甚至连往日喝酸豆汁度日的苦楚也忘了！勤俭持家的好传统万万忘不得！

载一九六一年二月十二日《北京晚报》

一封家信

专就组织上说，这是个理想的小家庭：一夫一妇和一个三岁的小男孩。不过，“理想的”或者不仅是立在组织简单上，那么这小家庭可就不能完全像个小乐园，而也得分担着尘世上的那些苦痛与不安了。

由这小家庭所发出的声响，我们就可以判断，它的发展似乎有点畸形，而我们也晓得，失去平衡的必将跌倒，就是一个家庭也非例外。

在这里，我们只听见那位太太吵叫，而那位先生仿佛是个哑巴。我们善意地来推测，这位先生的闭口不响，一定具有要维持和平的苦心和盼望。可是，人与人之间是多么不易谅解呢；他不出声，她就越发闹气：“你说话呀！说呀！怎么啦？你哑巴了？好吧，冲你这么死不开口，就得离婚！离婚！”

是的，范彩珠——那小家庭的女性独裁者——是懂得世界上有离婚这件事的，谁知道离婚这件事，假若实际地去做，都有什么手续与意义呢，反正她觉得这两字很有些力量，说出来既不蠢野，又足以使丈夫多少着点急。她，头发烫得那么细腻，真正一九三七的飞机式，脸上是那么香润；圆圆的胳臂，高高的乳房，衣服是那么讲究抱身；她要说句离婚，他怎能不着急呢？当吵闹一阵之后，她对着衣镜端详自己，觉得正像个电影明星。虽然并不十分厌恶她的丈夫——他长得很英俊，心眼很忠厚——可是到底她应当常常发脾气，似乎只有叫他难堪才足以减少她自己的委屈。他的确不坏，可是“不坏”并不就是“都好”，他一月才能挣二百块钱！不错，这二百元是全数交给她，而后她再推测着他的需要给他三块五块的；可是凭她的脸，她的胳臂，她的乳，她的脚，难道就能在二百元以下充分地把美都表现出来吗？况且，越是因为美而窘，便越须撑起架子，看电影去即使可以买二等票，因为是坐在黑暗之中，可是听戏去便非包厢不可了——绝对不能将就！啊，这二百元的运用，与一切家事、交际、脸面的维持——在二百元之内要调动得灵活漂亮，是多么困难恼人的事！特别是对她自己，太难了！连该花在男人与小孩身上的都借来用在自己身上，还是不能不拿搀了麻的丝袜当作纯丝袜子穿！连被褥都舍不得按时拆洗，还是不能回回看电影去都叫小汽车，而得有时候坐那破烂，使人想落泪的胶皮车！是的，老范不错，不挑吃不挑喝的怪老实，可是，只能挣二百元哟！

老范真爱他的女人，真爱他的小男孩。在结婚以前，他立志非娶个开通的美女不可。为这个志愿，他极忠诚地去做事，极俭朴地过活；把一切青年们所有的小小浪漫行为，都像冗枝乱叶似的剪除净尽，单单培养那一朵浪漫的大花。连香烟都不吃！

省下了钱，便放大了胆，他穿上特为浪漫事件裁制的西装去探险。他看见，他追求，他娶了彩珠小姐。

彩珠并不像她自己所想的那样美妙惊人，也不像老范所想的那么美丽的女子。可是她年轻，她活泼，她会作伪；叫老范觉得彩珠即使不是最理想的女子，也和那差不多；把她摆在任何地方，她也不至显出落伍或乡下气。于是，就把储蓄金拿出来，清偿那生平最大的浪漫之债，结了婚。他没有多挣钱的坏手段，而有维持二百元薪水真本领。消极的，他兢兢业业地不许自己落在二百元的下边来，这是他浪漫的经济水准。

他领略了以浮浅为开通，以作伪为本事，以修饰为美丽的女子的滋味。可是他并不后悔。他以为他应该在讨她的喜欢上见出自己的真爱情，应该在不还口相讥上表示自己的沉着有为，应该在尽力供给她显出自己的勇敢。他得做个模范丈夫，好对得起自己的理想，即使他的伴侣有不尽合理想的地方。况且，她还生了小珠。在生了小珠以后，她显得更圆润，更开通，更活泼，既是少妇，又是母亲，青春的娇美与母亲的尊严联在一身，香粉味与乳香合在一处；他应当低头！不错，她也更厉害了，可是他细细一想呢，也就难以怪她。女子总是女子，他想，既要女子，就须把自己放弃了。再说，他还有小珠呢，可以一块儿玩，一块儿睡；叫青年的妈妈吵闹吧，他会和一个新生命最亲密地玩耍，做个理想的父亲。他会用两个男子——他与小珠——的嬉笑亲热抵抗一个女性的霸道；就是抵抗与霸道这样的字眼也还是偶一想到，并不永远在他心中，使他的心里坚硬起来。

从对彩珠的态度上，可以看出他处世为人的居心与方法。他非常地忠诚，消极的他不求有功，只求无过，积极的他要事事对得起良心与那两百元的报酬——他老愿卖出三百元的力气，而并不觉得冤枉。这样，他被大家视为没有前途的人，就是在求他多做点事的缘故，也不过认为他窝囊好欺，而绝对不感谢。

他自己可并不小看自己，不，他觉得自己很有点硬劲。他绝对不为自己发愁，凭他的本事，到哪里也挣得出二百元钱来，而且永远对得起那些钱。维持住这个生活费用，他就不便多想什么向前发展的方法与计划。他永远不去相面算命。他不求走运，而只管尽心尽力。他不为任何事情任何主义去宣传，他只把自己的生命放在正当的工作上。有时候他自认为牛，正因为牛有相当的伟大。

平津像个噩梦似的丢掉，老范正在北平。他必须出来，良心不许他接受任何不正道的钱。可是，他走不出来。他没有钱，而有个必须起码坐二等车才肯走的太太。

在彩珠看，世界不过是个大游戏场，不管刮风还是下雨，都须穿着高跟鞋去看热闹。“你上哪儿？你就忍心的撇下我和小珠？我也走？逃难似的叫我去受罪？你真懂事就结了！这些东西，这些东西，怎么拿？先不用说别的！你可以叫花子似的走，我缺了哪样东西也不行！又不出声啦？好吧，你有主意把东西都带走，体体面面的，像施行似的，我就跟你去；开开眼也好！”

抱着小珠，老范一声也不出。他不愿去批评彩珠，只觉得放弃妻子与放弃国旗是同样忍心的事，而他又没能力把二者同时都保全住！他恨自己无能，所以原谅了彩珠的无知。

几天，他在屋中转来转去。他不敢出门，不是怕被敌人杀死，而是怕自己没有杀敌的勇气。在家里，他听着太太叨唠，看着小珠玩耍，热泪时时地迷住他的眼。每逢听到小珠喊他“爸”他就咬上嘴唇点点头。

“小珠！”他苦痛到无可如何，不得不说句话了。“小珠！你是小亡国奴！”

这，被彩珠听见了。“扯什么淡呢！有本事把我们送到香港去，在这儿瞎发什么愁！小珠，这儿来，你爸爸要像小钟的爸爸那么样，够多好！”她的声音温软了许多，眼看着远处，脸上露出娇痴的羡慕：“人家带走二十箱衣裳，住天津租界去！小钟的妈有我这么美吗？”

“小钟妈，耳朵这样！”小珠的胖手用力往前推耳朵，准知道这样可以得妈妈的欢心，因为做过已经不是一次了。

乘小珠和彩珠睡熟，老范轻轻地到外间屋去。把电灯用块黑布罩上，找出信纸来。他必须逃出亡城，可是自结婚以后，他没有一点儿储蓄，无法把家眷带走。即使勉强地带了出去，他并没有马上找到事情的把握，还不如把目下所能凑到的一点钱留给彩珠，而自己单独去碰运气；找到相当的工作，再设法接她们；一时找不到工作，他自己怎样都好将就活着，而她们不至马上受罪。好，他想给彩珠留下几个字，说明这个意思，而后他偷偷地跑出去，连被褥也无须拿。

他开始写信。心中像有千言万语，夫妻的爱恋，国事的危急，家庭的责任，国民的义务，离别的难堪，将来的希望，对妻的安慰，对小珠的嘱托……都应当写进去。可是，笔画在纸上，他的热情都被难过打碎，写出的只是几个最平凡无力的字！撕了一张，第二张一点也不比第一张强，又被扯碎。他没有再拿笔的勇气。

一张字纸也不留，就这么偷偷走？他又没有这个狠心。他的妻，他的子，不能在国危城陷的时候抛下不管，即使自己的逃亡是为了国家。

轻轻地走进去，借着外屋一点点灯光，他看到妻与子的轮廓。这轮廓中的一切，他都极清楚地记得；一个痣，一块小疤的地位都记得极正确。这两个是他生命的生命。不管彩珠有多少缺点，不管小珠有什么前途，他自己须先尽了爱护保卫的责任。他的心软了下去。不能走，不能走！死在一处是不智慧的，可是在感情上似乎很近人情。他一夜没睡。

同时，在亡城之外仿佛有些呼声，叫他快走，在国旗下去做个有勇气有用处的人。

假若他把这呼声传达给彩珠，而彩珠也能明白，他便能含泪微笑地走出家门；即使永远不能与她相见，他也能忍受，也能无愧于心。可是，他知道彩珠绝不能明白；跟她细说，只会引起她的吵闹；不辞而别，又太狠心。他想不出好的办法。走？不走？必须决定，而没法决定；他成了亡城里一个困兽。

在焦急之中，他看出一线的光亮来。他必须在彩珠所能了解的事情中，找出不致太伤她的心，也不致使自己太难过的办法。跟她谈国家大事是没有任何用处的，她的身体就是她的生命，她不知道身外还有什么。

“我去挣钱，所以得走！”他明知这里不尽实在，可是只有这么说，才能打动她的心，而从她手中跑出去。“我有了事，安置好了家，就来接你们；一定不能像逃难似的，尽我的全力叫你和小珠舒服！”

“现在呢？”彩珠手中没有钱。

“我去借！能借多少就借多少；我一个不拿，全给你们留下！”

“你上哪儿去？”

“上海，南京——能挣钱的地方！”

“到上海可务必给我买个衣料！”

“一定！”

用这样实际的诺许与条件，老范才让自己又见到国旗。由南京而武汉，他勤苦地工作；工作后，他默默地思念他的妻子。他一个钱也不敢虚花，好对得住妻子；一件事不敢敷衍，好对得起国家。他瘦，他忙，他不放心家小，不放心国家。他常常给彩珠写信，报告他的一切，歉意地说明他在外工作的意义。他盼家信像盼打胜仗那样恳切，可是彩珠没有回信。他明知这是彩珠已接到他的钱与信，钱到她手里她就会缄默，一向是如此。可是他到底不放心；他不怨彩珠糊涂与疏忽，而正因为她糊涂，他才更不放心。他甚至忧虑到彩珠是否能负责看护小珠，因为彩珠虽然不十分了解反贤妻良母主义，可是她很会为了自己的享受而忘了一切家庭的责任。老范并不因此而恨恶彩珠，可是他既在外，便不能给小珠做些忽略了的事，这很可虑，这当自咎。

他在六七个月中已换了三次事，不是因为他见利思迁，而是各处拉他，知道他肯负责做事。在战争中，人们确是慢慢地把良心拿出来，也知道用几个实心任事的人，即使还不肯自己卖力气。在这种情形下，老范的价值开始被大家看出，而成功了干员。他还保持住了二百元薪金的水准，虽然实际上只拿一百将出头。他不怨少拿钱而多做事；可是他知道彩珠会花钱。既然无力把她接出来，而又不能多给她寄钱，在他看，是件残酷的事。他老想对得起她，不管她是怎样的浮浅无知。

到武昌，他在军事机关服务。他极忙，可是在万忙中还要担心彩珠，这使他常常弄出小小的错误。忙，忧，愧，三者一齐进攻，他有时候心中非常的迷乱，愿忘了一切而只要同时顾虑一切，很怕自己疯了，而心中的确时时地恍惚。

在敌机的狂炸下，他还照常做他的事。他害怕，却不是怕自己被炸死，而是在危患中忧虑他的妻子。怎么一封信没有呢？假若有她一封信，他便可以在轰炸中无忧无虑地做事，而毫无可惧。那封信将是他最大的安慰！

信来了！他什么也顾不得，而颤抖着一遍二遍三遍的去读念。读了三遍，还没明白了她说的是什么，却在那些字里看到她的形影，想起当年恋爱期间的欣悦，和小珠的可爱的语声与面貌。小珠怎样了呢？他从信中去找，一字一字地细找；没有，没提到小珠一个字！失望使他的心清凉了一些；看明白了大部分的字，都是责难他的！她的形影与一切都消逝了，他眼前只是那张死板板的字，与一些冷酷无情的字！警报！他往外走，不知到哪里去好；手中拿着那封信。再看，再看，虽然得不到安慰，他还想从字里行间看出她与小珠都平安。没有，没有一个“平”字与“安”字，哪怕是分开来写在不同的地方呢；没有！钱不够用，没有娱乐，没有新衣服，为什么你不回来呢？你在外边享福，就忘了家中……紧急警报！他立在门外，拿着那封信。飞机到了，高射炮响了，他不动。紧紧地握着那封信，他看到的不是天上的飞机，而是彩珠的飞机式的头发。他愿将唇放在那曲折香润的发上；看了看手中的信纸；心中像刀刺了一下。极忙地往里跑，他忽然想起该赶快办的一件公事。

刚跑出几步，他倒在地上，头齐齐地从项上炸开，血溅到前边，给家信上加了些红点子。

药　　集

今年的药集是从四月二十五日起，一共开半个月——有人说今年只开三天,中国事向来是没准儿的。地点在南券门街与三和街。这两条街是在南关里，北口在正觉寺街，南头顶着南围子墙。

嗬！药真多！越因为我不认识它们越显得多！

每逢我到大药房去，我总以为各种瓶子中的黄水全是硫酸，白的全是蒸馏水，因为我的化学知识只限于此。但是药房的小瓶小罐上都有标签，并不难以检认；假若我害头疼，而药房的人给我硫酸喝，我绝不会答应他的。到了药集，可是真没有法儿了！一捆一捆，一袋一袋，一包一包，全是药材，全没有标签！而且买主只问价钱，不问名称，似乎他们都心有成“药”。我在一旁参观，只觉得腿酸，一点知识也得不到！

但是，我自有办法。橘皮、干向日葵、竹叶、荷梗、益母草，我都认得。那些不认识的粗草细草长草短草呢？好吧，长的都算柴胡，短的都算——什么也行吧。看那柴胡，有多少种呀！心中痛快多了！

关于动物的，我也认识几样：马蜂窝、整个的干龟、蝉蜕、僵蚕，还有椿蹦儿。这每一样的药名和拉丁名，我全不知道，只晓得这是椿树上的飞虫，鲜红的翅儿，翅上有花点，很好玩，北平人管它们叫椿蹦儿；它们能治什么病呢？还看见了羚羊，原来是一串黑亮的小球，为什么羚羊应当是小黑球呢？也许有人知道。还有两对狗爪似的东西，莫非是熊掌？犀角没有看见，狗宝、牛黄也不知是什么样子，设若牛黄应像老倭瓜，我确是看见了好几个貌似干倭瓜的东西。最失望的是没有看见人中黄，莫非药铺的人自己能供给，所以集上无须发售吧？也许是用锦匣装着，没能看到？

矿物不多，石膏、大白，是我认识的，有些大块的红石头便不晓得是什么了。

草药在地上放着，熟药多在桌上摆着。万应锭、狗皮膏之类，看看倒还漂亮。

此外还有非药性的东西，如草纸与东昌纸等；还有可作药用也可作食品的东西，如山楂片、核桃、酸枣、莲子、薏仁米等。大概那些不识药性的游人，都是为买这些东西来的。价钱确是便宜。

我很爱这个集：第一，我觉得这里全是国货，只有人参使我怀疑有洋参的可能，那些种柴胡和那些马蜂窝看着十二分道地，绝不会是舶来品。第二，卖药的人们非常安静，一点不吵不闹，也非常地和蔼，虽然要价有点虚晃，可是还价多少总不出恶声。第三，我觉得到底中国药（应简称为“国药”）比西洋药好，因为“国药”吃下去不管治病与否，至少能帮助人们增强抵抗力。这怎么讲呢？看，橘皮上有多么厚的黑泥，柴胡们带着多少沙土与马粪，这些附带的黑泥与马粪，吃下去一定会起一种作用，使胃中多一些以毒攻毒的东西。假如橘皮没有什么力量，这附带的东西还能补充一些。西洋药没有这些附带品，自然也不会发生附带的效力。哪位医生敢说对下药有十二分的把握呢？假如药不对症，而药品又没有附带物，岂不是大大的危险！“国药”

全有附带物，谁敢说大多数的病不是被附带物治好的呢？第四，到底是中国，处处事事带着古风：咱们的祖先遍尝百草，到如今咱们依旧是这样，大概再过一万八千年咱们还是这样。我虽然不主张复古，可是热烈地想保存古风的自大有人在，我不能不替他们欣喜。第五，从今年夏天起，我一定见着马蜂窝、大蝎子、烂树叶，就收藏起来。人有旦夕祸福，谁知道什么时候生病呢！万一真病了，有的是现成的马蜂窝……

逛完了集，出了巷口，看见一大车牛马皮，带着毛还没制成革，不知是否也是药材。

原载1932年6月11日《华年》第一卷第九期

无题（因为没有故事）

人是为明天活着的，因为记忆中有朝阳晓露，假若过去的早晨都似地狱那么黑暗丑恶，盼明天干吗呢？是的，记忆中也有痛苦危险，可是希望会把过去的恐怖裹上一层糖衣，像看着一出悲剧似的，苦中有些甜美。无论怎说吧，过去的一切都不可移动。实在，所以可靠，明天的渺茫全仗昨天的实在撑持着，新梦是旧事的拆洗缝补。

对了，我记得她的眼。她死了好多年了，她的眼还活着，在我的心里。这对眼睛替我看守着爱情。当我忙得忘了许多事，甚至于忘了她，这两只眼会忽然在一朵云中，或一汪水里，或一瓣花上，或一线光中，轻轻地一闪，像归燕的翅儿，只需一闪，我便感到无限的春光。我立刻就回到那梦境中，哪一件小事都凄凉，甜美，如同独自在春月下踏着落花。

这双眼所引起的一点爱火，只是极纯的一个小火苗，像心中的一点晚霞，晚霞的结晶。它可以烧明了流水远山，照明了春花秋叶，给海浪一些金光，可是它恰好也能在我心中，照明了我的泪珠。

它们只有两个神情：一个是凝视，极短极快，可是千真万确的是凝视。

只微微地一看，就看到我的灵魂，把一切都无声地告诉了给我。凝视，一点也不错，我知道她只需极短极快地一看，看的动作过去了，极快地过去了，可是，她心里看着我呢，不定看多么久呢。我到底得管这叫作凝视，不论它是多么快，多么短。一切的诗文都用不着，这一眼道尽了“爱”所会说的与所会做的。另一个是眼珠横着一移动，由微笑移动到微笑里去，在处女的尊严中笑出一点点被爱逗出的轻佻，由热情中笑出一点点无法抑制的高兴。

我没和她说过一句话,没握过一次手,见面连点头都不点。可是我的一切，她知道；她的一切，我知道。我们用不着看彼此的服装，用不着打听彼此的身世，我们一眼看到一粒珍珠，藏在彼此的心里，这一点点便是我们的一切，那些七零八碎的东西都是配搭，都无须注意。看我一眼，她低着头轻快地走过去，把一点微笑留在她身后的空气中，像太阳落后还留下一些明霞。

我们彼此躲避着，同时彼此愿马上搂抱在一处。我们轻轻地哀叹；忽然遇见了，那么凝视一下，登时欢喜起来，身上像减了分量，每一步都走得轻快有力，像要跳起来的样子。

我们极愿意说一句话，可是我们很怕交谈，说什么呢？哪一个日常的俗字能道出我们的心事呢？让我们不开口，永不开口吧！我们的对视与微笑是永生的，是完全的，其余的一切都是破碎微弱，不值得一做的。

我们分离有许多年了，她还是那么秀美，那么多情，在我的心里。她将永远不老，永远只向我一个人微笑。在我的梦中，我常常看见她，一个甜美的梦是最真实，最纯洁，最完美的。多少人生中的小困苦小折磨使我丧气，使我轻看生命。可是，那个微笑与眼神忽然地从哪儿飞来，我想起唯有“人面桃花相映红”差可托拟的一点心情与境界，我忘了困苦，我不再丧气，我恢复了青春。无疑地，我在她的洁白的梦中，必定还是个美少年呀。

春在燕的翅上，把春光颤得更明了一些，同样，我的青春在她的眼里，永远使我的血温暖，像土中的一颗籽粒，永远想发出一个小小的绿芽。一粒小豆那么小的一点爱情，眼珠一移，嘴唇一动，日月都没有了作用，到无论什么时候，我们总是一对刚开开的春花。

不要再说什么，不要再说什么！我的烦恼也是香甜的呀，因为她那么看过我！

原载1937年6月10日《谈风》第十六期

成绩欠佳，收入更欠佳

昨天在茶馆里同朋友闲吹。算了算，我虽已练习写作十七八年之久，可是不过才出了二十本书。这二十本是：一、长篇小说:《老张的哲学》,《赵子曰》,《二马》,《大明湖》,《猫城记》,《离婚》,《牛天赐传》,《骆驼祥子》；二、中篇小说:《小坡的生日》；三、短篇小说集:《赶集》,《樱海集》,《蛤藻集》,《火车集》；四、剧本:《残雾》,《国家至上》,《张自忠》,《面子问题》,《大地龙蛇》；五、长诗:《剑北篇》；六、鼓词旧剧:《三四一》。在这二十本里,《大明湖》的原稿是被一二八的毒火烧毁，始终没能与世谋面,《剑北篇》上册也在去年遭了大劫，幸而还有底稿，现在正重行排印。在这二十本外，还有一小本《幽默诗文集》，一本写作经验谈——《老牛破车》，和至少也有二三百篇随感和报告之类的短文。我不喜欢自己的短文,所以不肯出集子；只有《幽默诗文集》与《老牛破车》是循友人的恳求,破了例的,其余的多少篇小文都已随写随扔,或者永远不会印成集子了。此外，市间还有一本《老舍选集》，这是野鸡本，未得著者的同意。也不给版税，除了影响我的收入而外，可谓与我无关。

十七八年的成绩实在太少了！人不说不知，木不钻不透，成绩欠佳也自有些原因；待我慢慢讲来：最初的三本小说都是在伦敦写的。这根本是“写写玩”，可以写，可以不写；高兴就多写；不高兴就放下。那时候，身在异国，时动乡思，故借此遣愁。再说呢，自己心中多少有点牢骚，吐之为快，也就都纳之笔下。回国以后，教书糊口，虽屡想放下粉笔，专心写作。而母老家贫，不敢任性。一心不能两用，教书便不能创作，只好利用暑寒假过过瘾。《大明湖》《小坡的生日》《猫城记》《离婚》《牛天赐传》《赶集》《樱海集》《蛤藻集》，便都是“寒来暑往”的产儿。

只有《骆驼祥子》是心无二念，虔诚念佛写成的。这是在抗战的前一年，我辞去了教职，立誓做个职业的写作家。那一年的前半，我写成了《骆驼祥子》，和几个短篇；后半年，我同时写两个长篇，一个以青岛为背景，一个以北平为背景；一个写成了二万多字，一个写成三四万字。“七七”的炮声一响，这五六万字都被我扔在字纸篓。假若战争未起，我相信，这一年中我会写出三十万字来！想想看，一年三十万，十年三百万，二十年，三十年……哎呀！那还了得！固然喽，艺术作品贵精而不贵多，可是力气究竟是力气，谁能责备一个黄包车夫走路太多呢？况且，熟能生巧，业精于勤，多写不见得就没有好处。

流亡四年中，简直没写出什么来。长篇小说是没法儿写了。生活不安定，怎能做长远的计划呢？不错，写家是要生活，生活在抗战中，才能写出抗战文艺来。可是，生活是一件事，写作是另一件事。一个写作家应当在大街上活着，可是不能在大街上写作。他像一条牛，吃了草以后，须静静地去反刍细嚼，而后草才能变成乳。我，可是，找不到个清静地方。

于是，我开始练习作诗，写剧。抓点工夫就写点，不管好坏，只求渐有所获。这也就说明了，我并非以为戏剧或诗歌比小说容易写，而是说写小说必期其成，势必旷日持久。练习诗歌戏剧，既曰练习，则可成可败，可进可止。这个态度恰好与我的时间配合，忙则停，闲则进，亦游击战术也。我希望，在抗战中把诗歌戏剧的门路摸清，到抗战胜利后，把自己藏起来，好好的，专心的，去写小说，诗歌，戏剧；叫每种都有较长的，颇像样儿的作品出来，以洗今日之丑！

反正是闲扯吧，说到哪里去也可以。您也许要问吧：既有二十本书，版税收入当然可观了，你为何还老这么穷相呢？是的，容我慢慢算给您听。

《二马》等三本书是文学会的丛书。每次版税都由商务印书馆付给文学会的负责人，由会里扣百分之十，再发给作者。这百分之十的税上税都做什么用了？天晓得！最近四年我的版税都上哪里去了？天晓得！好，这三本书等于不存在。出《猫城记》的那一家书店久已倒闭，纸型押在了一个纸铺里。纸铺仍继续印它,但与我无关。我若问版税,则纸铺会教我代书店还债！好了，四本等于不存在了。《牛天赐传》等四本书，四年的版税应是多少？不晓得。我只听到家中的报告：从抗战第二年起，家中每月得五十元（五十元到家不过是二十元，而书局按五十元算），最近得到通知，说两年多共付一千七百元，即算全数付清！此后不再付！好了,八本书等于不存在了！《赶集》与《离婚》，近两年来才在沪复印，恢复版税，而今日沪上情形如何，不可得知，大概这两本也要不存在！好，十本了！《面子问题》与《三四一》均卖版权，书卖多卖少与我不相干。好，十二本了！《国家至上》没得过分文，详情不必说。十三本了！《小坡的生日》每年约入二三十元。《蛤藻集》每年约入四五十元，均有账可查。《残雾》到今日为止，得过四十一元！您给我算算，我的版税是相当地可观，还是“不”相当地可观？

还有上演税呀！一点不错，剧本在重庆上演的确有上演税好拿。可是，别处呢？哼，回答这一问的只好是冷笑！

账算清了，您以为我会灰心吧？并不！让没良心的去发财吧；至于我，只要还有口气，就不放弃文艺。尽管成绩欠佳，收入更欠佳！

载1942年5月1日《文风》创刊号

搬　　家

一提议说搬家，我就知道麻烦又来了。住着平安，不吵不闹，谁也不愿搬动。又不是光棍一条，搬起来也省事。既然称得起“家”，这至少起码是夫妇两个，往往彼此意见不合，先得开几次联席会议，结果大家的主张不得不折中。谁去找房，这个说，等我找到得几时，我又得教书，编讲义，写文章，而且专等星期去找；况且我男人家又粗心又马虎，还是你去吧。那个说，一个女人家东家进，西家出，“眼观六路耳听八方”都得看仔细，打听明白，就是看妥了，和房东办交涉也是不善，全权通交在一人身上，这个责任，确是不轻。

没有法子，只得第二天就去实行，一路上什么也引不起注意，就看布告牌上的招租帖，墙角上，热闹口上通都留神，这还不算。有的好房就不贴条子，也不请银行信托部来管，这可不好办。一来二去的自己有了点发现，凡是窗户上没有窗帘子，你就可拍门去问。虽然看不中意，但是比较起所看的房确是强得多。

住惯北平的房子，老希望能找到一个大院子。所以离开北平之后，无论到天津、济南、汉口、上海，以至青岛，能找到房子带个大院子，真是少有。特别是在青岛，你能找到独门独院，只花很少的租价，就简直可说没有。除非你真有腰包，可以大大地租上座全楼。

我就不喜欢一个楼，分楼上一家，楼下一家，或是楼分四家住。这样住在楼上的人多少总是占便宜的。楼下的可就倒霉。遇见清净孩子少的还好，遇见好热闹，有嗜好的，孩子多的，那才叫活糟。而且还注意同楼是不是好养狗。这是经验告诉我，一条狗得看新养的，还是旧有的。青岛的狗种，可属全世界的了，三更半夜，嚎出的声真能吓得你半夜不能安睡。有了狗群，更不得安生，决斗声、求爱声、乳狗声，比什么声音都复杂热闹。这个可不敢领教了！

其次看同楼邻居如何；人口、年龄、籍贯、职业，都得在看房之际顺口答音的，探听清楚。比如说吧，这家是南方人，老太太是湖北的，少奶奶是四川的，少爷是在港务局做事，孩子大小三个；这所楼我虽看的还合适，房间大，阳光充足，四壁厕所厨房都干净，可是一看这家邻居，心就凉爽了。第一老太太是南方的我先怕。这并不是说对于南方的老太太有什么仇恨，而是对于她们生活习惯都合不来。也不管什么日子，黑天白日，黄钱白钱——纸钱——足烧一气，口中念念有词，我确是看不下去。再有是在门前买东西，为了一分钱，一棵菜，绝不善罢甘休买成功，必得为少一两分量吵嚷半天，小贩们脸红脖子粗地走开。少奶奶管孩子，少爷吊嗓子，你能管得着吗？碰巧还架上贱价无线电，吵得你“姑子不得睡，和尚不得安”。所以趁早不用找麻烦。

论到职业上，确是重大问题。如果同楼邻居是同行，当然不必每天见面，“今天天气，哈哈哈”，或者不至于遭人白眼，扭头不屑于理“你个穷酸教书匠”，大有“道不同不相为谋”的气概。有时还特别显示点大爷就是这股子劲，看着不顺眼，搬哪！于是乎下班之后约些朋友打打小牌。越是更深人静，红中白板叫得越响，碰巧就继续到天亮，叫车送客忙了一大阵，这且不提。

你遇见这样对头最好忍受。你若一干涉，好，事情更来得重，没事先拉拉胡琴，约个人唱两出。久而久之，来个“坐打二簧”，锣鼓一齐响，你不搬家还等着什么？想用功到时候了，人家却是该玩的时候；你说明天第一堂有课，人家十时多才上班。你想着票友散了，先睡一觉，人家楼上孩子全起来了，玩橄榄球，拉凳子，打铁壶又跟上了。心中老害怕薄薄一层楼板，早晚是全军覆没，盖上木头被褥，那才高兴呢！

一封客客气气的劝告信，满希望等楼上的先生下了班，送了过去，发生点效力。一会儿楼上老妈子推门进来说，我们太太不认识字，老爷不在家，太太说不收这封信。好吧，接过来，整个丢进字纸篓里。自愧没做公安局局长。

一个月后，房子才算妥当了，半年为期，没有什么难堪条件。回来对她一说，她先摇头，难道楼下你还没住够？我说，这次可担保，一定没有以前所受的流弊。房子够住，地点适宜，离学校、菜市、大街都近，而且喜欢遇到整齐的院子，又带着一个大空后院，练球、跳远、打拳都行。再说楼上只住老夫妇俩，还是教育界。她点了点头。

两辆大敞车，把所有的动产，在一早晨都搬了过去，才又发现门口正对着某某宿舍三个敞口大垃圾箱。掩鼻而过可也！

载 1936 年 12 月 10 日《谈风》第 4 期

有了小孩以后

艺术家应以艺术为妻，实际上就是当一辈子光棍儿。在下闲暇无事，往往写些小说，虽一回还没自居过文艺家，却也感觉到家庭的累赘。每逢困于油盐酱醋的灾难中，就想到独人一身，自己吃饱便天下太平，岂不妙哉。

家庭之累，大半由儿女造成。先不用提教养的花费，只就淘气哭闹而言，已足使人心慌意乱。小女三岁，专会等我不在屋中，在我的稿子上画圈拉杠，且美其名曰“小济会写字”！把人要气没了脉，她到底还是有理！再不然，我刚想起一句好的，在脑中盘旋，自信足以愧死莎士比亚，假若能写出来的话。当是时也，小济拉拉我的肘，低声说：“上公园看猴？”于是我至今还未成莎士比亚。小儿一岁整，还不会“写字”，也不晓得去看猴，但善亲亲，闭眼，张口展览上下四个小牙。我若没事，请求他闭眼，露牙，小胖子总会东指西指地打岔。赶到我拿起笔来，他那一套全来了，不但亲脸，闭眼，还“指”令我也得表演这几招。有什么办法呢？！

这还算好的。赶到小济午后不睡，按着也不睡，那才难办。到这么四点来钟吧，她的困闹开始，到五点钟我已没有人味。什么也不对，连公园的猴都变成了臭的，而且猴之所以臭，也应当由我负责。小胖子也有这种困而不睡的时候，大概多数是与小济同时发难。两位小醉鬼一齐找毛病，我就是诸葛亮恐怕也得唱空城计，一点办法没有！在这种干等束手被擒的时候，偏偏会来一两封快信——催稿子！我也只好闹脾气了。不大一会儿，把太太也闹急了，一家大小四口，都成了醉鬼，其热闹至为惊人。大人声言离婚，小孩怎说怎不是，于离婚的争辩中瞎打混。一直到七点后，二位小天使已困得动不得，离婚的宣言才无形地撤销。这还算好的。遇上小胖子出牙，那才真叫厉害，不但白天没有情理，夜里还得上夜班。一会儿一醒，若被针扎了似的惊啼，他出牙，谁也不用打算睡。他的牙出利落了，大家全成了红眼虎。

不过，这一点也不妨碍家庭中爱的发展，人生的巧妙似乎就在这里。记得 Frank Harris 仿佛有过这么点记载：他说王尔德为那件不名誉的案子过堂被审，一开头他侃侃而谈，语多幽默。及至原告提出几个男妓做证人，王尔德没了脉，非失败不可了。Harris 以为王尔德必会说：“我是个戏剧家，为观察人生，什么样的人都当交往。假若我不和这些人接触，我从哪里去找戏剧中的人物呢？”可是，王尔德竟自没这么答辩，官司就算输了！

把王尔德且放在一边；艺术家得多去体验，Harris 的意见，假若不是特为王尔德而发的，的确是不错。连家庭之累也是如此。还拿小孩们说吧——这才来到正题——爱他们吧，嫌他们吧，无论怎说，也是极可宝贵的经验。

在没有小孩的时候，一个人的世界还是未曾发现美洲的时候的。小孩是科仑布[1]，把人带到新大陆去。这个新大陆并不很远，就在熟习的街道上和家里。你看，街市上给我预备的，在没有小孩的时候，似乎只有理发馆、饭铺、书店、邮政局等。我想不出婴儿医院、糖食店、玩具铺等等的意义。连药房里的许许多多婴儿用的药和粉、报纸上婴儿自己药片的广告、百货店里的小

[1] 今译哥伦布。

袜子小鞋，都显得多此一举，劳而无功。及至小天使自天飞降，我的眼睛似乎戴上了一双放大镜，街市依然那样，跟我有关系的东西可是不知增加了多少倍！婴儿医院不但挂着牌子，敢情里边还有医生呢。不但有医生，还是挺神气，一点也得罪不得。拿着医生所给的神符，到药房去，敢情那些小瓶子小罐都有作用。不但要买瓶子里的白汁黄面和各色的药饼，还得买瓶子罐子、轧粉的钵，量奶的漏斗、乳头、卫生尿布，玩意多多了！百货店里那些小衣帽、小家具，也都有了意义；原先以为多此一举的东西，如今都成了非它不行；有时候铺中缺乏了我所要的那一件小物品，我还大有看不起他们的意思：既是百货店，怎能不预备这件东西呢？！慢慢地，全街上的铺子，除了金店与古玩铺，都有了我的足迹；连当铺也走得怪熟。铺中人也渐渐熟识了，甚至可以随便闲谈，以小孩为中心，谈得颇有味儿。伙计们，掌柜们，原来不仅是站柜做买卖，家中还有小孩呢！有的铺子，竟自敢允许我欠账，仿佛一有了小孩，我的人格也好了些，能被人信任。三节的账条来得很踊跃，使我明白了过节过年的时候怎样出汗。

小孩使世界扩大，使隐藏着的东西都显露出来。非有小孩不能明白这个。看着别人家的孩子，肥肥胖胖，整整齐齐，你总觉得小孩们理应如此，一生下来就戴着小帽，穿着小袄，好像小雏鸡生下来就披着一身黄绒似的。赶到自己有了小孩，才能晓得事情并不这么简单。一个小娃娃身上穿戴着全世界的工商业所能供给的，给全家人以一切啼笑爱怨的经验，小孩的确是位小活神仙！

有了小活神仙，家里才会热闹。窗台上，我一向认为是摆花的地方。夏天呢，开着窗，风儿轻轻吹动花与叶，屋中一阵阵的清香。冬天呢，阳光射到花上，使全屋中有些颜色与生气。后来，有了小孩，那些花盆很神秘地都不见了，窗台上满是瓶子罐子，数不清有多少。尿布有时候上了写字台，奶瓶倒在书架上。大扫除才有了意义，是的，到时候非痛痛快快地收拾一顿不可了，要不然东西就有把人埋起来的危险。上次大扫除的时候，我由床底下找到了但丁的《神曲》。不知道这老家伙干吗在那里藏着玩呢！

人的数目也增多了，而且有很多问题。在没有小孩的时候，用一个仆人就够了，现在至少得用俩。以前，仆人“拿糖”，满可以暂时不用；没人做饭，就外边去吃，谁也不用拿捏谁。有了小孩，这点豪气趁早收起去。三天没人洗尿布，屋里就不要再进来人。牛奶等项是非有人管理不可，有儿方知卫生难，奶瓶子一天就得烫五六次；没仆人简直不行！有仆人就得捣乱，没办法！

好多没办法的事都得马上有办法，小孩子不会等着“国联”慢慢解决儿童问题。这就长了经验。半夜里去买药，药铺的门上原来有个小口，可以交钱拿药，早先我就不晓得这一招。西药房里敢情也打价钱，不等他开口，我就提出：“还是四毛五？”这个“还是”使我省五分钱，而且落个行家。这又是一招。找老妈子有作坊，当票儿到期还可以入利延期，也都被我学会。没功夫细想，大概自从有了儿女以后，我所得的经验至少比一张大学文凭所能给我的多着许多。大学文凭是由课本里掏出来的，现在我却念着一本活书，没有头儿。

连我自己的身体现在都会变形，经小孩们的指挥，我得去装马装牛，还须装得像个样儿。不但装牛像牛，我也学会牛的忍性，小胖子觉得“开步走”有意思，我就得百走不厌；只做一回，绝对不行。多咱他改了主意，多咱我才能“立正”。在这里，我体验出母性的伟大，觉得打老婆的人们满该下狱。

中秋节前来了个老道，不要米，不要钱，只问有小孩没有？看见了小胖子，老道高了兴，说十四那天早晨须给小胖子左腕上系一根红线。备清水一碗，烧高香三炷，必能消灾除难。右邻家的老太太也出来看，老道问她有小孩没有，她惨淡地摇了摇头。到了十四那天，倒是这位老太太的提醒，小胖子的左腕上才拴了一圈红线。小孩子征服了老道与邻家老太太。一看胖手腕的红线，我觉得比写完一本伟大的作品还骄傲，于是上街买了两尊兔子王，感到老道，红线、兔子王，都有绝大的意义！

载于 1936 年 11 月 25 日《谈风》第三期

婆 婆 话

一位友人从远道而来看我，已七八年没见面，谈起来所以非常高兴。一来二去，我问他有了几个小孩？他连连摇头，答以尚未有妻。他已三十五六，还做光棍儿，倒也有些意思；引起我的话来，大致如下：

我结婚也不算早，做新郎时已三十四岁了。为什么不肯早些办这桩事呢？最大的原因是自己挣钱不多，而负担很大，所以不愿再套上一份麻烦，做双重的马牛。人生本来是非马即牛，不管是贵是贱，谁也逃不出衣食住行，与那油盐酱醋。不过，牛马之中也有些性子刚硬的，挨了一鞭，也敢回敬一个别扭。合则留，不合则去，我不能在以劳力换金钱之外，还赔上狗事巴结人，由马牛降作走狗。这么一来，随时有卷起铺盖滚蛋的可能，也就得有些准备：积极的是储蓄俩钱，以备长期抵抗；消极的是即使挨饿，独身一个总不致灾情扩大。所以我不肯结婚。卖国贼很可以是慈父良夫，错处是只尽了家庭中的责任，而忘了社会国家。我的不婚，越想越有理。

及至过了三十而立，虽有桌椅板凳亦不敢坐，时觉四顾茫然。第一个是老母亲的劝告，虽然不明说：“为了养活我，你牺牲了自己，我是怎样的难过！”

可是再说硬话实在使老人难堪，只好告诉母亲：不久即有好消息。君子一言，驷马难追；一透口话，就满城风雨。朋友们不论老少男女，立刻都觉得有做媒的资格，而且说得也确是近情近理，平日真没想到他们能如此高明。还普遍而且最动听的——不晓得他们都是从哪儿学来的这一套？——是：老光棍儿正如老姑娘。独居惯了就慢慢养成绝户脾气——万要不得的脾气！一个人，他们说，总得活泼泼的，各尽所长，快活地忙一辈子。因不婚而弄得脾气古怪，自己苦恼，大家不痛快，这是何苦？这个，的确足以打动一个三十多岁，对世事有些经验的人！即使我不希望升官发财，我也不甘成为一个老别扭鬼。

那么经济问题呢？我问他们。我以为这必能问住他们，因为他们必不会因为怕我成了老绝户而愿每月津贴我多少钱。哼，他们的话更多了。第一，两个人的花销不必比一个人多到哪里去；第二，即使多花一些，可是苦乐相抵，也不算吃亏；第三，找位能挣些钱的女子，共同合作，也许从此就富裕起来；第四，就说她不能挣钱，而且多花一些，人生本来是经验与努力，不能永远消极防备，而当努力前进。

说到这里，他们不管我相信这些与否，马上就给我介绍女友了。仿佛是我绝不会去自己找到似的。可是，他们又有文章。恋爱本无须找人帮忙，他们晓得；不过，在恋爱期间，理智往往弱于感情；一旦造成了将错就错的局面，必会将恩作怨，糟糕到底。反之，经友人介绍，旁观者清，即使未必准是半斤八两，到底是过了磅的有个准数。多一番理智的考核，便少一些感情的瞎碰。双方既都到了男大当娶、女大当聘之年，而且都愿结婚，一经介绍，必定郑重其事地为结婚而结婚，不是过过恋爱的瘾，况且结婚就是结婚；所谓同居，所谓试婚，所谓解决性欲问题，原来都是这一套。同居而不婚，也得两人吃饭，也得生儿养女；并不因为思想高明，而可以专接吻，不用吃饭！

我没了办法。你一言，我一语，说得我心中闹得慌。似乎只有结婚才能心静，别无办法。于是我就结了婚。

到如今，结婚已有五年，有了一儿一女。把五年的经验和婚前所听到的理论相证，倒也怪有个味儿。

第一该说脾气。不错，朋友们说对了：有了家，脾气确是柔和了一些。我必定得说，这是结婚的好处。打算平安地过活必须采纳对方的意见，阳纲或阴纲独振全得出毛病；男女同居，根本需要民治精神，独裁必引起革命；努力于此种革命并不足以升官发财，而打得头破血出倒颇悲壮而泄气。彼此非纳着点气儿不可，久而久之都感到精神的胜利，凡事可以和平解决，夫妇俱可成圣矣。

这个，可并不能完全打倒我在婚前的主张：独身气壮，天不怕地不怕；结婚气馁，该瞅着的就得低头。我的顾虑一点不算多此一举。结了婚，脾气确是柔和了，心气可也跟着软下来。为两个人打算，绝不会像一人吃饱天下太平那么干脆。于是该将就者便须将就，不便挺起胸来大吹浩然之气，恋爱可以自由，结婚无自由。

朋友们说对了。我也并没说错。这个，请老兄自己去判断，假如你想结婚的话。

第二该说经济。现在，如果再有人对我说，两人花钱不见得比一人多，我一定毫不迟疑地敬他一个嘴巴子。两人是两人，多数加S，钱也得随着加S。是的，太太可以去挣钱，两人比一人挣得多，可是花得也多呀。公园、电影场，绝不会有“太太免票”的办法，别的就不用说了。及至有了小孩，简直就不能再有什么预算决算，小孩比皇上还会花钱。太太的事不能再做，顾了挣钱就顾不了小孩，因挣钱而把小孩养坏，照样不上算；好，太太专看小孩，老爷专去挣钱，小孩专管花钱，不破产者鲜矣。

自然小孩会带来许多快乐，做了父母的夫妻特别能彼此原谅，而小胖孩子又是那么天真可爱。单单伸出一个胖手指已足使人笑上半天。可是，小胖子可别生病；一生病，爸的表、娘的戒指，全得暂入当铺，而且昼夜吃不好，睡不安，不亚于国难当前。割割扁桃体，得一百块！幸亏正是扁桃体，这要是整个的圆桃，说不定就得上万！以我自己说，我对儿女总算不肯溺爱，可是只就医药费一项来说，已经使我的肩背又弯了许多。有病难道不给治吗？小孩真是金子堆成的。这还没提到将来的教育费——谁敢去想，闭着眼瞎混吧！

有人会说喽，结婚之后顶好不要小孩呀。不用听那一套。我看见不少了，夫妻因为没有小孩而感情越来越坏，甚至去抱来个娃娃，暂时敷衍一下。有小孩才像家庭；不然，家庭便和旅馆一样。要有小孩，还是早些有的为是。一来，妇女岁数稍大，生产就更多危险；二来，早些有子女，虽然花费很多，可是多少能早些有个打算，即便计划不能实现，究竟想有个准备；一想到将来，便想到子女，多少心中要思索一番，对于做事花钱就不能不小心。这样，夫妇自自然然会老成一些了，要按着老法子说呢，父母养活子女，赶到子女长大便倒过头来养活父母。假如此法还能适用，那么早有小孩，更为上算。假如父亲在四十岁上才有了儿子，儿子到二十的时候，父亲已经六十了，说不定，也许活不到六十的，即使儿子应用古法，想养活父亲，而父亲已入了棺材，哪能喝酒吃饭？

这个，朋友，假若你想结婚的话，又该去思索一番。娶妻需花钱，生儿养女需花钱，负担日大，肩背日弯，好不伤心；同时，结婚有益，有子也有乐趣，即使乐不抵苦，可是生命至少不显得空虚。如何之处，统希鉴裁！

至于娶什么样的太太，问题太大，一言难尽。不过，我看出这么点来：美不是一切。太太不是图画与雕刻，可以用审美的态度去鉴赏。人的美还有品德体格的成分在内。健壮比美更重要。一位爱生病的太太不大容易使家庭快乐可爱。学问也不是顶要紧的，因为有钱可以自己立个图书馆，何必一定等太太来丰富你的或任何人的学问？据我看，结婚是关系于人生的根本问题的；即使高调很受听，可是我不能不本着良心说话，吃、喝、性欲、繁殖，在结婚问题上比什么理想与学问都更要紧。我并不是说妇人应当只管洗衣做饭抱孩子，不应读书做事。我是说，既来到婚姻问题上，既来到家庭快乐上，就趁早不必唱高调，说那些闲盘儿。这是个实际问题，是解决生命的根源上的几项问题，那么，说真实的吧，不必弄一套之乎者也。一个美的摆设，正如一个有学问的摆设，都是很好的摆设，可是未见得是位好的太太。假若你是富家翁呢，那就随便地弄什么摆设也好。不幸，你只是个普通的人，那么，一个会操持家务的太太实在是必要的。假如说吧，你娶了一位哲学博士，长得也顶美，可是一进厨房便觉恶心，夜里和你讨论康德的哲学，力主生育节制，即使有了小孩也不会抱着，你怎么办？听我的话，要娶，就娶个能做贤妻良母的。尽管大家高喊打倒贤妻良母主义，你的快乐你知道。这并不完全是自私，因为一位不希望做贤妻良母的满可以不嫁而专为社会服务呀。假如一位反抗贤妻良母的而又偏偏去嫁人，嫁了人又连自己的袜子都不会或不肯洗，那才是自私呢。不想结婚，好，什么主义也可以喊；既要结婚，须承认这是个实际问题，不必故弄玄虚。夫妻怎不可以谈学问呢；可是有了五个小孩，欠着五百元债，明天的房钱还没指望，要能谈学问才怪！两个帮手，彼此帮忙，是上等婚姻。

有人根本不承认家庭为合理的组织，于是结婚也就成为可笑之举。这，另有说法，不是咱们所要谈的。咱们谈的是结婚与组织家庭，那么，这套婆婆话也许有一点点用，多少备你参考吧。

原载1936年9月5日《中流》创刊号

我的理想家庭

一个二十多岁的小伙子，讲恋爱，讲革命，讲志愿，似乎天地之间，唯我独尊，简直想不到组织家庭——结婚既是爱的坟墓，家庭根本上是英雄好汉的累赘。及至过了三十，革命成功与否，事情好歹不论，反正领略够了人情世故，壮气就差点事儿了。虽然明知家庭之累，等于投胎为马为牛，可是人生总不过如此，多少也都得经验一番，既不坚持独身，结婚倒也还容易。于是发帖子请客，笑着开驶倒车，苦乐容或相抵，反正至少凑个热闹。到了四十，儿女已有二三，贫也好富也好，自己认头苦曳，对于年轻的朋友已经有好些个事儿说不到一处，而劝告他们老老实实地结婚，好早生儿养女，即是话不投缘的一例。到了这个年纪，设若还有理想，必是理想的家庭。倒退二十年，连这么一想也觉泄气。人生的矛盾可笑即在于此，年轻力壮，力求事事出轨，决不甘为火车；及至中年，心理的、生理的，种种理的什么什么，都使他不但非做火车不可，且做货车焉。把当初与现在一比较，判若两人，足够自己笑半天的！或有例外，实不多见。

明年我就四十了，已具说理想家庭的资格：大不必吹，盖亦自嘲。

我的理想家庭要有七间小平房：一间是客厅，古玩字画全非必要，只要几张很舒服宽松的椅子，一二小桌。一间书房，书籍不少，不管什么头版与古本，而都是我所爱读的。一张书桌，桌面是中国漆的，放上热茶杯不至烫成个圆白印儿。文具不讲究，可是都很好用。桌上老有一两枝鲜花，插在小瓶里。两间卧室，我独据一间，没有臭虫，而有一张极大极软的床。在这个床上，横睡直睡都可以，不论怎睡都一躺下就舒服合适，好像陷在棉花堆里，一点也不硬碰骨头。还有一间，是预备给客人住的。此外是一间厨房，一个厕所，没有下房，因为根本不预备用仆人。家中不要电话，不要播音机，不要留声机，不要麻将牌，不要风扇，不要保险柜。缺乏的东西本来很多，不过这几项是故意不要的，有人白送给我也不要。

院子必须很大。靠墙有几株小果木树。除了一块长方的土地，平坦无草，足够打开太极拳的，其他的地方就都种着花草——没有一种珍贵费事的，只求昌茂多花。屋中至少有一只花猫，院中至少也有一两盆金鱼；小树上悬着小笼，二三绿蝈蝈随意地鸣着。

这就该说到人了。屋子不多，又不要仆人，人口自然不能很多：一妻和一儿一女就正合适。先生管擦地板与玻璃，打扫院子，收拾花木，给鱼换水，给蝈蝈一两块绿王瓜或几个毛豆；并管上街送信买书等事宜。太太管做饭，女儿任助手——顶好是十二三岁，不准小也不准大，老是十二三岁。儿子顶好是三岁，既会讲话，又胖胖的会淘气。母女于做饭之外，就做点针线，看小弟弟。大件衣服拿到外边去洗，小件的随时自己涮一涮。

既然有这么多工作，自然就没有多少工夫去听戏看电影。不过在过生日的时候，全家就出去玩半天；接一位亲或友的老太太给看家。过生日什么的永远不请客受礼，亲友家送来的红白帖子，就一概扔在字纸篓里，除非那真需要帮助的，才送一些干礼去。到过节过年的时候，吃食从丰，而且可以买一通纸牌，大家打打“索儿胡”，赌铁蚕豆或花生米。

男的没有固定的职业；只是每天写点诗或小说，每千字卖上四五十元钱。女的也没事做，除了家务就读些书。儿女永不上学，由父母教给画图，唱歌，跳舞——乱蹦也算一种舞法——和文字、手工之类。等到他们长大，或者也会仗着绘画或写文章卖一点钱吃饭；不过这是后话，顶好暂且不提。

这一家子人，因为吃得简单干净，而一天到晚又不闲着，所以身体都很不坏。因为身体好，所以没有肝火，大家都不爱闹脾气。除了为小猫上房，金鱼甩子等事着急之外，谁也不急叱白脸的。

大家的相貌也都很体面，不令人望而生厌。衣服可并不讲究，都做得很结实朴素：永远不穿又臭又硬的皮鞋。男的很体面，可不露电影明星气；女的很健美，可不红唇卷毛的鼻子朝着天。孩子们都不卷着舌头说话，淘气而不讨厌。

这个家庭顶好是在北平，其次是成都或青岛，至坏也得在苏州。无论怎样吧，反正必须在中国，因为中国是顶文明顶平安的国家；理想的家庭必在理想的国内也。

载于 1936 年 11 月 16 日《论语》第一百期

第五章

嬉笑怒骂，皆成文章

看生命，领略生命，解释生命，你的作品才有生命。

读　　书

若是学者才准念书，我就什么也不要说了。大概书不是专为学者预备的；那么，我可要多嘴了。

从我一生下来直到如今，没人盼望我成个学者；我永远喜欢服从多数人的意见。可是我爱念书。

书的种类很多，能和我有交情的可很少。我有决定念什么的全权；自幼儿我就会逃学，愣挨板子也不肯说我爱《三字经》和《百家姓》。对,《三字经》便可以代表一类——这类书，据我看，顶好在判了无期徒刑以后去念，反正活着也没多大味儿。这类书可真不少，不知道为什么；也许是犯无期徒刑罪的太多；要不然便是太少——我自己就常想杀些写这类书的人。我可是还没杀过一个，一来是因为——我才明白过来——写这样书的人敢情有好些已经死了，比如写《尚书》的那位李二哥。二来是因为现在还有些人专爱念这类书，我不便得罪人太多了。顶好,我看是不管别人；我不爱念的就不动好了。好在，我爸爸没希望我成个学者。

第二类书也与咱无缘：书上满是公式,没有一个“然而”和“所以”。据说，这类书里藏着打开宇宙秘密的小金钥匙。我倒久想明白点真理，如地球是圆的之类；可是这种书别扭，它老瞪着我。书不老老实实的当本书，瞪人干吗呀？我不能受这个气！有一回，一位朋友给我一本《相对论原理》，他说：明白这个就什么都明白了。我下了决心去念这本宝贝书。读了两个“配纸”，我遇上了一个公式。我跟它“相对”了两点多钟！往后边一看，公式还多了去啦！我知道和它们“相对”下去，它们也许不在乎，我还活着呢？

可是我对这类书，老有点敬意。这类书和第一类有些不同，我看得出。第一类书不是没法懂，而是懂了以后使我更糊涂。以我现在的理解力——比上我七岁的时候，我现在满可以做圣人了——我能明白“人之初，性本善”。明白完了，紧跟着就糊涂了；昨儿个晚上，我还挨了小女儿——玫瑰唇的小天使——一个嘴巴。我知道这个小天使性本不善，她才两岁。第二类书根本就看不懂，可是人家的纸上没印着一句废话；懂不懂的，人家不闹玄虚，它瞪我，或者我是该瞪。我的心这么一软，便把它好好放在书架上；好打好散，别太伤了和气。

这要说到第三类书了。其实这不该算一类；就这么算吧，顺嘴。这类书是这样的：名气挺大，念过的人总不肯说它坏，没念过的人老怪害羞地说将要念。譬如说《元曲》，太炎先生的文章，罗马的悲剧，辛克莱的小说，《大公报》——不知是哪儿出版的一本书——都算在这类里，这些书我也都拿起来过，随手便又放下了。这里还就属那本《大公报》有点劲。我不害羞，永远不说将要念。好些书的广告与威风是很大的，我只能承认那些广告做得不错，谁管它威风不威风呢。

“类”还多着呢，不便再说；有上面的三项也就足以证明我怎样的不高明了。该说读的方法。

怎样读书，在这里，是个自决的问题；我说我的，没勉强谁跟我学。第一，我读书没系统。借着什么，买着什么，遇着什么，就读什么。不懂的就放下，使我糊涂地放下，没趣味地放下，不客气。我不能叫书管着我。

第二，读得很快，而不记住。书要都叫我记住，还要书干吗？书应该记住自己。对我，最讨厌的发问是："那个典故是哪儿的呢？""那句书是怎么来着？"我永不回答这样的考问，即使我记得。我又不是印刷机器养的，管你这一套！

读得快，因为我有时候跳过几页去。不合我的意，我就练习跳远。书要是不服气的话，来跳我呀！看侦探小说的时候，我先看最后的几页，省事。

第三，读完一本书，没有批评，谁也不告诉。一告诉就糟："嘿，你读《啼笑因缘》？"要大家都不读《啼笑因缘》，人家写它干吗呢？一批评就糟："尊家这点意见？"我不惹气。读完一本书再打通儿架，不上算。我有我的爱与不爱，存在我自己心里。我爱念什么就念，有什么心得我自己知道，这是种享受，虽然显得自私一点。

再说呢，我读书似乎只要求一点灵感。"印象甚佳"便是好书，我没工夫去细细分析它，所以根本便不能批评。"印象甚佳"有时候并不是全书的，而是书中的一段最入我的味；因为这一段使我对这全书有了好感；其实这一段的美或者正足以破坏了全体的美，但是我不去管；有一段叫我喜欢两天的，我就感谢不尽。因此，设若我真去批评，大概是高明不了。

第四，我不读自己的书，不愿谈论自己的书。"儿子是自己的好"，我还不晓得，因为自己还没有过儿子。有个小女儿，女儿能不能代表儿子，就不得而知。"老婆是别人的好"，我也不敢加以拥护，特别是在家里。但是我准知道，书是别人的好。别人的书自然未必都好，可是至少给我一点我不知道的东西。自己的，一提都头疼！自己的书，和自己的运气，好像永远是一对儿累赘。

第五，哼，算了吧。

载 1934 年 12 月《太白》第 1 卷第 7 期

自　　述

抗战第一年的深秋，我带了五十块钱，由济南跑到汉口。一晃儿，四年了！

妻是深明大义的。平日，她的胆子并不大。可是，当我要走的那天，铺子关上了门，飞机整天在飞鸣，人心恐慌到极度，她却把泪落在肚中，沉静地给我打点行李。她晓得必须放我走，所以不便再说什么。四年没听见她的语声了，沉毅的静默，将永远使我坚强！

儿女都小，不懂得别离之苦。小乙帮助妈妈给爸爸收拾东西，而适足以妨碍妈妈。我叱了他一声，他撇了撇嘴，没敢哭出来。至今，我觉得对不起小乙；现在他大概已经学会写几个字了吧？

四年了，每一空闲下来，必然地想起离济南时妻的沉静，与小乙的被叱要哭；想到，泪也就来到；可是，抗战期间，似乎应把个人的难过都忍在心中，不当以泪洗面；我不敢哭。同时，我总设法教自己忙碌；没有空闲，也就没有了闲愁。

要把相当忙碌的四年中所经历的一切都写下来，恐怕不大容易；挑选着说一点吧：

一、我的苦恼：自幼就穷，惯于吃苦。可是，自幼就好洁净，虽在病中也不肯不洗手洗脸，衣服不怕破烂，只怕脏。抗战中，我连好清洁的习惯也不能保持了，很难过。

既爱清洁，很自然的也就爱秩序。饮食起卧都有定时，一切东西都有一定的地位。秩序一乱，我就头昏，没法写作。抗战四年，我没有写出很多的文章来，写出的一点也十分拙劣，恐怕没有秩序是个很重要的原因。

爱洁净秩序的人往往好安静。我就那样。不大爱热闹，不喜欢见生人。可是，在抗战中，没法把自己隐藏起来，什么地方都须去，什么生人都须见，不管我愿意不愿意。设若我能自主，我一定会躲在深山里去。可是流亡四方，原为做一点有益于抗战的事，怎能藏起来呢？也许还有人说我风头十足呢？咱们心里分明；个人内心的痛苦是用不着报告给不关切他的人的。

按理说，上述的一些小苦恼本算不了什么。比起抗战将士所受的苦处，这真是微乎其微了。不过，假若我是做着别的事，我想一定不会抱怨什么；我要写作，这就不同了。写作有许多条件，个人的习惯也得算一个。把我放在一个毫无秩序的地方，我实在无法工作。啊，一个人是多么不易适应环境呀！我真钦佩羡慕那些战地的文艺工作者和新闻记者，他们即便是爬在土壕里,还能写他们的笔记或报告。我愿自己也有这种本领！战时的文人,据我看，不但要有文艺上的修养，还须有体质上的准备，“文弱”是战时文人的坏的形容词！可惜，我已年过四十，求不生疾病已属不易；要说一时就把自己练成运动家的模样，或者近乎梦想了。盼望青年文人们都注意到身体！

好清洁与爱秩序绝不是恶劣的习惯，我想不会有人以为我是要养尊处优地去吟风弄月。我之所以提到因不能保持这并不是要不得的习惯而感到苦恼者，倒是为说明假若我有健壮的身体，我就可以连这点苦恼也渐次消灭，使生活的不安毫不影响到我的工作。同时，我还要借此说明：这四年来，我已经没有什么私生活可言。家眷不在我的身边，住处无定，起睡没有定时；别人教我怎样，我就怎样，没有哪一天可以算作我自己的。就是自己的工作，有时候也不能自主；我生活在团体里，我的写作也就往往受人之托，别人出题，我去写。这种没有私生活的生活，给我许多苦痛，可是渐渐地也习惯下来。为了抗战，许多作家是这样地活着；人家既能忍受，我就也得忍受；战争带来的苦难，每一个人都应当分担一些。至于说这种生活妨碍了写作，自然使我最感不快，可是社会上既还没想到文字的事业应当在安静方便的处所去做，而给文人们预备一个工作室，我就只好在忙乱与嘈杂的缝子中，忙里偷闲地去写一点。写不出好东西，还是我自己来负责，不怨别人——要怨，也似乎只好怨自己没有牛一般的力气吧。

二、我的欣悦：抗战以前我不是在青岛，便是在济南，连北平也不大常去。因此，平沪两大文艺本营的工作者，认识我的很少。抗战后，有了见面的机会，我交了许多朋友。前面说过，我羞见生人；文人中自然也有不少生人，可是我不怕见他们，且愿交为朋友，因为既同是文人，自有相近之处，人虽生，而气味似久已相投，恨未一面耳。

单单是大家呼兄唤弟，不但没有用处，而且也显得肉麻。我的朋友增多，每个人都有他的经验与特长，这才是学习与研究的好机会呀，这才使我欣喜呀！我们谈，我们相互批评，于是我的胆气大起来。不会写剧本吗？去讨教！写得不好吗？请大家批评！就是在这种友谊中，我才开始练习写诗歌与剧本。除了个人的获得，我也为整个的文艺界欣喜，因为互相教导与批评的风气在抗战中造成，一定不会因抗战胜利而消灭；那么，这种好风气的继续存在，也就是文艺能进步不停地保证。

有了这个欣喜，便克服了一切的小烦恼。什么衣服无人补啊，饿冷无人问啊，都是小事，都是小事！我是干文艺的人，只要在文艺上有所获得，便是获得了生命中最善的努力与成就，虽死不怨。

我希望还能再活二十年。这二十年中须再写出像点样子的十本或十多本作品。这些作品将是在写完以后，约请文友详加批评，而后细细修改；而后再评再改，直到大家与我都满意了才去付印。有今日的欣喜，我相信这对来日的希冀不是个梦想。

三、我的态度：从家里跑出来，是为做一点有助于抗战的事。能做多少，做得好坏，都是才力的问题；我晓得自己的才薄力微，但求不变此心，不问收获多寡。四年来，我已没有了私生活；这使我苦痛，可也使我更努力做事；我不怕被称为无才无能，而怕被识为苟且敷衍。被苦痛所压倒是软弱，软弱到相当的程度便会自暴自弃；这，非我所甘心。我永远不会成为英雄，只求有几分英雄气概；至少须消极地把受苦视为当然，而后用事实表现一点积极的向上精神。

有了此态度，我要做什么就极容易决定了。我所要做的必是我所能做的；我能写点小说之类的东西；那么，写作便是我的无容犹豫的工作。同时，妨碍写作的事也必须避免。做编辑，专心去看别人的文字，便没有时间写自己的，我不干。做教员，即使不管误人子弟与否，一面教书，一面写书，总不会是相得益彰的事，我不干。做官，公事房大概不是什么理想的写作的地方，我不干。削去这些枝节，即使本干还是很单细，但总有可以渐次坚实起来的希望；这个希望我抱定了笔与纸不放手。

幸而我的家眷没有跟着我！假若他们是在我的身边，我虽终日不舍纸笔，恐怕为了油盐酱醋，也要耽搁许多时间，耗费许多精神。说不定，还许为了煤米柴炭去做编辑，教员，或小官。我感激我的妻！

在抗战前，正如在抗战后，我的志愿不大——只求就我所能做的做出一点事来。抗战后之所以异于抗战前者，就是抗战前生活有规律，抗战后生活较比地散漫。生活的没有严整的秩序，影响到我的工作；可是，生活的简单使我心中清楚，虽然感到小小的苦恼，而不至于使我悲观与灰心。同时，我所能做到的，总愿多做出来一些；不能做的我决不轻举妄动。这样，我可以在一方面像耕牛似的慢慢地犁着田，在另一方面我抱定不随便生气动怒的主意。假若我被人骂了一顿，我必检讨自己一番；骂得对呢，我须接受；骂得不对，便一笑置之。无论如何，我不还口。以骂还骂，有时候或者是必要的，但是我不愿这样做。因为我所能做的是写一点小说剧本之类的东西，而骂人并不能与小说剧本相并列，所以即使我会骂人，我也不想开口。我未必能把小说剧本等写得很好，可是我准知道即使骂人骂得极俏皮厉害，也不能代替我那不很好的小说与剧本。因此，假若今天在某刊物或报纸上有骂我的文字，而明天那个刊物或报纸来教我写文章，我还是毫不迟疑地给它写；后来，它又骂了；大后天，再教我写，我还是毫不迟疑地去写。我写不出很好的文章来，但是我总求它有一点文艺性，这才能由学习而逐渐获得一点好的经验。世界上有很好的骂人文字，永垂不朽，但是，并不很多。我没有骂人的天才，所以写诟骂的文字不见得是上算的事；假若我的一本小说可以传到十年百年，我的一篇骂人的短文也不过只能快意一时而已。我想证明在今天有几个能写骂人文字的人，而且能永垂不朽，给我们的文艺增添一点光彩。可是，这种文字极难写，非有极高的天才与识见不行。若是破口骂骂别人，以增自己的威风，居心已愧，必定骂不出什么名堂，而只虚耗了纸笔，在抗战期中（或在任何时期），实无可取！

表白自己或者是件讨厌的事。好了我不再多列条目。在第一条里，我说明了自己的苦痛何在，和怎样就可以克服这种苦痛——身体强的才能有充足的战斗力。第二条中，我道出自己的欣喜。这欣喜不是什么利益，而是好学习的心志遇到了可以学习的机会，足以使我更坚定地做个职业的写家，从今天直到入墓。第三条是第一、二两条的产物。我苦恼，就应设法坚强自己，以期继续的工作。我欣喜，就更当削减一切冗叶繁枝，使自己真能成为文艺之林中的一株有出息的小树。

这苦恼，这欣喜，与这由苦乐中决定的态度，是四年来生活的实录，不是空想。既是自己生活的实录，就不求别人来批评，因为我只觉得自己这么做是对的，并不希望别人也照方吃一剂。至于这些事实都与抗战有关与否，我觉得十分惭愧：我真愿为国家出力，做出一番轰轰烈烈的事业来，可是因才力所限,因一向没有显身扬名的宏愿,我仅能在文字上表现一点爱国的诚心。从各尽其力的道理来说，我总算没有偷闲偷懒；从报国救亡上来说，我只有惭愧！

个人计划

没有职业的时候，当然谈不到什么计划——找到事再说。找到了事做，生活比较稳定了，野心与奢望又自减缩——混着吧，走到哪儿是哪儿；于是又忘了计划。过去的几年总是这样，自己也闹不清是怎么过来的。至于写小说，那更提不到计划。有朋友来信说“做”，我就做；信来得太多了呢，便把后到的辞退，说上几声“请原谅”。有时候自己想写一篇，可是一搁便许搁到永远。一边做事，一边写作，简直不是回事儿！

一九三四年了，恐怕又是马虎地过去。不过，我有个心愿：希望能在暑后不再教书，而专心写文章，这个不是容易实现的。自己的负担太重，而写文章的收入又太薄；我是不能不管老母的，虽然知道创作的要紧。假如这能实现，我愿意暑后到南方去住些日子；杭州就不错，那里也有朋友。

不论怎样吧，这是后半年的话。前半年呢，大概还是一边教书，一边写点东西。现在已经欠下了好几个刊物的债，都该在新年后还上，每月至少须写一短篇。至于长篇，那要看暑假后还教书与否；如能辞退教职，自然可以从容地乱写了。不能呢，长篇即没希望。我从前写的那几本小说都成于暑假与年假中，因除此再找不出较长的时间来。这么一来，可就终年若干，一天不歇。明年暑假决不再这么干，我的身体实在不能说是很强壮。春假想去跑泰山，暑假要到非避暑的地方去避暑——真正避暑的地方不是为我预备的。我只求有个地点休息一下，暑一点也没关系。能一个月不拿笔，就是死上一回也甘心！

提到身体，我在四月里忽患背痛，痛得翻不了身，许多日子也不能“鲤鱼打挺”。缺乏运动啊。篮球足球，我干不了，除非有意结束这一辈子。于是想起了练拳。原先我就会不少刀枪剑戟——自然只是摆样子，并不能去厮杀一阵。从五月十四开始又练拳，虽不免近似义和团，可是真能运动运动。因为打拳，所以起得很早；起得早，就要睡得早；这半年来，精神确是不坏，现在已能一气练下四五趟拳来。这个，我要继续下去，一定！

自从我练习拳术，舍猫小球也胖了许多，因我一跳，她就扑我的腿，以为我是和她玩耍呢。她已一岁多了，尚未生小猫。扑我的腿，和有时候高声咪喵，或系性欲的压迫，我在来年必须为她订婚，这也在计划之中。

至于钱财，我向无计划。钱到手不知怎么就全另找了去处。来年呢，打算要小心一些。书，当然是要买的。饭，也不能不吃。要是俭省，得由零花上设法。袋中至多只带一块钱是个好办法；不然，手一痒则钞票全飞。就这样吧，袋中只带一元，想进铺子而不敢，则得之矣。

这像个计划与否，我自己不知道。不过，无论怎样，我是有志向善，想把生活“计划化”了。“计划化”惯了，生命就能变成个计划。将来不幸一命身亡，会有人给立一小块石碑，题曰“舒计划葬于此”。新年不宜说丧气话，那么，取消这条。

载 1934 年 1 月《东方杂志》第 31 卷第 1 期

考而不死是为神

考试制度是一切制度里最好的，它能把人支使得不像人了，而把脑子严格地分成若干小块块。一块装历史，一块装化学，一块……

比如早半天考代数，下午考历史，在午饭的前后你得把脑子放在两个抽屉里，中间连一点缝子也没有才行。设若你把X + Y和一八二八弄到一处，或者找唐朝的指数，你的分数恐怕是要在二十上下。你要晓得，状元得来个一百分呀。得这么着：上午，你的一切得是代数，仿佛连你是黄帝的子孙，和姓字名谁，全根本不晓得。你就像刚由方程式里钻出来，全身的血脉都是X和Y。赶到刚一交卷，你立刻成了历史，向来没听说过代数是什么。亚历山大、秦始皇等就是你的爱人，连他们的生日是某年某月某时都知道。代数与历史千万别联宗，也别默想二者的有无关系，你是赴考呀，赴考的期间你别自居为人，你是个会吐代数、吐历史的机器。

这样考下去，你把各样功课都吐个不大离，好了，你可以现原形了；睡上一天一夜，醒来一切茫然，代数历史化学诸般武艺通通忘掉，你这才想起“妹妹我爱你”。这是种蛇蜕皮的工作，旧皮蜕尽才能自由；不然，你这条蛇不会得到文凭，就是你爱妹妹，妹妹也不爱你，准的。

最难的是考作文。在化学与物理中间，忽然叫你“人生于世”。你的脑子本来已分成若干小块，分得四四方方，清清楚楚，忽然来了个没有准地方的东西，东扑扑个空，西扑扑个空，除了出汗没有合适的办法。你的心已冷两三天，忽然叫你拿出情绪作用，要痛快淋漓，慷慨激昂，假如题目是“爱国论”，或“天下兴亡匹夫有责”；你的心要是不跳吧，笔下便无血无泪；跳吧，下午还考物理呢。把定律们都跳出去，或是跳个乱七八糟，爱国是爱了，而定律一乱则没有人替你整理，怎么办？幸而不是爱国论，是山中消夏记，心无须跳了。可是，得有诗意呀。仿佛考完代数你更文雅了似的！假如你能逃出这一关去，你便大有希望了，够分不够的，反正你死不了了。被“人生于世”憋死，不是什么稀罕的事。

说回来，考试制度还是最好的制度。被考死的自然无须再提。假若考而不死，你放胆活下去吧，这已明明告诉你，你是十世童男转身。

选自《老舍全集》，人民文学出版社2013年版；原载1934年7月1日《论语》第44期

鬼　与　狐

我所见过的鬼都是鼻眼俱全，带着腿儿，白天在街上溜达的。夜间出来活动的鬼，还未曾遇到过；不是他们的过错，而是因为我不敢走黑道儿。平均地说，我总是晚上九点后十点前睡觉，鬼们还未曾出来；一睁眼就又天亮了。据说鬼们是在鸡鸣以前回家休息的。所以我老与鬼们两不照面，向无交往。即使有时候鬼在半夜扒着窗户看看我，我向来是睡得如死狗一般，大概他们也不大好意思惊动我。据我推测，鬼的拿手戏是吓唬人，那么，我夜间不醒，他也就没办法。就是他想一口冷气把我吹死，到底未能先使我的头发立起如刺猬的样子，他大概是不会过瘾的。

假若黑夜的鬼可以躲避，白天的鬼倒真没法儿防备。我不能白天也老睡觉。只要我一上街，总得遇上他。有时候在家中静坐，他会找上门来。夜里的鬼并不这样讨人嫌。还有呢，夜间的鬼有种种奇装异服与怪脸面，使人一见就知道鬼来了，如披散着头发，吐着舌头，走道儿没声音，和驾着阴风，等等。这些特异的标志使人先有个准备，能打呢就和他开仗，如若个子太高或样子太可怕呢，咱就给他表演个二百米或一英里竞走，虽然他也许打破我的纪录，而跑到前面去,可是到底我有个希望。白天的鬼,哼,比夜间的要厉害着多少倍,简直不知多少倍。第一，他不吐舌头，也不打旋风;他只在你不留神的时候，脚底下一绊，你准得躺下。他的样子一点也不见得比我难看，十之八九是胖胖的，一肚子鬼胎。他要能吓唬你，自然是见面就“虎”一气了;可是一般地说，他不“虎”，而是嬉皮笑脸地讨人喜欢。等你中了他的计策之后，你才觉出他比棺材板还硬还凉。他与夜鬼的分别是这样:夜鬼拿人当人待，他至多不过希望拉个替身;白日鬼根本不拿人当人，你只是他的诡计中的一个环节，你永远逃不出他的圈儿。夜鬼大概多少有点委屈，所以白脸红舌头地出出恶气,这情有可原。白日鬼什么委屈也没有,他干脆要占别人的便宜。夜鬼不讲什么道德，因为他晓得自己是鬼;白日鬼很讲道德，嘴里讲，心里是男盗女娼一应俱全。更厉害的是他比夜鬼的心眼多，他知道怎样有组织，用大家的势力摆下迷魂大阵，把他所要收拾的一一地捉进阵去。在夜鬼的历史里，很少有大头鬼、吊死鬼等联合起来做大规模运动的。白日鬼可就两样了，他们永远有团体，有计划，使你躲开这个，躲不开那个，早晚得落在他们的手中。夜鬼因为势单力孤，他知道怎样不专凭势力，而有时也去找个清官，如包老爷之流，诉诉委屈，而从法律上雪冤报仇。白日鬼不讲这一套，世上的包老爷多数死在他们的手里，更不用说别人了。这种鬼的存在似乎专为害人，就是害不死人，也把人气死。他们什么也晓得，只是不晓得怎样不讨厌。他们的心眼很复杂，很快，很柔软——像块皮糖似的怎揉怎合适，怎方便怎去。他们没有半点火气，地道的纯阴，心凉得像块冰似的，口中叼着大吕宋烟。

这种无处无时不讨厌的鬼似乎该有个名称，我想“不知死的鬼”就很恰当。这种鬼虽具有人形，而心肺则似乎不与人心人肺的标本一样。他在顶小的利益上看出天大的甜头，在极黑暗的地方看出美，找到享乐。他吃，他唱，他交媾，他不知道死。这种玩意儿们把世界弄成了鬼的世界，有地狱的黑暗，而无其严肃。

鬼之外，应当说到狐。在狐的历史里，似乎女权很高，千年白狐总是变成娇艳的小娘子——可惜就是有时候露出点小尾巴。虽然有时候狐也变成白发老翁，可是究竟是老翁，少壮的男狐精就不大听说。因此，鬼若是可怕，狐便可怕而又可喜，往往使人舍不得她。她浪漫。

因为浪漫，狐似乎有点傻气，至少比“不知死的鬼”傻多了。修炼了千年或更长的时间才能化为人形，不刻苦地继续下功夫，却偏偏为爱情而牺牲，以致被张天师的掌手雷打个粉碎，其愚不可及也。况且所爱的往往不是有汽车高楼的痴胖子，而是风流年少的穷书生，这太不上算了，要按着世上女鬼的逻辑说。

狐的手段也不高明。对于得罪他们的人，只会给饭锅里扔把沙子，或把茶壶茶碗放到厕所里去。这种办法太幼稚，只能恼人而不叫人真怕他们。于是人们请来高僧或捉妖的老道，门前挂上符咒，老少狐仙便即刻搬家。在这一点上，狐远不及鬼，尤其不及白日的鬼。鬼会在半夜三更叫唤几声，就把人吓得藏在被窝里出白毛汗，至少得烧点纸钱安慰安慰冤魂。至于那白日鬼就更厉害了，他会不动声色，跟你一块吃喝的工夫，把你送到阴间去，到了阴间你还不知道是怎么回事呢。

我以为说鬼与狐的故事与文艺大概多数的是为造成一种恐怖，故意地供给一种人为的哆嗦，好使心中空洞的人有些一想就颤抖的东西——神经的冷水浴。在这个目的以外，也许还有时候含着点教训，如鬼狐的报恩等。不论是怎样吧，写这样故事的人大概都是为避免着人事，因为人事中的阴险诡诈远非鬼所能及；鬼的能力与心计太有限了，所以鬼事倒比较容易写一些。至于鬼狐报恩一类的事，也许是求之人世而不可得，乃转而求诸鬼狐吧。

原载 1936 年 7 月 1 日《论语》第九十一期

可喜的寂寞

既可喜，却又寂寞，有点自相矛盾。别着急，略加解释，便会统一起来。

近来呀，每到星期日，我就又高兴，又有点寂寞。高兴的是：儿女们都从学校、机关回家来看看，还带着他们的男女朋友，真是热闹。听吧，各屋里的笑声、辩论声，都连续不断，声震屋瓦，连我们的大猫都找不到安睡懒觉的地方，只好跑到房上去呆坐。虽然这么热闹，我却很寂寞。他们所讨论的，我插不上嘴；默坐旁听，又听不懂！

我的文艺知识不很丰富，可是几十年来总以写作为业，按说对儿女们应该有些影响。事实并不如此。他们都不学文艺，虽然他们也爱看小说、话剧、电影什么的。他们，连他们带来的男女朋友，都学科学。我家最小的那个梳两条小辫的娃娃，刚考入大学，又是学物理！这群小科学家们凑到一处，连说笑似乎都带点什么科学味道，我听不懂。

他们也并不光说笑、争辩。有时候，他们安静下来：哥哥帮助妹妹算数学上的难题，或几个人都默默地思索着一个什么科学上的道理。在这种时候，我看得出来，他们的深思苦虑和诗人的呕尽心血并没有什么不同。我可也看到，当诗人实在找不到最好的字的时候，他也只好暂且将就用个次好的字，而小科学家们可不能这么办，他们必须找到那个最正确的答案，差一点点也不行。当他们得到了答案的时候，他们便高兴得又跳又唱，觉得已拿到打开宇宙秘密的一把小钥匙。

我看到了一种新的精神。是，从他们决定投考哪个学校，要选修哪门科学的时候起，我就不断地听到“尖端”“发明”和“革新”等等悦耳的字眼儿。因此，我没有参加意见，更不肯阻拦他们。他们是那么热烈地讨论着，那么努力预备考试，我还有什么可说的呢！我看出来，是那个新精神支配着他们，鼓舞着他们，我无权阻拦他们。

他们的选择不是为名为利，而是要下决心去埋头苦干。是，从他们怎么预备功课和怎么制订工作计划，我就看出：他们所选择的道路并不是容易走的。他们有勇气与决心去翻山越岭，攀登高峰。他们的选择不仅出于个人的嗜爱，而也是政治热情的表现——现在是原子时代，而我们的科学技术还有些落后，必须急起直追。想建设一个有现代工业、农业与文化的国家，非有现代科学技术不可！我不能因为自己喜爱文艺而阻拦儿女们去学科学。建设伟大的祖国，自力更生，必须闯过科学技术关口。儿女们，在党的教育培养下，不但看明此理，而且决心去做闯关的人。这是多么可喜的事啊！是呀，且不说别的，只说改良一个麦种，或制造一种尼龙袜子，就需要多少科学研究与试验啊！科学不发达，现代化就无从说起。

我们的老农有很多宝贵的农业知识与经验，但专凭这些知识与经验而无现代的科学技术，便难以应付农业现代化的要求。我们的手工业有悠久的传统和许多世代相传的窍门，但也须进一步提高到科学理论上去，才能发展、提高。重工业和新兴的工业更用不着说，没有现代的科学技术，寸步难行。小科学家们，你们的责任有多么重大呀！

于是，我的星期日的寂寞便是可喜的了。我不能模仿大猫，听不懂就跑上房去。我默默地听着小将们的谈论，而且想道：我若是也懂点科学，够多么好！写些科学小品，或以发明创造为内容的小说，够多么新颖，多么富有教育性啊。若是能把青年一代这种热爱科学的新精神写出来，不就更好吗？是呀，我们大概还缺乏这样的作品。我希望这样的作品不久就会出现。这应当是文艺创作的一个新的重要题材。

载1963年1月1日《北京晚报》

多鼠斋杂谈

一　戒酒

并没有好大的量，我可是喜欢喝两杯儿。因吃酒，我交下许多朋友——这是酒的最可爱处。大概在有些酒意之际，说话做事都要比平时豪爽真诚一些，于是就容易心心相印，成为莫逆。人或者只在“喝了”之后，才会把专为敷衍人用的一套生活八股抛开，而敢露一点锋芒或“谬论”——这就减少了我脸上的俗气，看着红扑扑的，人有点样子！

自从在社会上做事至今的二十五六年中，虽不记得一共醉过多少次，不过，随便一想，便颇可想起“不少”次丢脸的事来。所谓丢脸者，或者正是给脸上增光的事，所以我并不后悔。酒的坏处并不在撒酒疯，得罪了正人君子——在酒后还无此胆量，未免就太可怜了！酒的真正的坏处是它伤害脑子。

“李白斗酒诗百篇”是一位诗人赠另一位诗人的夸大的谀赞。据我的经验，酒使脑子麻木、迟钝、并不能增加思想产物的产量。即使有人非喝醉不能作诗，那也是例外，而非正常。在我患贫血病的时候，每喝一次酒，病便加重一些；

未喝的时候若患头“昏”，喝过之后便改为“晕”了，那妨碍我写作！

对肠胃病更是死敌。去年，因医治肠胃病，医生严嘱我戒酒。从去岁十月到如今，我滴酒未入口。

不喝酒，我觉得自己像哑巴了：不会嚷叫，不会狂笑，不会说话！啊，甚至于不会活着了！可是，不喝也有好处，肠胃舒服，脑袋昏而不晕，我便能天天写一两千字！虽然不能一口气吐出百篇诗来，可是细水长流的写小说倒也保险；还是暂且不破戒吧！

二　戒烟

戒酒是奉了医生之命，戒烟是奉了法弊的命令。什么？劣如“长刀”也卖百元一包？老子只好咬咬牙，不吸了！

从二十二岁起吸烟，至今已有一世纪的四分之一。这二十五年养成的习惯，一旦戒除可真不容易。

吸烟有害并不是戒烟的理由。而且，有一切理由，不戒烟是不成。戒烟凭一点“火儿”。那天，我只剩了一支“华丽”。一打听，它又长了十块！三天了，它每天长十块！我把这一支吸完，把烟灰碟擦干净，把洋火放在抽屉里。我“火儿”啦，戒烟！

没有烟，我写不出文章来。二十多年的习惯如此。这几天，我硬撑！我的舌头是木的，嘴里冒着各种滋味的水，嗓门子发痒，太阳穴微微地抽着疼！——顶要命的是脑子里空了一块！不过，我比烟要更厉害些：尽管你小子给我以各样的毒刑，老子要挺一挺给你看看！

毒刑夹攻之后，它派来会花言巧语的小鬼来劝导：“算了吧，也总算是个老作家了，何必自苦太甚！况且天气是这么热；要戒，等到秋凉，总比较的要好受一点呀！”

“去吧！魔鬼！咱老子的一百元就是不再买又霉、又臭、又硬、又伤天害理的纸烟！”

今天已是第六天了，我还撑着呢！长篇小说没法子继续写下去；谁管它！除非有人来说：“我每天送你一包‘骆驼’，或二十支‘华福’，一直到抗战胜利为止！”我想我大概不会向“人头狗”和“长刀”什么的投降的！

三　戒茶

我既已戒了烟酒而半死不活，因思莫若多加几种，爽性快快地死了倒也干脆。

谈再戒什么呢？

戒荤吗？根本用不着戒，与鱼不见面者已整整二年，而猪羊肉近来也颇疏远。还敢说戒？平价之米，偶尔有点油肉相佐，使我绝对相信肉食者“不鄙”！若只此而戒除之，则腹中全是平价米，而人也决变为平价人，可谓“鄙”矣！不能戒荤！

逼不得已，只好戒茶。

我是地道中国人，咖啡、蔻蔻、汽水、啤酒，皆非所喜，而独喜茶。有一杯好茶，我便能万物静观皆自得。烟酒虽然也是我的好友，但它们都是男性的——粗莽、热烈、有思想，可也有火气——未若茶之温柔、雅洁，轻轻地刺戳，淡淡地相依；茶是女性的。

我不知道戒了茶还怎样活着，和干吗活着。但是，不管我愿意不愿意，近来茶价的增高已教我常常起一身小鸡皮疙瘩！

茶本来应该是香的，可是现在三十元一两的香片不但不香，而且有一股子咸味！为什么不把咸蛋的皮泡泡来喝，而单去买咸茶呢？六十元一两的可以不出咸味，可也不怎么出香味，六十元一两啊！谁知道明天不就又长一倍呢！

恐怕呀，茶也得戒！我想，在戒了茶以后，我大概就有资格到西方极乐世界去了——要去就抓早儿，别把罪受够了再去！想想看，茶也须戒！

四　猫的早餐

多鼠斋的老鼠并不见得比别家的更多，不过也不比别处的少就是了。前些天，柳条包内，棉袍之上，毛衣之下，又生了一窝。

没法不养只猫子了，虽然明知道一买又要一笔钱，“养”也至少须费些平价米。

花了二百六十元买了只很小很丑的小猫来。我很不放心。单从身长与体重说，厨房中的老一辈的老鼠会一日咬两只这样的小猫的。我们用麻绳把咪咪拴好，不光是怕它跑了，而是怕它不留神碰上老鼠。

我们很怕咪咪会活不成的，它是那么瘦小，而且终日那么团着身哆里哆嗦的。

人是最没办法的动物，而他偏偏爱看不起别的动物，替它们担忧。

吃了几天平价米和煮玉米，咪咪不但没有死，而且欢蹦乱跳的了。它是个乡下猫，在来到我们这里以前，它连米粒与玉米粒大概也没吃过。

我们总觉得有点对不起咪咪——没有鱼或肉给它吃，没有牛奶给它喝。猫是食肉动物，不应当吃素！

可是，这两天，咪咪比我们都要阔绰了；人才真是可怜虫呢！昨天，我起来相当地早，一开门咪咪骄傲地向我叫了一声，右爪按着个已半死的小老鼠。

咪咪的旁边，还放着一大一小的两个死蛙——也是咪咪咬死的，而不屑于去吃，大概死蛙的味道不如老鼠的那么香美。

我怔住了，我须戒酒、戒烟、戒茶、甚至要戒荤，而咪咪——会有两只蛙，一只老鼠做早餐！说不定，它还许已先吃过两三个蚱蜢了呢！

五　最难写的文章

或问：什么文章最难写？

答：自己不愿意写的文章最难写。比如说：邻居二大爷年七十，无疾而终。二大爷一辈子吃饭穿衣，喝两杯酒，与常人无异。他没立过功，没立过言。他少年时是个连模样也并不惊人的少年，到老年也还是个平平常常的老人，至多，我只能说他是个安分守己的好公民。可是，文人的灾难来了！二大爷的儿子——大学毕业，现在官居某机关科员——送过来讣闻，并且诚恳地请赐挽词。我本来有两句可以赠给一切二大爷的挽词：“你死了不能再见，想起来好不伤心！”可是我不敢用它来搪塞二大爷的科员少爷，怕他说我有意侮辱他的老人。我必须另想几句——近邻，天天要见面，假若我决定不写，科员少爷会恼我一辈子的。可是，老天爷，我写什么呢？

在这很为难之际，我真佩服了从前那些专凭作挽诗寿序挣吃饭的老文人了！你看，还以二大爷这件事为例吧，差不多除了扯谎，我简直没法写出一个字。我得说二大爷天生的聪明绝顶，可是还“别”说他虽聪明绝顶，而并没著过书，没发明过什么东西，和他在算钱的时候总是脱了袜子的。是的，我得把别人的长处硬派给二大爷，而把二大爷的短处一字不提。这不是作诗或写散文，而是替死人来骗活人！我写不好这种文章，因为我不喜欢扯谎。

在挽诗与寿序等而外，就得算“九一八”，“双十”与“元旦”什么的最难写了。年年有个元旦，年年要写元旦，有什么好写呢？每逢接到报馆为元旦增刊征文的通知，我就想这样回复："死去吧！省得年年教我吃苦！"可是又一想，它死了岂不又须作挽联啊？于是只好按住心头之火，给它拼凑几句——这不是我作文章，而是文章作我！说到这里，相应提出："救救文人！"的口号，并且希望科员少爷与报馆编辑先生网开一面，叫小子多活两天！

六　最可怕的人

我最怕两种人：第一种是这样的——凡是他所不会的，别人若会，便是罪过。比如说：他自己写不出幽默的文字来，所以他把幽默文学叫作文艺的脓汁，而一切有幽默感的文人都该加以破坏抗战的罪过。他不下一番功夫去考查考查他所攻击的东西到底是什么，而只因为他自己不会，便以为那东西该死。这是最要不得的态度，我怕有这种态度的人，因为他只会破坏，对人对己都全无好处。假若他做公务员，他便只有忌妒，甚至因忌妒别人而自己去做汉奸；假若他是文人，他便也只会忌妒，而一天到晚浪费笔墨，攻击别人，且自鸣得意，说自己颇会批评——其实是扯淡！这种人乱骂别人，而自己永不求进步；他污秽了批评，且使自己的心里堆满了尘垢。

第二种是无聊的人。他的心比一个小酒盅还浅，而面皮比墙还厚。他无所知，而自信无所不知。他没有不会干的事，而一切都莫名其妙。他的谈话只是运动运动唇齿舌喉，说不说与听不听都没有多大关系。他还在你正在工作的时候来"拜访"。看你正忙着，他赶快就说，不耽误你的工夫。可是，说罢便安然坐下了——两个钟头以后，他还在那儿坐着呢！他必须谈天气，谈空袭，谈物价，而且随时给你教训："有警报还是躲一躲好！"或是"到八月节物价还要涨!”他的这些话无可反驳，所以他会百说不厌，视为真理。我真怕这种人，他耽误了我的时间，而自杀了他的生命!

七 衣

对于英国人，我真佩服他们的穿衣服的本领。一个有钱的或善交际的英国人，每天也许要换三四次衣服。开会，看赛马，打球，跳舞……都须换衣服。据说:有人曾因穿衣脱衣的麻烦而自杀。我想这个自杀者并不是英国人。英国人的忍耐性使他们不会厌烦“穿”和“脱”，更不会使他们因此而自杀。

我并不反对穿衣要整洁，甚至不反对衣服要漂亮美观。可是，假若教我一天换几次衣服，我是也会自杀的。想想看，系纽扣解纽扣，是多么无聊的事!而纽扣又是那么多，那么不灵敏，那么不起好感，假若一天之中解了又系，系了再解，至数次之多，谁能不感到厌世呢!

在抗战数年中，生活是越来越苦了。既要抗战，就必须受苦，我决不怨天尤人。再进一步，若能从苦中求乐，则不但可以不出怨言，而且可以得到一些兴趣，岂不更好呢!在衣食住行人生四大麻烦中，食最不易由苦中求乐，菜根香一定香不过红烧蹄髈!菜根使我贫血;“狮子头”却使我壮如雄狮!

住和行虽然不像食那样一点不能将就，可是也不会怎样苦中生乐。三伏天住在火炉子似的屋内，或金鸡独立的在汽车里挤着，我都想掉泪，一点也找不出乐趣。

只有穿的方面，一个人确乎能由苦中找到快活。七七抗战后，由家中逃出，我只带着一件旧夹袍和一件破皮袍，身上穿着一件旧棉袍。这三袍不够四季用的，也不够几年用的。所以，到了重庆，我就添置衣裳。主要的是灰布制服。这是一种“自来旧”的布做成的，一下水就一蹶不振，永远难看。吴组缃先生名之为斯文扫地的衣服。可是，这种衣服给我许多方便——简直可以称之为享受！我可以穿着裤子睡觉，而不必担心裤缝直与不直；它反正永远不会直立。我可以不必先看看座位，再去坐下；我的宝裤不怕泥土污秽，它原是自来旧。雨天走路，我不怕汽车。晴天有空袭，我的衣服的老鼠皮色便是伪装。这种衣服给我舒适，因而有亲切之感。它和我好像多年的老夫妻，彼此有完全的了解，没有一点隔膜。

我希望抗战胜利之后，还老穿着这种困难衣，倒不是为省钱，而是为舒服。

八　行

朋友们屡屡函约进城，始终不敢动。“行”在今日，不是什么好玩的事。看吧，从北碚到重庆第一就得出“挨挤费”一千四百四十元。所谓挨挤费者就是你须到车站去“等”，等多少时间？没人能告诉你。幸而把车等来，你还得去挤着买票，假若你挤不上去，那是你自己的无能，只好再等。幸而票也挤到手，你就该到车上去挨挤。这一挤可厉害！你第一要证明了你的确是脊椎动物，无论如何你都能直挺挺地立着。第二，你须证明在进化论中，你确实是猴子变的，所以现在你才嘴手脚并用，全身紧张而灵活，以免被挤成像四喜丸子似的一堆肉。第三，你须有“保护皮”，足以使你全身不怕伞柄、胳臂肘、脚尖、车窗，等等的戳、碰、刺、钩；否则你会遍体鳞伤。第四，你须有不中暑发痧的把握，要有不怕把鼻子伸在有狐臭的腋下而不能动的本事……你须备有的条件太多了，都是因为你喜欢交那一千四百多元的挨挤费！

我头昏，一挤就有变成爬虫的可能，所以，我不敢动。

再说，在重庆住一星期，至少花五六千元；同时，还得耽误一星期的写作；两面一算，使我胆寒！

以前，我一个人在流亡，一人吃饱便天下太平，所以东跑西跑，一点也不怕赔钱。现在，家小在身边，一张嘴便是五六个嘴一齐来，于是嘴与胆子乃适成反比，嘴越多，胆子越小！

重庆的人们哪，设法派小汽车来接呀，否则我是不会去看你们的。你们还得每天给我们一千元零花。烟、酒都无须供给，我已戒了。啊，笑话是笑话，说真的，我是多么想念你们，多么渴望见面畅谈呀！

九 狗

中国狗恐怕是世界上最可怜最难看的狗。此处之“难看”并不指狗种而言，而是与“可怜”密切相关。无论狗的模样身材如何，只要喂养得好，它便会长得肥肥胖胖的，看着顺眼。中国人穷。人且吃不饱，狗就更提不到了。因此，中国狗最难看；不是因为它长得不体面，而是因为它骨瘦如柴，终年夹着尾巴。

每逢我看见被遗弃的小野狗在街上寻找粪吃，我便要落泪。我并非是爱做伤感的人，动不动就要哭一鼻子。我看见小狗的可怜，也就是感到人民的贫穷。民富而后猫狗肥。

中国人动不动就说：我们地大物博。那也就是说，我们不用着急呀，我们有的是东西，永远吃不完喝不尽哪！哼，请看看你们的狗吧！

还有：狗虽那么摸不着吃，（外国狗吃肉，中国狗吃粪；在动物学上，据说狗本是食肉兽。）那么随便就被人踢两脚，打两棍，可是它们还照旧地替人们服务。尽管它们饿成皮包着骨，尽管它们刚被主人踹了两脚，它们还是极忠诚地去尽看门守夜的责任。狗永远不嫌主人穷。这样的动物理应得到人们的赞美，而忠诚、义气、安贫、勇敢，等等好字眼都该归之于狗。可是，我不晓得为什么中国人不分黑白地把汉奸与小人叫作走狗，倒仿佛狗是不忠诚不义气的动物。我为狗喊冤叫屈!

猫才是好吃懒做,有肉即来,无食即去的东西。洋奴与小人理应被叫作“走猫”。

或者是因为狗的脾气好，不像猫那样傲慢，所以中国人不说“走猫”而说“走狗”? 假若真是那样,我就又觉得人们未免有点“软的欺,硬的怕”了!

不过，也许有一种狗，学名叫作“走狗”；那我还不大清楚。

十 帽

在七七抗战后，从家中跑出来的时候，我的衣服虽都是旧的，而一顶呢帽却是新的。那是秋天在济南花了四元钱买的。

一九二八年随慰劳团到华北去，在沙漠中，一阵狂风把那顶呢帽刮去，我变成了无帽之人。假若我是在四川，我便不忙于去再买一顶——那时候物价已开始要张开翅膀。可是，我是在北方，天已常常下雪，我不可一日无帽。于是，在宁夏，我花了六元钱买了一顶呢帽。在战前它公公道道地值六角钱。这是一顶很顽皮的帽子。它没有一定的颜色，似灰非灰，似紫非紫，似赭非赭，在阳光下，它仿佛有点发红，在暗处又好似有点绿意。我只能用“五光十色”去形容它，才略为近似。它是呢帽，可是全无呢意。我记得呢子是柔软的，这顶帽可是非常地坚硬，用指一弹，它就响。这种不知何处制造的硬呢会把我的脑门儿勒出一道小沟，使我很不舒服；我须时时摘下帽来，让脑袋休息一下！赶到淋了雨的时候，它就完全失去呢性，而变成铁筋洋灰的了。因此，回到重庆以后，我总是能不戴它就不戴；一看见它我就有点害怕。

因为怕它，所以我在白象街茶馆与友摆龙门阵之际，我又买了一顶毛织的帽子。这一顶的确是软的，软得可以折起来，我很高兴。

不幸，这高兴又是短命的。只戴了半个钟头，我的头就好像发了火，痒得很。原来它是用野牛毛织成的。它使脑门热得出汗，而后用那很硬的毛儿刺那张开的毛孔！这不是戴帽，而是上刑！

把这顶野牛毛帽放下，我还是得戴那顶铁筋洋灰的呢帽。经雨淋、汗沤、风吹、日晒，到了今年，这顶硬呢帽不但没有一定的颜色，也没有一定的样子了——可是永远不美观。每逢戴上它，我就躲着镜子；我知道我一看见它就必有斯文扫地之感！

前几天，花了一百五十元把呢帽翻了一下。它的颜色竟自有了固定的倾向，全体都发了红。它的式样也因更硬了一些而暂时有了归宿，它的确有点帽子样儿了！它可是更硬了，不留神，帽檐碰在门上或硬东西上，硬碰硬，我的眼中就冒了火花！等着吧，等到抗战胜利的那天，我首先把它用剪子铰碎，看它还硬不硬！

十一　昨天

昨天一整天不快活。老下雨，老下雨，把人心都好像要下湿了！

有人来问往哪儿跑？答以：嘉陵江没有盖儿。邻家聘女。姑娘有二十二三岁，不难看。来了一顶轿子，她被人从屋中掏出来，放进轿中；轿夫抬起就走。她大声地哭。没有锣鼓。轿子就那么哭着走了。看罢，我想起幼时在鸟市上买鸟。贩子从大笼中抓出鸟来，放在我的小笼中，鸟尖锐地叫。

黄狼夜间将花母鸡叼去。今午，孩子们在山坡后把母鸡找到。脖子上咬烂，别处都还好。他们主张还炖一炖吃了。我没拦阻他们。乱世，鸡也该死两道的！

头总是昏。一友来，又问：“何以不去打补针？”我笑而不答，心中很生气。

正写稿子，友来。我不好让他坐。他不好意思坐下，又不好意思马上就走。

中国人总是过度地客气。

友人函告某人如何，某事如何，即答以：“大家肯把心眼放大一些，不因事情不尽合己意而即指为恶事，则人世纠纷可减半矣！”发信后，心中仍在不快。

长篇小说越写越不像话，而索短稿者且多，颇郁郁！

晚间屋冷话少，又戒了烟，呆坐无聊，八时即睡。这是值得记下来的一天——没有一件痛快事！在这样的日子，连一句漂亮的话也写不出！为什么我们没有伟大的作品哪？哼，谁知道！

十二　傻子

在民间的故事与笑话里，有许多许多是讲兄弟三个，或姐妹三个，或盟兄弟三个，或女婿三个；第三个必定是傻子，而傻子得到最后的胜利。据说这种结构的公式是世界性的，世界各处都有这样的故事与笑话。为什么呢？因为人们是同情于弱者的。三弟三妹三女婿既最幼，又最傻，所以必须胜利。

和许多别种民间故事与笑话的含义一样，这种同情弱者的表示可也许是“夫子自道也”，这就是说：人民有一肚子委屈而无处去诉，就只好想象出一位“臣包文正”，或北侠欧阳春来，给他们撑一撑腰，吐一口气。同样的，他们制造出弱者胜利的故事与笑话，也是为了自慰；故事与笑话中的傻子就是他们自己。他们自己既弱且愚，可是他们讽刺了那有势力、有钱财，与有学问的人，他们感到胜利。

可是，这种讽刺的胜利到底是否真正的胜利，就不大好说。假若胜利必须是精神上的呢，他们大概可以算得了胜。反之，精神胜利若因无补于实际而算不得胜利，那就不大好办了。

在我们的民间，这种傻子胜利的故事与笑话似乎比哪一国都多。我不知道，我应当庆祝他们已经得到胜利，还是应当把我的“怪难过的”之感告诉给他们。

载于1944年9月、11月、12月《新民报晚刊》

大智若愚

学会了作文章，（文章不一定就是文艺），而后中了状元，而后无灾无病作到公卿，这恐怕是历来的文人的最如意的算盘。相传既久，心理就不易一时改变过来；于是在今天也许还有不少的人想用文章猎取利禄与声名。可是，这个心理必须改变，因为它正是把文艺置之死地的祸根。

要搞文艺就必先决定去牺牲。你要忘了个人的利益与幸福，你才能做一辈子文人，为文艺而生，为文艺而死。在物质享受上，稿费版税永远不能比囤积走私的来头大；在精神上，思想永远是自取烦恼的东西。相安无事便是一夜无话，文艺也就无从产生。不甘相安无事，你便必苦心焦虑地思索，而后把那最好的、最有价值的话说出来，而后你还要认真地去驳辩，勇敢地做真理的律师。这些，都给你带来痛苦，也许会要掉了脑袋。好话永远不甜蜜悦耳，而真理永远是用生命换得来的。

这样说来，你假若想要以一半篇作品取个文艺者的头衔，从而展开一条小小的路径，去弄点钱花，娶个相当漂亮的太太，或且做一番与文艺无关的事业，则似乎大可不必，因为文艺最忌敷衍，最忌脚踩两只船；顶好卖什么吆喝什么，大不该只在“好玩”，或“方便”上耍些玄虚。

只要你一想到为文艺服役，你就须马上想到一切苦处，像要去那样斩尽尘根，硬是准备满身虱子连搔也不去搔一下！你要知道，凡是要救世的都须忘了自己，丧掉了自己的生命。

你要准备下那最高的思想与最深的感情，好长出文艺的花朵，切不可只在文字上用功夫，以文字为神符。文字不过是文艺的工具。一把好锯并不能使人变为好木匠。

即使那是真的，你也不要先去揣摩某人怎么仗着舅舅的力量而印出两本书，或某人怎么出巧计而做了编辑，从而千方百计地去仿效。文艺中无巧可取，你千万别自编骗人！你知道，文艺者对别人是“大智”，对自己却是“大愚”！

载一九四五年三月《抗战文艺》第十卷第一期

未成熟的谷粒

（一）

我最大的苦痛，是我知道的事情太少。使我心里光亮起来的理论，并不能有补于创作——它教给了我怎么说，而没教给我说什么。啊，丰富的生活才是创作的泉源吧？

（二）

照着批评者的意见去创作，也许只能掉在公式阵中吧？创作饥歉，批评便也瘠瘦；随着瘠瘦的理论去学习，怎能康健呢？还是勇于创作，多方去试验吧！

（三）

想起来就头疼呀：到底是应当按着民众的教育程度，去撰制宣传文字呢？还是假设民众已经都在大学毕业，而供给高深莫测的作品呢？

（四）

我时常想写诗，而找不到合适的字。旧诗中的词汇太腐，鼓词旧戏中的词汇好多都欠通；上哪里找足以使我满意，而又使人爱念的字呢？这没有诗的社会啊！

（五）

艺术都含有宣传性。偏重宣传又被称为八股。怎办好？

（六）

吸不起香烟了，买来个烟斗，费事，费火柴，又欠干净。发明烟卷的人该死！

（七）

越忙越写不出东西来，文艺仿佛是“闲而后工”。

（八）

写通俗的文艺，俗难，俗而有力更难。能做到俗而有力恐怕就是伟大的作品吧？

（九）

诗的形式太自由了，写完总疑心——是诗吗？戏剧的形式太不自由，写完老不放心——是戏剧吗？还是小说容易像样儿。

（十）

诗与散文的界限为什么那样不清楚呢？用尽力量写成的几行诗，一转眼便变作散文，颇想自杀！

（十一）

友人善意地说：你写了不少抗战的文字，为何不写点关于建设的呢？这是好话！然而，哪一项建设不需要许多时日去仔细观察呢？去观察、去学习，谁给饭吃呢？嗅，那么，抗战文字必是八股了？惭愧得紧！

（十二）

写信与开会是两件费时间的事。可是，私心里却极愿接读友人们的信，也愿去到会场和友人们见面谈一谈；这就无法申冤了！

（十三）

把散文分成短行写出就是诗，虽然没人敢这样主张，可是的确有人这样办了，危险！

（十四）

生平不讲究吃喝，只爱穿几件整洁的衣服，流亡中，连这点讲究也牺牲了。虽然也没多大的苦痛，可是身上一痒，就疑心是有虱子！

（十五）

不许小孩子说话，造成不少的家庭小革命者。

（十六）

想写一本戏，名曰最悲剧的悲剧，里面充满了无耻的笑声。

（十七）

伟大文艺之所以伟大，自有许多因素，其中必不可缺少的是一股正气，谓之能动天地，泣鬼神，亦非过誉。至若要弄点小聪明，偷偷地骂人几句，虽足快意一时，可是这态度已经十分地卑鄙。

（十八）

骂人并不是件容易的事。欲骂某人必洞悉其恶。若仅东拉西扯，说些闲白儿，是谓无中生有，罪在造谣，既骂不倒别人，反使自己心脏口臭。

（十九）

文人相轻是件极自然的事。每个文人都多少有点才气。每个文人在创作的时候都愿把全力用出来。这样，他的辛苦使他没法不自信自傲，看不起别人和不易接受别人的批评，几乎是理当如此。能闯过这由卖力气而自傲的一关，进到虚心大度，才能由自傲而自尊，才能觉得认清自己的毛病，承认自己的短处，正是自策自励所当取的态度——这可不很容易。

（二十）

哲人的智慧，加上孩子的天真，或者就能成个好作家了。

（二十一）

中玉来信说，继续研究文学理论。告以整旧难以见新，以新衡旧亦难得当，未若努力介绍新的，使大家多看到一些。

（二十二）

实际去批判一本书，胜于读批评理论十卷。专凭读书，成不了医生，治文艺批评者或亦类是。

（二十三）

晚会中，大家朗读新诗，极有趣。新诗读法，尚无规定，亦永难规定，不妨多方面试验。光未然先生有腔调有姿势，将来若有诗剧上演，必用此法。朱铭仙与高兰二先生清楚亲切，宜于警劝激励之作。我自己读诗如说话，取其自然流利，只宜于十数人的晚会中，在广大听众前必定失败。

（二十四）

无聊的话虽每起于:（一）以甲衡乙;（二）以己度人。前者，譬如说:甲乐善好施,而论者遂讥乙不如甲,不知甲为富翁,而乙乃寒士,怎能相比。后者，自己好名，遂以为稍具名声者必都高视阔步，得意非常，故当责骂以泄自己无名之怨。前者可称为善意的错误，后者卑劣的想象。

（二十五）

我应当受苦。没有任何专门学识，只凭一点点想象力去乱写胡诌；受苦是当然的惩罚。青年朋友们，别因为算术或外国语不能及格，而想做个写家呀！

（二十六）

早晨吃豆浆与油条也须花两角多了！自元旦起，废止朝食。空着肚皮写作，脑子似乎倒更清楚。和尚们有每日只进一餐的。由写家而出家，照现在的情形看来，或许是条顺路。

载一九四〇年二月五、九、十四日《新蜀报》

文　　牛

干哪一行的总抱怨哪一行不好。在这个年月能在银行里，大小有个事儿，总该满意了，可是我的在银行做事的朋友们，当和我闲谈起来，没有一个不觉得怪委屈的。真的，我几乎没有见过一个满意、夸赞他的职业的。我想，世界上也许有几位满意于他们的职业的人，而这几位人必定是英雄好汉。拿破仑、牛顿、爱因斯坦、罗斯福，大概都不抱怨他们的行业“没意思”。虽然不自居拿破仑与牛顿，我自己可是一向满意我的职业。我的职业多么自由啊！我用不着天天按时候上课或上公事房，我不必等七天才到星期日；只要我愿意，我可连着有一个星期的星期日！

我的资本很小，纸笔墨砚而已。我的生活可以按照自己的意思安排，白天睡，夜里醒着也好，昼夜都不睡也可以；一日三餐也好，八餐也好！反正我是在我自己的屋里操作，别人也不能敲门进来，禁止我把脚放在桌子上。专凭这一点自由，我就不能不满意我的职业。况且，写得好吧歹吧，大致都能卖出去，喝粥不成问题，倒也逍遥自在；虽然因此而把妒忌我的先生们鼻子气歪，我也没法子代他们去搬正！

可是，在近几个月来，也不知怎么我也失去了自信，而时时不满意我的职业了。这是吉是凶，且不去管，我只觉得“不大是味儿”！心里很不好过！

我的职业是“写”。只要能写，就万事亨通，可是，近来我写不上来了！问题严重得很，我不晓得生了娃娃而没有奶的母亲怎样痛苦，我可是晓得我比她还更痛苦。没有奶，她可以雇乳娘，或买代乳粉，我没有这些便利。写不出就是写不出，找不到代替品与代替的人。

天天能写一点，确实能觉得很自由自在，赶到了一点也写不出的时节呀，哈哈，你便变成世界上最痛苦的人！你的自由，闲在，正是对你的刑罚；你一分钟一分钟无结果地度过，也就每一分钟都如坐针毡！你不但失去工作与报酬，你简直失去了你自己！

一夏天除了阴雨，我的卧室兼客厅兼饭厅兼浴室兼书房的书房，热得老像一只大火炉。夜间一点钟以后，我才能勉强地进去睡。睡不到四个小时，我就必须起来，好趁早凉儿工作一会儿；一过午，屋内即又成烤炉。一夏天，我没有睡足。睡不足，写的也就不多，一拿笔就觉得困啊。我很着急，但是想不出办法，缙云山上必定凉快，谁去得起呢！

入秋，我本想要“好好”地工作一番，可是天又霉，纸烟的价钱好像疯了似的往上涨。只好戒烟。我曾经声明过：“先上吊，后戒烟！”以示至死不戒烟的决心。现在，自己打了嘴巴。最坏的烟卖到一百元一包（二十枝：我一天须吸三十枝），我没法不先戒烟，以延缓上吊之期了；人都惜命呀！没有烟，我只会流汗，一个字也写不出！戒烟就是自己跟自己摔跤，我怎能写字呢？半个月，没写出一个字！

烟瘾稍杀，又打摆子，本来贫血，摆子使血更贫。于是，头又昏起来。不留神，猛一抬头，或猛一低头，眼前就黑那么一下，老使人有“又要停电”之感，每天早上，总盼着头不大昏，幸而真的比较清爽，我就赶快地高高兴兴去研墨，期望今天一下子能写出两三千字来。墨研好了，笔也拿在手中，也不知怎么的，头中轰的一下，生命成了空白，什么也没有了，除了一点轻微的嗡嗡的响声。这一阵好容易过去了，脑中开始抽着疼，心中烦躁得要狂喊几声！只好把笔放下——文人缴械！一天如此，两天如此，忍心的、耐性的、敷衍自己："明天会好些的！"第三天还是如此，我开始觉得："我完了！"放下笔，我不会干别的！是的，我晓得我应当休息，并且应当吃点补血的东西——豆腐、猪肝、猪脑、菠菜、红萝卜等。但是，这年月谁休息得起呢？紧写慢写还写不出香烟钱怎敢休息呢？至于补品，猪肝岂是好惹的东西，而豆腐又一见双眉紧皱，就是菠菜也不便宜啊！如此说来，理应赶快服点药，使身体从速好起来。可是西药贵如金，而中药又无特效。怎么办呢？到了这般地步，我不能不后悔当初为什么单单选择这一门职业了！唱须生的倒了嗓子，唱花旦的损了面容，大概都会明白我的苦痛：这苦痛是来自希望与失望的相触，天天希望，天天失望，而生命就那么一天天的白白地摆过去，摆向绝望与毁灭！

最痛苦是接到朋友征稿的函信的时节。

朋友不仅拿你当作个友人，而且是认为你是会写点什么的人。可是，你须向友人们道歉；你还是你，你也已经不是你——你已不能够作了！

吃的是草，挤出的是牛奶；可是，文人的身体并不和牛一样壮，怎么办呢？

青年朋友们，假使你没有变成一头牛的把握，请不要干我这一行事吧；当你写不出字来的时候，你比谁的苦痛都更大！我是永不怨天尤人的人，今天我只后悔自己选错了职业——完全是我自己的事，与别人毫不相干。我后悔作了写家的正如我后悔"没"做生意，或税吏一样；假若我起初就做着囤积居奇，与暗中拿钱的事，我现在岂不正兴高采烈的自庆前程远大吗？啊，

青年朋友们，尽使你健壮如牛，也还要细想一想再决定吧，即在此处，牛恐怕是永远没有希望的动物，管你，和我一样的，不怨天尤人。

载于1944年11月《华声》第一卷第

古为今用

我们都愿意学习点古典文学，以便继承民族传统，推陈出新。在学习中，恐怕我们都可能有这样的经验：一接触了古典著作，我们首先就被著作中的文字之美吸引住，颇愿学上一学。那么，这篇短文就专谈谈从古典著作中学习文字的问题，不多说别的。

文字平庸是个毛病。为医治这个毛病，读些古典文学著作是大有好处的。可是，也有的人正因为读了些古典作品，而文字反倒更平庸了。这是怎么一回事呢？大概是这样：阅读了一些古典诗文，不由地就想借用一些词汇，给自己的笔墨添些色彩。于是，词汇较为丰富了，可是文笔反倒更显得平庸，因为说到什么都有个人云亦云的形容词，大雨必是滂沱的，火光必是熊熊的，溪流必是潺潺的……这样穿戴着借来的衣帽的文章是很难得出色的。

在另一方面，我们今天的文学工具是白话，不是文言。古典诗文呢，大都用文言，不用白话（《水浒》《红楼梦》等是例外）。那么，由文言诗文借来的词汇，怎样天衣无缝地和白话结合在一处，实在不是一件容易的事。二者结合得不好，必会露出生拉硬扯的痕迹，有损于文章气势的通畅。

因此，我想学习古典文学的文字不应只图多识几个字，多会用几个字，更重要的是由学习中看清楚文学是与创造分不开的。尽管我们专谈文字的运用，也须注意及此。我们一想起韩愈与苏轼，马上也就想起“韩潮苏海”来。这说明我们尊重二家，不因他们的笔墨相同，而因他们各有独创的风格。我们对李白与杜甫的尊重，也是因为他们的光芒虽皆万丈，而又各有千秋。

多识几个字和多会用几个字是有好处的。不过，这个好处很有限，它不会使我们深刻地了解如何创造性地运用文字。本来嘛，不管我们怎样精研古典文学，我们自己写作的工具还是白话——写旧体诗词是例外。这样，我们的学习不能不是摸一摸前人运用文字的底，把前人的巧妙用到我们自己的创作里来。这就是说，我们要求自己以古典文字的神髓来创造新的民族风格，使我们的文字既有民族风格，又有时代的特色。我们的责任绝对不限于借用几个古雅的词汇。是的，我们须创造自己的文字风格。

因此，我们不要专看前人用了什么字，而更须留心细看他们怎样用字。让我们看看《文心雕龙》里的这几句吧：“夫神思方运，万涂竞萌；规矩虚位，刻镂无形，登山则情满于山，观海则意溢于海。我才之多少，将与风云而并驱矣！方其搦翰，气倍辞前；暨乎篇成，半折心始。何则？意翻空而易奇，言征实而难巧也。”

写这段话的是个懂得写作甘苦的人。要不然，他不会说得这么透彻。他不但说得透彻，而且把山海风云都调动了来，使文章有气势，有色彩，有形象。这是一段理论文字，可是写得既具体又生动。

我们从这里学习什么呢？是抄袭那些词汇吗？不是的。假若我们不用“拿笔”，而说“搦翰”，便是个笑话。我们应学习这里的怎么字字推敲，怎样以丰富的词汇描绘出我们构思时候的心态，词汇多而不显得堆砌，说道理而并不沉闷。我们应学习这里的句句正确，而又气象万千，风云山海任凭调遣。这使我们看明白：我们是文字的主人，文字不是我们的主人。全部《文心雕龙》的词汇至为丰富。但是专凭词汇，成不了精美的文章。词汇的控制与运用才是本领的所在。我们的词汇比前人的更为丰富，因为我们的词汇既来自口语，又有一部分来自文言，而且还有不少由外国语言移植过来的。可是，我们的笔下往往显得枯窘。这大概是因为我们只着重词汇，而不相信自己。请看这首“诗”吧：

初升的朝暾，
照耀着人间红亮，
虽然梅蕊初放，
人们的心房却热得沸腾！

这是一首习作，并不代表什么流派与倾向。可是这足以说明一个问题，就是有的人的确以为用上“朝暾”“照耀”“梅蕊”与“沸腾”，便可以算作诗了。有的人也这样写散文。他们忽略了文字必须通过我们自己的推敲锤炼，而后才能玉润珠圆。我们用文字表达我们的思想、感情；不以文字表达文字。字典里的文字最多，但字典不是文学作品。

据我猜，陶渊明和桐城派的散文家大概都是饱学之士。可是，陶诗与桐城派散文都是那么清浅朴实，不尚华丽。难道这些饱学之士真没有丰富的词汇，供他们驱使吗？不是的。他们有意地避免藻饰，而独辟风格。可见同是一样的文字，在某甲手里就现出七宝莲台，在某乙手里又朴素如瓜棚豆架。一部文学史里，凡是有成就的作家，在文字上都必有独到之处，自成一家。

我们必须学点古典文学，但学习的目的是古为今用。我们要从古典文学中学会怎么一字不苟，言简意赅，学会怎么把普通的字用得飘飘欲仙，见出作者的苦心孤诣。这么下一番功夫，是为了把我们的白话文写出风格来，而不是文言与白话随便乱搀，成为杂拌儿。随便乱搀，文章必定松散无力。这种文章使人一看就看出来，作者的思想、感情，并没有和文字骨肉相关地结合在一起，而是随便凑合起来的。

我们要多学习古典文学，为的是写好自己的文章。我们是文字的使用者。通过学习，我们就要推陈出新，给文字使用开辟一条新路，既得民族传统的奥妙，又有我们自己的创造。继承传统绝对不是将就，不是生搬硬套，不是借用几个词汇。我们要在使用文字上有所创造！

所谓不将就，即是不随便找个词汇敷衍一下。我们要想，想了再想，以便独出心裁地找到最恰当的字。假若找不到，就老老实实地用普通的字，不必勉强雕饰。这比随便拉来一堆泛泛的修辞要更结实一些。更应当记住，我们既用的是白话，就应当先由白话里去找最恰当的字，看看我们能不能用白话描绘出一段美景或一个生龙活虎的人物。反之，若是一遇到形容，我们就放弃了白话，而求救于文言，随便把“朝暾”“暮色”等搬了来，我们的文章便没法子不平庸无力。

是的，文言中的词汇用得得当，的确足以叫文笔挺拔，可是也必须留意，生搬硬套便达不到这个目的。语言艺术的大师鲁迅最善于把文言与白话精巧地结合在一处。不知他费了多少心思，才做到驰骋古今，综合中外，自成一家。他对白话与文言的词汇都呕尽心血，精选慎择，一语不苟。他不拼凑文字，而是使文言与白话都听从他的指挥，得心应手，令人叫绝。我们都该用心地阅读他的著作，特别是他的杂文。

至于学习古典文学，目的不仅在借用几个词汇，前边已经说过，这里只需指出：减省自己的一番思索，就削弱了一分创造性。要知道，文言作品中也有陈词滥调，不可不去鉴别。即使不是陈词滥调，也不便拿来就用。我们必须多多地思索。继承古典的传统一定不是为图方便，求省事。想要掌握文字技巧必须下一番真功夫，一点也别怕麻烦。

载一九五九年九月《文艺报》第十八期

第六章

人生易老，岁月无涯

一个人爱什么，就死在什么上。

四位先生

吴组缃先生的猪

从青木关到歌乐山一带，在我所认识的文友中要算吴组缃先生为最阔绰。他养着一口小花猪。据说，这小动物的身价，值六百元！

每次我去访组缃先生，必附带地向小花猪致敬，因为我与组缃先生核计过了：假若他与我共同登广告卖身，大概也不会有人出六百元来买！

有一天，我又到吴宅去。给小江——组缃先生的少爷——买了几个比醋还酸的桃子。拿着点东西，好搭讪着骗顿饭吃，否则就太不好意思了。一进门，我看见吴太太的脸比晚日还红。我心里一想，便想到了小花猪。假若小花猪丢了，或是出了别的毛病，组缃先生的阔绰便马上不存在了！一打听，果然是为了小花猪：它已绝食一天了。我很着急，急中生智，主张给它点奎宁吃，恐怕是打摆子。大家都不赞同我的主张。我又建议把它抱到床上盖上被子睡一觉，出点汗也许就好了；焉知道不是感冒呢？这年月的猪比人还娇贵呀！大家还是不赞成。后来，把猪医生请来了。我颇兴奋，要看看猪怎么吃药。

猪医生把一些草药包在竹筒的大厚皮儿里，使小花猪横衔着，两头儿向后束在脖子上：这样，药味与药汁便慢慢走入里边去。把药包儿束好，小花猪的口中好像生了两个翅膀，倒并不难看。

虽然吴宅有此骚动，我还是在那里吃了午饭——自然稍微得有点不得劲儿！

过了两天，我又去看小花猪——这回是专程探病，绝不为看别人；我知道现在猪的价值有多大！小花猪的口中已无那个药包，而且也吃点东西了。大家都很高兴，我就又就棍打腿的骗了顿饭吃，并且提出声明：到冬天，得分给我几斤腊肉！组缃先生与太太没加任何考虑便答应了。吴太太说："几斤？十斤也行！想想看，那天它要是一病不起……"大家听罢，都出了冷汗！

马宗融先生的时间观念

马宗融先生的表大概是，我想是一个装饰品。无论约他开会，还是吃饭，他总迟到一个多钟头，他的表并不慢。

来重庆，他多半是住在白象街的作家书屋。有的说也罢，没的说也罢，他总要谈到夜里两三点钟。假若不是别人都困得不出一声了，他还想不起上床去。有人陪着他谈，他能一直坐到第二天夜里两点钟。表、月亮、太阳，都不能引起他注意到时间。

比如说吧，下午三点他须到观音岩去开会，到两点半他还毫无动静。"宗融兄，不是三点，有会吗？该走了吧？"有人这样提醒他。他马上去戴上帽子，提起那有茶碗口粗的木棒，向外走。"七点吃饭。早回来呀！"大家告诉他。他回答声"一定回来"，便匆匆地走出去。

到三点的时候，你若出去，你会看见马宗融先生在门口与一位老太婆，或是两个小学生，谈话儿呢！即使不是这样，他在五点以前也不会走到观音岩。路上每遇到一位熟人，便要谈，至少十分钟的话。若遇上打架吵嘴的，他得过去解劝，还许把别人劝开，而他与另一位劝架的打起来！遇上某处起火，他得帮着去救。有人追赶扒手，他必然地加入，非捉到不可。看见某种新东西，他得过去问问价钱，不管买与不买。看到戏报子，马上他去借电话，问还有票没有……这样，他从白象街到观音岩，可以走一天，幸而他记得开会那件事，所以只走两三个钟头！到了开会的地方，即使大家已经散了会，他也得坐两点钟。他跟谁都谈得来，都谈得很有趣，很亲切，很细腻。有人随便哼了一句二黄，他立刻请教给他；有人刚买一条绳子，他马上拿过来练习跳绳——五十岁了啊！

七点，他想起来回白象街吃饭，归路上，又照样的劝架，救火，追贼，问物价，打电话……至早，他在八点半左右走到目的地。满头大汗，三步当作两步走的，他走了进来，饭早已开过了。

所以，我们与友人定约会的时候，若说随便什么时间，早晨也好，晚上也好，反正我一天不出门，你哪时来也可以，我们便说“马宗融的时间吧”！

姚蓬子先生的砚台

作家书屋是个神秘的地方，不信你交到那里一份文稿，而三五日后再亲自去索回，你就必定不说我扯谎了。

进到书屋，十之八九你找不到书屋的主人——姚蓬子先生。他不定在哪里藏着呢。他的被褥是稿子，他的枕头是稿子，他的桌上、椅上、窗台上……全是稿子。简单地说吧，他被稿子埋起来了。当你要稿子的时候，你可以看见一个奇迹。假如说尊稿是十张纸写的吧，书屋主人会由枕头底下翻出两张，由裤袋里掏出三张，书架里找出两张，窗子上揭下一张，还欠两张。你别忙，他会由老鼠洞里拉出那两张，一点也不少！

单说蓬子先生的那块砚台，也足够惊人了！那是块是无可形容的石砚。不圆不方，有许多角儿，而没有任何角度。有一点沿儿，豁口甚多，底子最奇，四周翘起，中间的一点凸出，如元宝之背，它会像陀螺似的在桌上乱转，还会一头高一头低地倾斜，如浪中之船。我老以为孙悟空就是由这块石头跳出去的！

到磨墨的时候，它会由桌子这一端滚到那一端，而且响如快跑的马车。我每晚十时必就寝，而对门儿书屋的主人要办事办到天亮。从十时到天亮，他至少研十次墨，一次比一次响——到夜最静的时候，大概连南岸都感到一点震动。从我到白象街起，我没做过一个好梦，刚一入梦，砚台来了一阵雷雨，梦为之断。在夏天，砚一响，我就起来拿臭虫。冬天可就不好办，只好咳嗽几声，使之闻之。

现在，我已交给作家书屋一本书，等得到出版，我必定破费几十元，送给书屋主人一块平底的，不出声的砚台！

何容先生的戒烟

首先要声明：这里所说的烟是香烟，不是鸦片。

从武汉到重庆，我老同何容先生在一间屋子里，一直到前年八月间。在武汉的时候，我们都吸“大前门”或“使馆”牌；小大“英”似乎都不够味儿。到了重庆，小大“英”似乎变了质，越来越“够”味儿了，“前门”与“使馆”倒仿佛没了什么意思。慢慢地，“刀”牌与“哈德门”又变成我们的朋友，而与小大“英”，不管是谁的主动吧，好像冷淡得日甚一日。不久，“刀”牌与“哈德门”又与我们发生了意见，差不多要绝交的样子。何容先生就决心戒烟！

在他戒烟之前，我已声明过：“先上吊，后戒烟！”本来吗，“弃妇抛雏”的流亡在外，吃不敢进大三元，喝么也不过是清一色（黄酒贵，只好吃点白干），女友不敢去交，男友一律是穷光蛋，住是二人一室，睡是臭虫满床，再不吸两支香烟，还活着干吗呢？可是，一看何容先生戒烟，我到底受了感动，既觉自己无勇，又钦佩他的伟大；所以，他在屋里，我几乎不敢动手取烟，以免动摇他的坚决！

何容先生那天睡了十六个钟头，一支烟没吸！醒来，已是黄昏，他便独自走出去。我没敢陪他出去，怕不留神递给他一支烟，破了戒！掌灯之后，他回来了，满面红光，含着笑的，从口袋中掏出一包土产卷烟来。“你尝尝这个，”他客气地让我，“才一个铜板一支！有这个，似乎就不必戒烟了！没有必要！”把烟接过来，我没敢说什么，怕伤了他的尊严。面对面的，把烟燃上，我俩细细地欣赏。头一口就惊人，冒的是黄烟，我以为他误把爆竹买来了！听了一会儿，还好，并没有爆炸，就放胆继续地吸。吸了不到四五口，我看见蚊子都争着向外边飞，我很高兴。既吸烟，又驱蚊，太可贵了！再吸几口之后，墙上又发现了臭虫，大概也要搬家，我更高兴了！吸到了半支，何容先生与我也跑出去了！他低声地说：“看样子，还得戒烟！”

何容先生二次戒烟，有半天之久。当天的下午，他买来了烟斗与烟叶。“几毛钱的烟叶，够吃三四天的，何必一定戒烟呢！”他说。吸了几天的烟斗，他发现了：（一）不便携带；（二）不用力，抽不到；用力，烟油射在舌头上；（三）费洋火；（四）须天天收拾，麻烦！有此四弊，他就戒烟斗，而又吸上香烟了。

“始作卷烟者，其无后乎！”他说。

最近二年，何容先生不知戒了多少次烟了，而指头上始终是黄的。

载于1942年6月22、23、24、25日《新民报晚刊》

宗月大师

在我小的时候，我因家贫而身体很弱。我九岁才入学。因家贫体弱，母亲有时候想叫我去上学，又怕我受人家的欺侮，更怕交不上学费，所以一直到九岁我还不识一个字。说不定，我会一辈子也得不到读书的机会。因为母亲虽然知道读书的重要，可是每月间三四吊钱的学费，实在让她为难。母亲是最喜脸面的人。她迟疑不决，光阴又不等待着任何人，荒来荒去，我也许就长到十多岁了。一个十多岁的贫而不识字的孩子，很自然的是去做个小买卖——弄个小筐，卖些花生，煮豌豆，或樱桃什么的。要不然就是去学徒。母亲很爱我，但是假若我能去做学徒，或提篮沿街卖樱桃而每天赚几百钱，她或者就不会坚决地反对。穷困比爱心更有力量。

有一天刘大叔偶然的来了。我说“偶然的”，因为他不常来看我们。他是个极富的人，尽管他心中并无贫富之别，可是他的财富使他终日不得闲，几乎没有工夫来看穷朋友。一进门，他看见了我。“孩子几岁了？上学没有？”他问我的母亲。他的声音是那么洪亮（在酒后，他常以学喊俞振庭的《金钱豹》自傲），他的衣服是那么华丽，他的眼是那么亮，他的脸和手是那么白嫩肥胖，使我感到我大概是犯了什么罪。我们的小屋、破桌凳、土炕，几乎禁不住他的声音的震动。等我母亲回答完，刘大叔马上决定：“明天早上我来，带他上学，学钱、书籍，大姐你都不必管！”我的心跳起多高，谁知道上学是怎么一回事呢！

第二天，我像一条不体面的小狗似的，随着这位阔人去入学。学校是一家改良私塾，在离我的家有半里多地的一座道士观里。庙不甚大，而充满了各种气味：一进山门先有一股大烟味，紧跟着便是糖精味（有一家熬制糖球糖块的作坊），再往里，是厕所味，与别的臭味。学校是在大殿里。大殿两旁的小屋住着道士，和道士的家眷。大殿里很黑，很冷。神像都用黄布挡着，供桌上摆着孔圣人的牌位。学生都面朝西坐着，一共有三十来人。西墙上有一块黑板——这是“改良”私塾。老师姓李，一位极死板而极有爱心的中年人。刘大叔和李老师“嚷”了一顿，而后教我拜圣人及老师。老师给了我一本《地球韵言》和一本《三字经》。我于是，就变成了学生。

自从做了学生以后，我时常到刘大叔的家中去。他的宅子有两个大院子，院中几十间房屋都是出廊的。院后，还有一座相当大的花园。宅子的左右前后全是他的房屋，若是把那些房子齐齐地排起来，可以占半条大街。此外，他还有几处铺店。每逢我去，他必招呼我吃饭，或给我一些我没有看见过的点心。他绝不以我为一个苦孩子而冷淡我，他是阔大爷，但是他不以富傲人。

在我由私塾转入公立学校去的时候，刘大叔又来帮忙。这时候，他的财产已大半出了手。他是阔大爷，他只懂得花钱，而不知道计算。人们吃他，他甘心教他们吃；人们骗他，他付之一笑。他的财产有一部分是卖掉的，也有一部分是被人骗了去的。他不管；他的笑声照旧是洪亮的。

到我在中学毕业的时候，他已一贫如洗，什么财产也没有了，只剩下那个后花园。不过，在这个时候，假若他肯用用心思，去调整他的产业，他还能有办法教自己丰衣足食，因为他的好多财产是被人家骗了去的。可是，他不肯去请律师。贫与富在他心中是完全一样的。假若在这时候，他要是不再随便花钱，他至少可以保住那座花园，和城外的地产。可是，他好善。尽管他自己的儿女受着饥寒，尽管他自己受尽折磨，他还是去办贫儿学校、粥厂，等等慈善事业。他忘了自己。就是在这个时候，我和他过往得最密。他办贫儿学校，我去做义务教师。他施舍粮米，我去帮忙调查及散放。在我的心里，我很明白：放粮放钱不过只足延长贫民的受苦难的日期，而不足以阻拦住死亡。但是，看刘大叔那么热心，那么真诚，我就顾不得和他辩论，而只好也出点力了。即使我和他辩论，我也不会得胜，人情是往往能战败理智的。

在我出国以前，刘大叔的儿子死了。而后，他的花园也出了手。他入庙为僧，夫人与小姐入庵为尼。由他的性格来说，他似乎势必走入避世学禅的一途。但是由他的生活习惯上来说，大家总以为他不过能念念经，布施布施僧道而已，而绝对不会受戒出家。他居然出了家。在以前，他吃的是山珍海味，穿的是绫罗绸缎。他也嫖也赌。现在，他每日一餐，入秋还穿着件夏布道袍。这样苦修，他的脸上还是红红的，笑声还是洪亮的。对佛学，他有多么深的认识，我不敢说。我却真知道他是个好和尚，他知道一点便去做一点，能做一点便做一点。他的学问也许不高，但是他所知道的都能见诸实行。

出家以后，他不久就做了一座大寺的方丈。可是没有好久就被驱逐出来。他是要做真和尚，所以他不惜变卖庙产去救济苦人。庙里不要这种方丈。一般地说，方丈的责任是要扩充庙产，而不是救苦救难的。离开大寺，他到一座没有任何产业的庙里做方丈。他自己既没有钱，他还须天天为僧众们找到斋吃。同时，他还举办粥厂等等慈善事业。他穷，他忙，他每日只进一顿简单的素餐，可是他的笑声还是那么洪亮。他的庙里不应佛事，赶到有人来请，他便领着僧众给人家去唪真经，不要报酬。他整天不在庙里，但是他并没忘了修持；他持戒越来越严，对经义也深有所获。他白天在各处筹钱办事，晚间在小室里做工夫。谁见到这位破和尚也不曾想到他会是个在金子里长起来的阔大爷。

去年，有一天他正给一位圆寂了的和尚念经，他忽然闭上了眼，就坐化了。火葬后，人们在他的身上发现许多舍利。

没有他，我也许一辈子也不会入学读书。没有他，我也许永远想不起帮助别人有什么乐趣与意义。他是不是真的成了佛？我不知道。但是，我的确相信他的居心与苦行是与佛极相近似的。我在精神上物质上都受过他的好处，现在我的确愿意他真的成了佛，并且盼望他以佛心引领我向善，正像在三十五年前，他拉着我去入私塾那样！

他是宗月大师。

载于1940年1月23日《华西日报·每周文艺》

给茅盾兄祝寿

茅盾兄今年五十岁了。

时间有多么不从容啊！恐怕在五四运动中，那些想一拳打倒孔庙，另一拳打开科学与民主政治的大路的年轻小伙子们，到今天，都是四五十岁了吧！

我要落泪，白发就是白旗，从古至今还没有一个人能不向时间投降的呀！不过，这还不是我要落泪的主要原因。看看吧，五四运动中的热血青年，到今天，还有几个依旧热烈，依旧时时地握起拳头呢？哼，有的变成了官僚，有的变为富贾，有的还改为希特勒的崇拜者呀！我的天！时间要我们投降给“死”，可是我们还没等到时间拔去我们的牙，封闭了我们的耳目，我们自己就先把腿迈到地狱去，这才真可悲哀！难道人生真是个梦吗？可以随便乱变，甚至于变成一条狗吗？

茅盾先生变了，但是，他只变了外形。他的背已有点驼，眼有点花，而且留下胡子。他今年五十岁了，他没法阻止时间的侵略。在精神上，他可是始终没有变。在五四时代，他便是新文艺的最努力，而且也是最成功的领导者，今天他还是这样。捻着他的小胡子，他仿佛是在说：“是的，我把时间的招牌自动地挂在这里。可是，时间能把我怎样呢？刀斧么，监狱么，穷困么，疾痛么，都一样的不能叫我跪下呀！”

这样，无论他受着怎样的窘迫，他也始终不闭上他的口。他永远要说出他以为值得一说的话。勇敢使他永远年轻，而时间增高了他的智慧。他创作，他翻译，他研究，他编辑，他的勤劳与成绩，从“五四”到今天，老跑在我们的前面。他使我们敬爱他，甚至于忌妒他。

在抗战中，他跑到武汉，跑到新疆，跑到香港与桂林，而后又来到重庆。无论到哪里，他总是殷恳地撒播新文艺的种子，虽然这种工作会给他带来许多身体上的与精神上的痛苦。他不单认定文艺工作是有价值与愉快的，他也认定了这种工作是痛苦的，把痛苦与愉快都尝到，他得到了崇高。

到重庆来，他时常地患病。可是，他并不肯以疼痛为理由而停止工作。每逢“文协”开会，他必跑几十里路来参加。遇到哪个朋友，他都拉不断扯不断地谈文艺上的问题和文艺界的掌故。深夜，他的眼已睁不开，可是还不肯闭上，他还须说下去。他的话与他的文章都是长江大河，虽然天旱也还有波涛。或者，我猜想，这也许是一部分因为时间把旧日的伙伴一个个地剔出去，他有些寂寞之感吧？

茅盾兄，你今年五十了，我希望你还再活三四十年，再写出十部八部比《子夜》更伟大的作品。时间早晚会毁灭了我们的，但是你的著作会使你永生。这样，我们连时间都不怕了，还怕别的什么呢！让我们给敢删改割裂你的文字的那些神童们祝福吧，因为今天是你的寿日，理当“赦免”他们。

载于1945年6月24日《大公报》

何容何许人也

粗枝大叶的我可以把与我年纪相仿的好友们分为两类。这样的分类可是与交情的厚薄一点也没关系。第一类是因经济的压迫或别种原因，没有机会充分发展自己的才力，到二十多岁已完全把生活放在挣钱养家、生儿养女等上面。他们没工夫读书，也顾不得天下大事，眼睛老盯在自己的忧喜得失上。他们不仅不因此而失去他们的可爱，而且可羡慕，因为除非遇上国难或自己故意做恶，他们总是苦乐相抵，不会遇到什么大不幸。他们不大爱思想，所以喝杯咸菜酒也很高兴。

第二类差不多都是悲剧里的角色。他们有机会读书；同情于，或参加过，革命；知道，或想去知道，天下大事；会思想或自己以为会思想。这群朋友几乎没有一位快活的。他们的出生年月日就不对：都生在前清末年，现在都在三十五与四十岁之间。礼义廉耻与孝悌忠信，在他们心中还有很大的分量。同时，他们对于新的事情与道理都明白个几成。以前的做人之道弃之可惜，于是对于父母子女根本不敢做什么试验。对以后的文化建设不愿落在人后，可是别人革命可以发财，而他们革命只落个“忆昔当年……”他们对于一切负着责任：前五百年，后五百年，全属他们管。可是一切都不管他们，他们是旧时代的弃儿，新时代的伴郎。谁都向他们讨税，他们始终就没有二亩地，这些人们带着满肚子的委屈，而且还得到处扬着头微笑，好像天下与自己都很太平似的。

在这第二类的友人中，有的是徘徊于尽孝呢，还是为自己呢？有的是享受呢，还是对家小负责呢？有的是结婚呢，还是保持个人的自由呢？……花样很多，而其基本音调是一个——徘徊、迟疑、苦闷。他们可是也并不敢就干脆不挣扎，他们的理智给感情画出道儿来，结果呢，还是努力地维持旧局面吧，反正得站一面儿，那么就站在自幼儿习惯下来的那一面好啦。这可不是偷懒，拣着容易的做，也不是不厌恶旧而坏的势力，而实在需要很大的勉强或是一说得好听一点——牺牲，因为他们打算站在这一面，便无法不舍掉另一面，而这个另一面正自带着许多迷人的诱惑力量。

何容兄是这样朋友中的一位代表。在革命期间，他曾吃过枪弹：幸而是打在腿上，所以现在还能“不”革命地活着。革命吧，不革命吧，他的见解永不落在时代后头。可是在他的行为上，他比提倡尊孔的人还更古朴，这里所指的提倡尊孔者还是那真心想翼道救世的。他没有一点“新”气，更谈不上“洋”气。说卫生，他比谁都晓得。但是他的生活最没规律：他能和友人们一谈谈到天亮，而白天去睡觉。朋友是一切，人家要说到天亮，他绝不肯只陪到夜里两点。可有一点，这得看是什么朋友，他要是看谁不顺眼，连一分钟也不肯空空地花费。他的“古道”使他柔顺像个羊，同时能使他硬如铁。当他硬的时候，不要说巴结人，就是泛泛地敷衍一下也不肯。在他柔顺的时候，他的感情完全受着理智的调动：比如说友人的小孩病得要死，他能昼夜地去给守着，而面上老是微笑，希望他的笑能减少友人一点痛苦；及至友人们都睡了，他才独对着垂死的小儿落泪。反之，对于他以为不是东西的人，他全任感情行事，不管人家多么难堪。他“承认”了谁，谁就是完人；有了过错他也要说而张不开口。他不承认谁，趁早不必讨他的厌去。

怎样能被他“承认”呢？第一个条件是光明磊落。所谓光明磊落就是一个人能把旧礼教中那些舍己从人的地方用在一切行动上。而且用得自然单纯，不为着什么利益与必期的效果。他不反对人家谈恋爱，可是男的非给女的提着小伞与低声下气地连唤“嘀耳”不可，他便受不住了，他以为这位先生缺乏点丈夫气概。他不是不明白在“追求”期间这几乎是照例的公事，可是他遇到这种事儿，便夸大地要说他的话了：“我的老婆给我打着伞，能把人碰个跟头的大伞！”他，真的，不让何太太扛伞。真的，他也不能给她扛伞。他不佩服打老婆的人，加倍不佩服打完老婆而出来给她提小伞的人，后者不光明磊落。

光明磊落使他不能低三下四地求爱，使他穷，使他的生活没有规律，使他不能多写文章——非到极满意不肯寄走，改，改，改，结果文章失去自然的风趣。做什么他都出全力，为是对得起人，而成绩未必好。可是他愿费力不讨好，不肯希望“歪打正着”。他不常喝酒，一喝起来他可就认了真，喝酒就是喝酒。醉？活该！在他思索的时候，他是心细如发。他以为不必思索的事，根本不去思索，譬如喝酒，喝就是了，管他什么。他的心思忽细忽粗，正如其为人忽柔忽硬。他并不是疯子，但是这种矛盾的现象，使他“阔”不起来。对于自己物质的享受，他什么都能将就；对于择业择友，一点也不将就。他用消极的安贫去平衡他所不屑的积极发展。无求于人，他可以冷眼静观宇宙了，所以他幽默。他知道自己矛盾，也看出世事矛盾，他的风凉话是含着这双重的苦味。

是的，他不像别的朋友们那样有种种无法解决的，眼看着越缠越紧而翻不起身的事。以他来比较他们，似乎他还该算个幸运的。可是我拿他做这群朋友的代表。正因为他没有显然的困难，他的悲哀才是大家所必不能避免的，不管你如何设法摆脱。显然的困难是时代已对个人提出清账，一五一十，清清楚楚。他的默默悲哀是时代与个人都微笑不语，看到底谁能再敷衍下去。他要想敷衍呢，他便须和一切妥协：旧东西中的好的坏的，新东西中的好的坏的，一齐等着他给喊好；只要他肯给它们喊好，他就颇有希望成为有出路的人。他不能这么办。同时他也知道毁坏了自己并不是怎样了不得的事，他不因不妥协而变成永不洗脸的名士。革命是有意义的事，可是他已先偏过了。怎么办呢？他只交下几个好朋友，大家到一块儿，有的说便说，没的说彼此就愣着也好。他也教书，也编书，月间进上几十块钱就可以过去。他不讲穿，不讲究食住，外表上是平静沉默，心里大概老有些人家看不见的风浪。真喝醉了的时候也会放声地哭，也许是哭自己，也许是哭别人。

他知道自己的毛病，所以不吹腾自己的好处。不过，他不想改他的毛病，因为改了毛病好像就失去些硬劲儿似的。努力自励的人，假若没有脑子，往往比懒一些的更容易自误误人。何容兄不肯拿自己当个猴子耍给人家看。好，坏，何容是何容：他的微笑似乎表示着这个。对好友们，他才肯说他的毛病，像是："起居无时，饮食无节，衣冠不整，礼貌不周，思而不学，好求甚解而不读书……"只有他自己才能说得这么透彻。催他写文章，他不说忙，而是"慢与忙有关系，因优故忙"，因为"做文章像暖房里人工孵鸡，鸡孵出来了，人得病一场"！

他若穿起军服来，很像个营里的书记长。胸与肩够宽，可惜脸上太白了些，不完全像个兵。脸白，可并不美。穿起蓝布大衫，又像个学校里不拿事的庶务员。面貌与服装都没什么可说，他的态度才是招人爱的地方，老是安安稳稳，不慌不忙，不多说话，但说出来就得让听者想那么一会儿。香烟不离口；酒不常喝，而且喝多了在两天之后才现醉相—这使朋友们视他为"异人"；他自己也许很以此自豪，虽然“晚醉”和“早醉”是一样受罪的。他喜爱北平，大概最大的原因是北平有几位说得来的朋友。

原载 1935 年 12 月《人间世》第四十一期

鲁迅先生逝世二周年纪念

我所认识的鲁迅先生，是从他的著作中见到的，我没有与他会过面。当鲁迅先生创造出阿 Q 的时候，我还没想到到文艺界来做一名小卒，所以就没有访问求教的机会与动机。及至先生住沪，我又不喜到上海去，故又难得相见。四年前的初秋，我到上海，朋友们约我吃饭，也约先生来谈谈。可是，先生的信须由一家书店转递；他第二天派人送来信，说：昨天的信送到的太晚了。我匆匆北返，两年的工夫没能再到上海，与先生见面的机会遂永远失掉！

在一本什么文学史中（书名与著者都想不起来了），有大意是这样的一句话："鲁迅自成一家，后起模拟者有老舍等人。"这话说得对，也不对。不对，因为我是读了些英国的文艺之后，才决定也来试试自己的笔，狄更斯是我在那时候最爱读的，下至于乌德豪司[1]与哲扣布[2]也都使我欣喜。这就难怪我一拿笔，便向幽默这边滑下来了。对，因为像阿 Q 那样的作品，后起的作家们简直没法不受他的影响；即使在文字与思想上不便去模仿，可是至少也要得

[1] 现译沃德豪斯（1881—1975），英国小说家、抒情诗人和剧作家。

[2] 现译雅各布斯（1863 ~ 1943），英国小说家。

到一些启示与灵感。它的影响是普遍的。一个后起的作家，尽管说他有他自己的创作的路子，可是他良心上必定承认他欠鲁迅先生一笔债。鲁迅先生的短文与小说才真使新文艺站住了脚，能与旧文艺对抗。这样，有人说我是“鲁迅派”，我当然不愿承认，可是决不肯灭着良心否认阿Q的作者的伟大，与其作品的影响的普遍。

我没见过鲁迅先生，只能就着他的著作去认识他，可是现在手中连一本书也没有！不能引证什么了，凭他所给我的印象来作这篇纪念文字吧。这当然不会精密，容或还有很大的错误，可是一个人的著作能给读者以极强极深的印象，即使其中有不尽妥确之处，是多么不容易呢！看了泰山的人，不一定就认识泰山，但是泰山的高伟是他毕生所不能忘记的。他所看错的几点，并无害于泰山的伟大。

看看《鲁迅全集》的目录，大概就没人敢说：这不是个渊博的人。可是渊博二字还不是对鲁迅先生的恰好的赞词。学问渊博并不见得必是幸福。有的人，正因其渊博，博览群籍，出经入史，所以他反倒不敢道出自己的意见与主张，而取着述而不作的态度。这种人好像博物院的看守者，只能保守，而无所施展。有的人，因为对某种学问或艺术的精究博览，就慢慢地摆出学者的架子，把自己所知的那些视为研究的至上品，此外别无他物，值得探讨，自己的心得是前无古人，后无来者；假若他也喜创作的话，他必是从他所阅览过的作品中，求字字句句有出处，有根据；他“作”而不“创”。他牺牲在研究中，而且牺牲得冤枉。让我们看看鲁迅先生吧。在文艺上，他博通古今中外，可是这些学问并没把他吓住。他写古文古诗写得极好，可并不尊唐或崇汉，把自己放在某派某宗里去，以自尊自限。古体的东西他能做，新的文艺无论在理论上与实验上，他又都站在最前面；他不以对旧物的探索而阻碍对新物的创造。他对什么都有研究的趣味，而永远不被任何东西迷住心。他随时研究，随时判断。他的判断力使他无论对旧学问或新知识都敢说话。他的话，不是学究的掉书袋，而是准确的指示给人们以继续研讨的道路。

学问比他更渊博的，以前有过，以后还有；像他这样把一时代治学的方法都抓住，左右逢源地随时随事都立在领导的地位，恐怕一个世纪也难见到一两位吧。吸收了五四运动的“从新估价”的精神，他疑古反古，把每时代的东西还给每时代。博览了东西洋的文艺，他从事翻译与创作。他疑古，他也首创，他能写极好的古体诗文，也热烈地拥护新文艺，并且牵引着它前进。他是这一时代的纪念碑。在文艺上，事事他关心，事事他有很高的成就。天才比他小一点的，努力比他少一点的，只能循着一条路线前进，或精于古，或专于新；他却像十字路口的警察，指挥着全部交通。在某一点上，有人能突破他的记录，可是有谁敢和他比比“全能”比赛呢！

也许有人会说：在文艺理论方面，鲁迅先生只尽了介绍的责任，并未曾建设出他自己的有系统的学说；而且所介绍的也显得杂乱不纯。假若这话是对的，就请想想看吧：批判别人的时候，不是往往忘却别人的努力，而老嫌人家做得不够吗？设若能看到这一点，我们不是应当看看自己，我们自己假如也把研究、创作、翻译，同时并做，像鲁迅先生那样，我们的成绩又能有多少呢？我们就是对于一位圣人，也应不客气的批评，可是我们也应当晓得批评不仅是发威，而是于批评中，取得被批评者的最良最崇高的精神，以自策自励。鲁迅先生能于整理国故而外，去介绍，去翻译，就已经是难能可贵的事。一个人的精力与天才永远不能完全与他的志愿与计划相配合，人生最大的苦痛啊！只有明知这苦痛是越来越深，而杀上前去，以身殉志的，才是英雄。鲁迅先生的精神便是永远不屈不挠，不自满，不自馁。鲁迅先生的精神能以不死，那就靠后起者也能死而后已地继续努力。抓住一位英雄的弱点以开心自慰，既无损于英雄，又无益于自己，何苦来呢！

还有人也许说，鲁迅先生的后期著作，只是一些小品文，未免可惜，假若他能闭户写作，不问外间的事，也许能写出比阿Q更伟大的东西，岂不更好？

是的，鲁迅先生也许能那样的写出更伟大的作品。可是，那就不成其为鲁迅先生了。希望鲁迅先生去专心著作的人，虽然用着惋惜的语调，可是心中实在暗暗的不满意！不满意他因爱护青年，帮忙青年，而用去许多时间；不满意他因好管闲事而浪费了许多笔墨。

我不晓得假若鲁迅先生关上屋门，立志写伟大的作品，能够有什么贡献；我不喜猜想。我却准知道鲁迅先生的爱护青年与好管闲事是值得钦佩的事，他有颗纯洁的心，能接近青年；他有奋斗的怒火，去管闲事。是的，先生的爱护青年，有时候近于溺爱了；可是佛连一个蚂蚁也爱呢！母亲的伟大往往使她溺爱儿女；这只有母亲自己晓得其中的意义，旁观者只能表示惋惜与不满，因为旁观者不是母亲，也就代替不了母亲，明白不了母亲，自己不是母亲，没有慈心，觉得青年们都应该严加管束，把青年们管束得像羊羔一样老实，长者才可逍遥自在地为所欲为。为长者计，这实在是不错的办法。可是，青年呢？长者的聪明往往把“将来”带到自己的棺材里去，青年成了殉葬者。鲁迅先生不是这样的长者，他宁可少写些文章，而替青年们看稿子；他宁可少享受一些，而替青年们掏钱印书，他提拔青年，因为他不肯只为自己的不朽，而把青年们活埋了。这也许是很傻的事吧？可是最智慧的人似乎都有点傻气。

至于爱管闲事，的确使鲁迅先生得罪了不少的人。他的不留情的讽刺讥骂，实在使长者们难堪，因此也就要不得。中国人不会愤怒，也不喜别人挂火，而鲁迅先生却是最会挂火的人。假若他活到今日，我想他必不会老老实实的住在上海，而必定用他的笔时时刺着那些不会怒，不肯牺牲的人们的心。在长者们，也许暗中说句：“幸而那个家伙死了。”可是，我们上哪里去找另一个鲁迅呢？我们自惭；自惭假若没有多少用处，让我们在纪念鲁迅先生的时候，挺起我们的胸来吧！

只写了些小品文吗？据我看，鲁迅先生的最大成就便是小品文。我敢说，他的学问限制不了后起者的更进一步，他的小说也拦不住后起者的猛进直前。小品文,在五十年内恐怕没有第二把手,来与他争光。他会怒,越怒,文字越好。文字容易模仿，怒火可是不易借来。他的旧学问好，新知识广博，他能由旧而新，随手拾掇极精确的字与词，得到惊人的效果。你只能摘用他所用过的，而不易像他那样把新旧的工具都搬来应用，用创造的能力把古今的距离缩短，而成为他独有的东西。他长于古文古诗，又博览东西的文艺，所以他会把最简单的言语（中国话），调动得（极难调动）跌宕多姿，永远新鲜，永远清晰，永远软中透硬，永远厉害而不粗鄙。他以最大的力量，把感情、思想、文字，容纳在一两千字里，像块玲珑的瘦石，而有手榴弹的作用。只写了些短文吗？啊，这是前无古人，恐怕也是后无来者的，文艺建设！

燃起我们的怒火吧，青年！以学识，以正义感，以最有力的文字，尽力于抗战建国的事业吧！在抗战中纪念鲁迅先生，我们必须有这个决心！

载于 1938 年 10 月 16 日《抗战文艺》第二卷第七期

梅兰芳同志千古

我们正在大兴安岭上游览访问，忽然听到梅兰芳同志病逝的消息。我们都黯然者久之，热泪欲坠！我们之中，有的是梅大师的朋友，有的只看过他的表演，伤心却是一致的。谁都知道这是全国戏曲界的一个重大损失！

我有许多话要说，但是心中悲痛，无法安排好我的话语。我只好想到什么就说什么。在这心酸意乱的时刻中，我已控制不住自己的感情，无法有条有理地讲话！

我与梅大师一同出国访问过两次，一次到朝鲜，一次到苏联。在行旅中，我们行则同车，宿则同室。在同车时，他总是把下铺让给我，他睡上铺。他知道我的腰腿有病。同时，他虽年过花甲，但因幼工结实，仍矫健如青年人。看到他上去下来，那么轻便敏捷，我常常对友人们说：大师一定长寿，活到百龄是很可能的！是呀，噩耗乍来，我许久不能信以为真！

不论是在车上，还是在旅舍中，他总是早起早睡，劳逸结合。起来，他便收拾车厢或房间：不仅把被子叠得整整齐齐，而且不许被单上有一些皱纹。收拾完自己的，他还过来帮助我，他不许桌上有一点烟灰，衣上有点尘土。

他的手不会闲着。他在行旅中，正如在舞台上，都一丝不苟地处理一切。他到哪里，哪里就得清清爽爽，有条有理，开辟个生活纪律发着光彩的境地。

在闲谈的时候，他知道的便原原本本地告诉我；他不知道的就又追问到底。他诲人不倦，又肯广问求知。他不叫已有的成就限制住明日的发展。这就难怪，他在中年已名播全世，而在晚年还有新的贡献。他的确是活到老、学到老的人。

每逢他有演出任务的时候，在登台前好几小时就去静坐或静卧不语。我赶紧躲开他。他要演的也许是《醉酒》，也许是《别姬》。这些戏，他已演过不知多少次了。可是，他仍然要用半天的时间去准备。不，不仅准备，他还思索在哪一个身段，或某一句的行腔上，有所改进。艺术的锤炼是没有休止的！

他很早就到后台去，检查一切。记得：有一次，他演《醉酒》，几个宫娥是现由文工团调来的。他就耐心地给她们讲解一切，并帮助她们化装。他发现有一位宫娥，面部的化装很好，而耳后略欠明洁，他马上代她重新敷粉。他不许舞台上有任何敷衍的地方，任何对不起观众的地方。舞台是一幅图画，一首诗，必须一笔不苟！

在我这次离京以前，他告诉我：将到西北去演戏，十分高兴。他热爱祖国，要走遍各省，叫全国人民看见他，听到他，并向各种地方戏学习。他总是这样热情地愿献出自己的劳动，同时吸收别人的长处。五十多年的舞台生活，他给我们创造了多少新的东西啊！这些创造正是他随时随地学习，力除偏见与自满的结果。

他不仅是京剧界的一代宗师，继往开来，风格独创，他的勤学苦练，自强不息的精神，他的爱国爱党，为民族争光的热情，也是我们一般人都应学习的！

在朝鲜时，我们饭后散步，听见一间小屋里有琴声与笑语，我们便走了进去。一位志愿军的炊事员正在拉胡琴，几位战士在休息谈笑。他就烦炊事员同志操琴，唱了一段。唱罢，我向大家介绍他，屋中忽然静寂下来。待了好一会儿，那位炊事员上前拉住他的双手，久久不放，口中连说：梅兰芳同志！梅兰芳同志！这位同志想不起别的话来！

今天我在兴安岭中，大草原上，也只能南望悲呼：梅兰芳同志！梅兰芳同志！梅兰芳同志离开我们了，梅兰芳同志永垂不朽！

载于1961年《北京文艺》九月号

白石夫子千古

齐白石夫子在国内与国际所获得的极高的荣誉，是他生平热爱劳动、勤学苦练，及富于创造精神的结果。中年以前，他是工人，文化程度不很高。中年以后，凭着坚定不移的毅力，日夜不辍的艰苦学习，他成为能画、能诗、能写和治印的大艺术家。在没有成名的时候，他好学不倦，克服一切困难；成名之后，他并不自满，仍力求精进，要求自己不断地创造。结果，他的画、诗、书法与刻印都独具风格，自成一家。这种精神是我们每个人都该学习的。是的，他年将九十时，为了参加保卫世界和平运动，还养了几只鸽子，精心观察，以便绘画和平鸽。已到九十五的高龄，他还辛勤作画，时得前所未有的精品。只在最近两年，他才不能坚持日课，因为时常生病。

在学习时期，白石夫子并不专师一家，而广为临摹，吸收各家的长处。及至掌握了各种基本技巧，他便力求创造，不再模拟。以他五十岁的和七十岁的作品比较，简直不像出于一人之手；直到九十岁之后，他还不断有所创造。我们应当学习夫子的下苦功夫把基础打好，然后放胆创造的精神。

近些年来，学习国画的往往偏于因袭古法，不多自振拔。假若这样继续下去，则国画有走入绝径的危险。白石夫子的功绩即在不甘保守，承袭古法而推陈出新，使国画不失其为国画，可是独创了一种新的风格，给国画增添了新的生命力量。所以他成为大师，在绘画史中有他自己的特殊地位。

在他以前，也曾有人尝试改革国画，另辟蹊径。可是，他们多偏重笔墨趣味，潇洒出尘，不斤斤于形似。这样，他们的作品便只能得到文人雅士的欣赏，不一定为群众所喜。白石夫子非常讲究笔墨，可是笔墨所至，又能行色鲜明，状物传神，雅俗共赏。夫子出身工人，感情与群众一致，所以他的作品变而不幻，新而不怪。他的改革与创辟是健康的。

有一次，我以《芭蕉叶卷抱秋花》为题，求夫子作画。夫子年高，已记不得蕉叶新拔，是向左还是向右卷着。北京又没有多少芭蕉可供观察，于是老人含着笑说：“只好不要卷叶了，不能随便画呀！”是的，夫子作画永远这样严肃，永远要看见真东西，而后独出心裁，设计画稿。他笔下的鱼、虾、草虫，没有一足一须不正确的，不合适的。市上假画甚多，假若我们发现虫或鸟有什么画得不妥当的地方，十之八九就是伪造的。夫子的山水也是先看了名山大川，而后落笔的。

白石夫子是一代大师，可是向来不随便说别人的作品不好。对于学生们，夫子也时时给予热诚的鼓舞。学生们拿来作品，夫子总要题上些字，给以鼓励。白石夫子与我们长辞了，我切盼国画界今后在党的领导下，亲密地团结，使人民所喜爱的传统绘画的确做到百花齐放，日新月异！让我们继承白石夫子的热爱劳动、勤学苦练，与努力创造的精神，把毕生精力献给人民的美术事业吧！

白石夫子千古！

载一九五七年九月二十二日《人民日报》

悼念罗常培先生

与君长别日，悲忆少年时……

听到罗莘田（常培）先生病故的消息，我就含着热泪写下前面的两句。我想写好几首诗，哭吊好友。可是，越想泪越多，思想无法集中，再也写不下去！

悲忆少年时！是的，莘田与我是小学的同学。自初识到今天已整整有五十年了！叫我怎能不哭呢？这五十年间，世界上与国家里起了多大的变化呀，少年时代的朋友绝大多数早已不相闻问或不知下落了。在莘田活着的时候，每言及此，我们就都觉得五十年如一日的友情特别珍贵！

我记得很清楚：我从私塾转入学堂，即编入初小三年级，与莘田同班。我们的学校是西直门大街路南的两等小学堂。在同学中，他给我的印象最深，他品学兼优。而且长长的发辫垂在肩前；别人的辫子都垂在背后。虽然也吵过嘴，可是我们的感情始终很好。下午放学后，我们每每一同到小茶馆去听评讲《小五义》或《施公案》。书钱总是他替我付。我家里穷，我的手里没有零钱。

不久，这个小学堂改办女学。我就转入南草厂的第十四小学，莘田转到报子胡同第四小学。我们不大见面了。到入中学的时候，我们俩都考入了祖家街的第三中学，他比我小一岁，而级次高一班。他常常跃级，因为他既聪明，又肯用功。他的每门功课都很好，不像我那样对喜爱的就多用点心，不喜爱的就不大注意。在三中没有好久，我即考入北京师范，为的是师范学校既免收学膳费，又供给制服与书籍。从此，我与莘田又不常见了。

师范毕业后，我即去办小学，莘田一方面在参议院做速记员，另一方面在北大读书。这就更难相见了。我们虽不大见面，但未相忘。此后许多年月中都是如此，忽聚忽散，而始终彼此关切。直到新中国成立后，我们才又都回到北京，常常见面，高高兴兴地谈心道故。

莘田是学者，我不是。他的著作，我看不懂。那么，我们俩为什么老说得来，不管相隔多远，老彼此惦念呢？我想首先是我俩在做人上有相同之点，我们都耻于巴结人，又不怕自己吃点亏。这样，在那污浊的旧社会里，就能够独立不倚，不致被恶势力拉去做走狗。我们愿意自食其力，哪怕清苦一些。记得在抗日战争中，我在北碚，莘田由昆明来访，我就去卖了一身旧衣裳，好请他吃一顿小饭馆儿。可是，他正闹肠胃病，吃不下去。于是，相视苦笑者久之。

是的，遇到一处，我们总是以独立不倚，做事负责相勉。志同道合，所以我们老说得来。莘田的责任心极重，他的学生们都会做证。学生们大概有点怕他，因为他对他们的要求，在治学上与为人上，都很严格。学生们也都敬爱他，因为他对自己的要求也严格。他不但要求自己把学生教明白，而且要求把他们教通了，能够去独当一面，独立思考。他是那么负责，哪怕是一封普通的信，一张字条，也要写得字正文清，一丝不苟。多少年来，我总愿向他学习，养成凡事有条有理的好习惯，可总没能学到家。

莘田所重视的独立不倚的精神，在旧社会里有一定的好处。它使我们不至于利欲熏心，去蹚浑水。可是它也有毛病，即孤高自赏，轻视政治。莘田的这个缺点也正是我的缺点。我们因不关心政治，便只知恨恶反动势力，而看不明白革命运动。我们武断地以为二者既都是搞政治，就都不清高。在革命时代里，我们犯了错误一只有些爱国心，而不认识革命道路。细想起来，我们的独立不倚不过是独善其身，但求无过而已。我们的四面不靠，来自黑白不完全分明。我们总想远远躲开黑暗势力，而躲不开，可又不敢亲近革命。直到革命成功，我们才明白救了我们的是革命，而不是我们自己的独立不倚！

是的，到新中国成立后，我们才看出自己的错误，从而都愿随着共产党走，积极为人民服务。彼此见面，我们不再提独立不倚，而代之以关心政治，改造思想。可是，多年来养成的思想习惯往往阻碍着我们的思想跃进。莘田哪，假若你能多活几岁，我相信我们会互相督励，勤于学习，叫我们的心眼更亮堂一些，胸襟更开朗一些，忘掉个人的小小顾虑，而全心全意地接受党的领导，做出更多更好的工作来！你死得太早了！

莘田虽是博读古籍的学者，却不轻视民间文学。他喜爱戏曲与曲艺，常和艺人们来往，互相学习。他会唱许多折昆曲。莘田哪，再也听不到你的圆滑的嗓音，高唱《长生殿》与《夜奔》了！

安眠吧，莘田！我知道：这两三年来，你的最大苦痛就是因为身体不好，不能照常工作，老觉得对不起党与人民！安眠吧，在治学与教学上你尽了所能尽的心力，在政治思想上你更不断地学习，改造自己，儿女们都已长大，朋友与学生们都不会忘了你，休息吧！特别重要的是，我们都知道，并且永难忘记：党怎么爱护你，信任你！疾病夺去你的生命，你的朋友、学生和子女却都会因你所受的爱护与教育而感激党，靠近党，从而全心全意地努力于社会主义的建设！安眠吧，五十年的老友！明年来祭你的时候，祖国的革命事业必又有飞跃的发展与成就，你含笑休息吧！

原载1959年《中国语文》一月号

敬悼许地山先生

地山是我最好的朋友。以他对种种学问的好知喜问的态度，以他对生活各方面感到的趣味，以他对朋友的提携辅导的热诚，以他对金钱利益的淡薄，他绝不像个短寿的人。每逢当我看见他的笑脸，握住他的柔软而戴着一个翡翠戒指的手，或听到他滔滔不断地讲说学问或故事的时候，我总会感到他必能活到八九十岁，而且相信若活到八九十岁，他必定还能像年轻的时候那样有说有笑，还能那样说干什么就干什么，永不驳回朋友的要求，或给朋友一点难堪。

地山竟自会死了——才将快到五十的边儿上吧。

他是我的好友。可是，我对于他的身世知道的并不十分详细。不错，他确是告诉过我许多关于他自己的事情，可是，大部分都被我忘掉了。一来是我的记性不好；二来是当我初次看见他的时候，我就觉得“这是个朋友”，不必细问他什么，即使他原来是个强盗，我也只看他可爱，我只知道面前是个可爱的人，就是一点也不晓得他的历史，也没有任何关系！况且，我还深信他会活到八九十岁呢。让他讲那些有趣的故事吧，让他说些对种种学术的心得与研究方法吧，至于他自己的历史，忙什么呢？等他老年的时候再说给我听，也还不迟啊！

可是，他已经死了！

我知道他是福建人。他的父亲做过台湾的知府——说不定他就生在台湾。他有一位舅父，是个很有才而后来做了不十分规矩的和尚。由这位舅父，他大概自幼就接近了佛说，读过不少的佛经。还许因为这位舅父的关系，他曾在仰光一带住过，给了他不少后来写小说的资料。他的妻早已死去，留下一个小女孩。他手上的翡翠戒指就是为纪念他的亡妻的。从英国回到北平，他续了弦。这位太太姓周，我曾在北平和青岛见到过。

以上这一点：事实恐怕还有说得不十分正确的地方，我的记性实在太坏了！记得我到牛津去访他的时候，他告诉了我为什么老戴着那个翡翠戒指；同时，他说了许许多多关于他舅父的事。是的，清清楚楚地我记得他由述说这位舅父而谈到禅宗的长短，因为他老人家便是禅宗的和尚。可是，除了这一点，我把好些极有趣的事全忘得一干二净，后悔没把它们都用笔记下来！

我认识地山，是在二十年前了。那时候，我的工作不多，所以常到一个教会去帮忙，做些“社会服务”的事情。地山不但常到那里去，而且有时候住在那里，因此我认识了他。我呢，只是个中学毕业生，什么学识也没有。可是地山在那时候已经在燕大毕业而留校教书，大家都说他是个很有学问的青年。初一认识他，我几乎不敢希望能与他为友，他是有学问的人哪！可是，他有学问而没有架子，他爱说笑话，村的雅的都有；他同我去吃八个铜板十只的水饺，一边吃一边说，不一定说什么，但总说得有趣。我不再怕他了。虽然不晓得他有多大的学问，可是的确知道他是个极天真可爱的人了。一来二去，我试着不去问他一些书本上的事；我生怕他不肯告诉我，因为我知道有些学者是有这样脾气的：他可以和你交往，不管你是怎样的人，但是一提到学问，他就不肯开口了，不是他不肯把学问白白送给人，便是不屑于与一个没学问的人谈学问——他的神态表示出来，跟你来往已是降格相从，至于学问之事，哈哈……但是，地山绝对不是这样的人。他愿意把他所知道的告诉人，正如同他愿给人讲故事。他不因为我向他请教而轻视我，而且也并不板起面孔表示他有学问。和谈笑话似的，他知道什么便告诉我什么，没有矜持，没有厌倦，使我佩服他的学识，而仍认他为好友。学问并没有毁坏了他的为人，像那些气焰千丈的“学者”那样，他对我如此，对别人也如此。在认识他的人中，我没有听到过背地里指摘他，说他不够个朋友的。

不错，朋友们也有时候背地里讲究他，谁能没有些毛病呢。可是，地山的毛病只使朋友们又气又笑地那一种，绝无损于他的人格。他不爱写信。你给他十封信，他也未见得答复一次，偶尔回答你一封，也只是几个奇形怪状的字，写在一张随手拾来的破纸上。我管他的字叫作鸡爪体，真是难看。这也许是他不愿写信的原因之一吧？另一毛病是不守时刻。口头的或书面的通知，何时开会或何时集齐，对他绝不发生作用。只要他在图书馆中坐下，或和友人谈起来，就不用再希望他还能看看钟表。所以，你设若不亲自拉他去赴会就约，那就是你的过错，他是永远不记着时刻的。

一九二四年初秋，我到了伦敦，地山已先我数日来到。他是在美国得了硕士学位，再到牛津继续研究他的比较宗教学的。还未开学，所以先在伦敦住几天，我和他住在了一处。他正用一本中国小商店里用的粗纸账本写小说，那时节，我对文艺还没有发生什么兴趣，所以就没大注意他写的是哪一篇。几天的工夫，他带着我到城里城外玩耍，把伦敦看了一个大概。地山喜欢历史，对宗教有多年的研究，对古生物学有浓厚的兴趣。由他领着逛伦敦，是多么有趣，有益的事呢！同时，他绝对不是“月亮也是外国的好”的那种留学生。说真的，他有时候过火地厌恶外国人。因为要批判英国人，他甚至于连英国人有礼貌，守秩序，和什么喝汤不准出响声，都看成为愚蠢可笑的事。因此，我一到伦敦，就借着他的眼睛看到那古城的许多宝物，也看到它那阴暗的一方面，而不致糊糊涂涂地断定伦敦的月亮比北平的好了。

不久，他到牛津去入学。暑假寒假中，他必到伦敦来玩几天。“玩”这个字，在这里，用得很妥当，又不很妥当。当他遇到朋友的时候，他就忘了自己：朋友们说怎样，他总不驳回。去到东伦敦买黄花木耳，大家做些中国饭吃？好！去逛动物园？好，玩扑克牌？好！他似乎永远没有犹豫，永远不会说“不”。不过，最好还是请他闲扯。据我所知道的，于各种宗教的研究而外，他还研究人学、民俗学、文学、考古学；他认识古代钱币，能鉴别古画，学过梵文与巴利文。请他闲扯，他就能——举个例说——由男女恋爱扯到中古的禁欲主义，再扯到原始时代的男女关系。他的故事多是书本上的，佐证也丰富。他的话一会儿低降到贩夫走卒的俗野，一会儿高飞到学者的深刻高明。他谈一整天并不倦容，大家听一天也不感疲倦。

不过，你不要让他独自溜出去。他独自出去，不是到博物院，必是入图书馆。一进去，他就忘了出来。有一次，在上午八九点钟，我在东方学院的图书馆楼上发现了他。到吃午饭的时候，我去唤他，他不动。一直到下午五点，他才出来，还是因为图书馆已到关门的时间的缘故。找到了我，他不住地喊“饿”，是啊，他已饿了十个钟头。在这种时节，“玩”字是用不得的。

牛津不承认他的美国的硕士学位，所以他须花二年的时光再考硕士。他的论文是《法华经》的介绍，在预备这本论文的时候，他还写了一篇相当长的文章，在世界基督教大会上去宣读。这篇文章的内容是介绍道教。在一般的浮浅传教士心里，中国的佛教与道教不过是与非洲黑人或美洲红人所信的原始宗教差不多。地山这篇文章使他们闻所未闻，而且得到不少宗教学学者的称赞。

他得到牛津的硕士。假若他能继续住二年，他必能得到文学博士——最荣誉的学位。论文是不成问题的，他能于很短的期间预备好。但是，他必须再住两年；校规如此，不能变更。他没有住下去的钱，朋友们也不能帮助他。他只好以硕士为满意，而离开英国。

在他离英以前，我已试写小说。我没有一点自信心，而他又没工夫替我看看。我只能抓着机会给他朗读一两段。听过了几段，他说："可以，往下写吧！"这，增多了我的勇气。他的文艺意见，在那时候，仿佛是偏重于风格与情调；他自己的作品都多少有些传奇的气息，他所喜爱的作品也差不多都是浪漫派的。他的家世，他在南洋的经验，他的旧文学的修养，他的喜研究学问而又不忍放弃文艺的态度，和他自己的生活方式，我想，大概都使他倾向着浪漫主义。

单说他的生活方式吧。我不相信他有什么宗教的信仰，虽然他对宗教有深刻的研究，可是，我也不敢说宗教对他完全没有影响。他的言谈举止都像个诗人。假若把"诗人"按照世俗的解释从他的生活中发展起来，他就应当有很古怪奇特的行动与行为。但是，他并没做过什么怪事。他明明知道某某人对他不起，或是知道某某人的毛病，他仍然是一团和气，以朋友相待。他不会发脾气。在他的嘴里，有时候是乱扯一阵，可是他的私生活是很严肃的，他既是诗人，又是"俗"人。为了读书，他可以忘了吃饭。但一讲到吃饭，他却又不惜花钱。他并不孤高自赏。对于衣食住行他都有自己的主张，可是假若别人喜欢，他也不便固执己见。他能过很苦的日子。在我初认识他的几年中，他的饭食与衣服都是极简单俭朴。他结婚后，我到北平去看他，他的住屋衣服都相当讲究了。也许是为了家庭间的和美，他不便于坚持己见吧。虽然由破夏布褂子换为整齐的绫罗大衫，他的脱口而出的笑话与戏谑还完全是他，一点也没改。穿什么，吃什么，他仿佛都能随遇而安，无所不可。在这里，和在其他好多地方，他似乎受佛教的影响较基督教的为多，虽然他是在神学系毕业，而且也常去做礼拜。他像个禅宗的居士，而绝不能成为一个清教徒。

不但亲戚朋友能影响他，就是不相识而偶然接触的人也能临时左右他。有一次，我在“家”里，他到伦敦城里去干些什么。日落时，他回来了，进门便笑，而且不住地摸他刚刚刮过的脸。我莫名其妙。他又笑了一阵。“叫理发匠挣去两镑多！”我吃了一惊。那时候，在伦敦理发普通是八个便士，理发带刮脸也不过是一个先令。“怎能花两镑多呢？”原来是理发匠问他什么，他便答应什么，于是用香油香水洗了头，电气刮了脸，还不得用两镑多吗？他绝想不起那样打扮自己，但是理发匠的建议是不能驳回的！

自从他到香港大学任事，我们没有会过面，也没有通过信；我知道他不喜欢写信，所以也就不写给他。抗战后，为了香港“文协”分会的事，我不能不写信给他了，仍然没有回信。可是，我准知道，信虽没来，事情可是必定办了。果然，从分会的报告和友人的函件中，我晓得了他是极热心会务的一员。我不能希望他按时回答我的信，可是我深信他必对分会卖力气，他是个极随便而又极不随便的人，我知道。

我自己没有学问，不能妥切地道出地山在学术上的成就何如。我只知道，他极用功，读书很多，这就值得钦佩，值得效法。对文艺，我没有什么高明的见解，所以不敢批评地山的作品。但是我晓得，他向来没有争过稿费，或恶意地批评过谁。这一点，不但使他能在香港“文协”分会以老大哥的身份德望去推动会务，而且在全国文艺界的团结上也有重大的作用。

是的，地山的死是学术界文艺界极重大的损失！至于谈到他与我私人的关系，我只有落泪了：他既是我的“师”，又是我的好友！

啊，地山！你记得给我开的那张“佛学入门必读书”的单子吗？你用功，也希望我用功，可是那张单子上的六十几部书，到如今我一部也没有读啊！

你记得给我打电报，叫我到济南车站去接周校长[1]吗？多么有趣的电报啊！知道我不认识她，所以你让她穿了黑色旗袍，而电文是“× 日 × 时到站接黑衫女”！当我和妻接到黑衫女的时候，我们都笑得闭不上口啊。朋友，你托好友做一件事，都是那样有风趣啊！啊，昔日的趣事都变成今日的泪源。你怎可以死呢！

不能再往下写了……

原载 1941 年 8 月 17 日重庆《大公报》

[1] 即许地山夫人的妹妹。

代语堂先生拟赴美宣传大纲

话说林语堂先生，头戴纱帽盔，上面两个大红丝线结子；遮目的是一对崂山水晶墨镜，完全接近自然，一点不合科学的制法。身上穿着一件宝蓝团龙老纱大衫，铜纽扣，没有领子——因为反对洋服的硬领，所以更进一步爽性光着脖子。脚上一双青大缎千层底圆口皂鞋，脚脖儿上豆青的绸带扎住裤口。右手里一把斑竹八根架纸扇，一面画的是淡墨山水，一面自己写的一小段舒白香游山日记——写得非常好，因为每个字旁都由林先生自己画了双圈。左手提着云南制的水烟袋，托子是珐琅的，非常地古艳。

林先生的身上自然还有别的东西，一一说来未免有点烦絮，总而言之，他身上没有一件足以惹人怀疑是否国产的物品。这倒不全为提倡国货，每一件东西都是顶古雅精美的，顺手儿也宣传着东方文化。

林先生本打算雇一条带帆的渔船，或西湖上的游艇，在太平洋里一面钓着鱼，一面缓缓前进。这个办法既足以证实他的艺术生活，又足以使两个老渔夫或一对船娘能自食其力地挣口饭吃——后者恐怕是这个计划的主要目的。不过，即使大家都不怕慢，走上三五个月满不在乎，可是小船——虽然是那么有画意——恐怕干不过海洋里的风浪。真要是把老渔夫或船娘都喂了海鱼，未免有悖于人道主义。算了吧，只好坐海船吧。

为减少轮船上的俗气与洋味，林先生带着个十岁的小书童：头上梳着两个抓髻，系着鲜红的头绳。林先生坐在甲板上的藤椅上，书童捧着瑶琴一旁侍立。琴上无弦，省得去弹，只是个“意思”而已。

一“海”无话，林先生吃得胖胖的，就到了美国。船一到码头，新闻记者如蜜蜂一般拥上前来，全是找林先生的。林先生命书童点起檀香，提着景泰蓝香炉在前引路，徐徐地前进。新闻记者围上前来，林先生深感不快，乃曼声曰:“吾乃——《吾国吾民》之著者是也！没别的可说！”众畏其威,乃退。不过，林先生的相，在他没甚留神的时候，已被他们照了去；在当日的晚报就登印出来。

歇兵三日，林先生拟出宣传大纲：

一、男人应否怕老婆——阳纲不振为西方文化之大毛病。予之来所以使懦夫立也——林先生的文字是文言与白话两掺着的，特别是在草拟大纲的时候。公鸡打鸣，母鸡生蛋，天然有别。不可强易。男女平等，本是男的种田，女的纺线，各尽其职之谓。反之，像英美各国，男儿拼命挣钱，老婆不管洗衣做饭。哪道婚姻,什么平等！妇道不修,于是在恋爱之前已打听好怎样离婚，以便争取生活费，哀哉！中国古圣先贤都说夫为妻纲，已预知此害；西方无此种圣人，故大吃其亏。宜速迎东方活圣人一位，封为国师！

二、男人怎样可以不怕老婆——在今日的中国，怕老婆者穿洋服。与夫人同行，代她拿伞，抱孩子。洋服者，西洋之服，自古已然，怕老婆非一日矣！为今之计，西洋男子应马上改穿中服，以免万劫茫茫。中服威严，虽贾波林穿上亦无局促瘦窘之相。望而生畏，女人不敢大发雌威矣。中服舒服，男人知道求舒服，女人即知责任之所在！反之，自上锁镣，硬领皮鞋，以示甘受苦刑，则女人见景生情，必使跪着顶灯；猛醒吧，西洋男子！中服使人安详自在。气度安详，则威而不猛，增高身份。譬若老婆发了命令，穿大衫之丈夫可漫应之，Yes，dear；而许久不动，直至对方把命令改成央求，乃徐徐起立。穿西服之丈夫鲜能为此：洋服表示干净利落之精神，一闻令下，必须疾驱而前，显出敏捷脆快；Yes，dear，未及说完，早已一道闪光而去，脸上笑容充满宇宙。久之，夫人并发令之劳且厌之，而颐指气使，丈夫遂成了专看眼神的动物！这还了得，西洋男子必须革命！

三、中西文化及其苍蝇——东方人的闲适，使苍蝇也得到自由；西方人的固执，苍蝇大受压迫。世界大同，虽是个理想，但总有实现之一日。以苍蝇言，在大同主义之下，必有其东方的自由，而受过西方科学的洗礼；“明日”之苍蝇必为消毒的苍蝇，活泼泼的而不负传染恶疾的责任。此事虽小，足以喻大；明乎此，可与言东西文化之交映成辉矣（此项下还有许多节目，如中西文化及其蜈蚣，中西文化及其青蛙等，即不备录）。

四、东西的艺术及其将来——西方的艺术大体上说来，总免不了表现肉感，裸体画与雕刻是最明显的例子。东方的艺术，反之，却表现着轻佻肉感，而给现实生活一些云烟林水之气。由这一点上来看，西方的精神是斑斓猛虎，有它的猛勇、活跃及直爽；东方的精神是淡远的秋林，有它的安闲、静恬及含蓄。这样说来，仿佛各有所长，船多并不碍江。可是细那么一想，则东方的精神实在是西方文化的矫正，特别是在都市文化发达到出了毛病的时候——像今日。西方今日之需要静恬，就是没别的更好的办法，至少也须常常看到一种秋江夕照的图画（如林先生扇子上所画的那个），常常听到一种平沙落雁的音乐，而把客厅里悬着的大光眼儿，二光眼儿，一律暂时收起。光屁股艺术有它的直爽与健康，但乐园的亚当与夏娃并非只以一丝不挂为荣，还有林花虫蝶之乐。况且假若他俩多注意些花鸟之趣，而一心无邪，恐怕到如今还住在那里——闲着画几幅山水儿什么的，给天使们鉴赏，岂不甚好?！

五、《吾国与吾民》——有书为证，顶好大家手执一册，焚香静读，你们多得些知识，我多收点版税，两有益的事儿。

六、幽默的意义与技巧——专为美国大学生讲。女生暂不招待，以使听完不懂得发笑，大煞风景。

七、中国今日的文艺——专为研究比较文学的讲演，听讲时须各携烟斗或香烟与洋火。讲题:(1)《论语》的创始与发展。(2)《人间世》的生灭。(3)《宇宙风》怎样刮风。

原载1936年8月《逸经》第十一期